講談社文庫

ピットフォール

堂場瞬一

講談社

目次

ピットフォール

第一章　消えた女

日曜は最悪の状態で始まった。

事務所に射《さ》しこんできた陽光で、俺は眠りから引きずり出された。口の中はモハベ砂漠のごとく乾ききり、頭の中ではロックンロールバンドが大音量で演奏している。薄目を開けて傍《かたわ》らのテーブルに手を伸ばし、半分ほど残っていたバーボンのボトルを摑《つか》む。直《じか》に口をつけて少しだけ流しこむと、胃が温かくなったものの、すぐに吐き気がこみ上げる。

久々の強烈な二日酔い。それは全て、昨日ヤンキー・スタジアムで約束をすっぽかされたことに起因している。

ひどい試合だった。

ヤンキースは七回にビル・スコーロン（一九三〇年～二〇一二年。ヤンキースなどで活躍。オールスターゲームに八試合出場）のホームランでようやく1点を奪って先制したものの、八回、同点に追いつかれて試合は延長に突入。十一回表にオリオールズに勝ち越され、そのまま2対1で敗れた。

三時間を超える長い一戦が終わった時には、既に陽《ひ》は傾きかけていた。四月だというのに特に冷えこむ一日で、敗戦のせいで寒さが余計に身に染みる。ヤンキー・スタジアムでビールパーティと洒落《しやれ》こもうとしたのだが、とてもそんな気になれず、ホットチョコレート二杯で寒さを凌《しの》いだ。延長に入ったところで三杯目を買おうかと思ったが、そういう肝心なところで売り切れになってしまうサービスの悪さは、いかにもヤンキー・スタジアムらしい。

それにしても、ウィリーはどうしたのだろう。

探偵仲間であるウィリー・〝ザ・ライトニング〟・ネイマスとは、球場で落ち合う約束だった。そしてウィリーは、ヤンキースのホームゲームのチケットを無駄にするような男ではない。

ウィリーは子どもの頃からのヤンキースファンだが、球場に足を運ぶ機会は少なかった。少し前までのヤンキー・スタジアムは、黒人のファンを歓迎していなかったのだ。しかしミドル級のボクサーとして名を挙げ、この街で「名士」として扱われるようになると、ウィリーは堂々と球場へ足を運ぶようになった。ニューヨークでは、名前と顔が知られていれば、どこへでも入っていける。

それでもやはり嫌な視線を向けられることはあった。一度、彼と一緒にヤンキー・

スタジアムに来た時、隣に座っていた白人女性が、さりげない風を装いながら席を移動してしまったことがある。ウィリーは嫌な表情を浮かべ、「またかよ」と零《こぼ》したものだった。

「よくあるのか？」

「俺がまだランキングで下の方にいた時には」

「そういう時、どうするんだ？」

「まあ、折り合う方法——気持ちを落ち着かせる方法は見つけたよ」ウィリーがさらりと言ったが、俺はそれ以上追及する気にはなれなかった。彼は十分、嫌な思いをしたはずだ。何も思い出させる必要はない。

今の彼は、エルストン・ハワード（一九二九年～一九八〇年。ヤンキース初の黒人選手。一九六三年にシーズンMVP。背番号32はヤンキースの永久欠番）に肩入れしている。ヤンキースは元々、黒人選手の獲得に消極的だった。同じニューヨークを本拠地にしていたドジャースが、ジャッキー・ロビンソン（一九一九年～一九七二年。近代大リーグ初の黒人選手。スピード感あふれるプレーが特徴で、盗塁王二回、首位打者一回を記録。背番号42は全球団で永久欠番）の獲得で成功し、その後も積極的に黒人選手を採用してチーム力を高めていったのに対して、ヤンキースはあくまで白人至上主義で戦い続けた。噂では、球団上層部が「ヤンキー・スタジアムに黒人ファンが集まると困る」と言ったとか言わないとか。ニューヨークのような人種の坩堝《るつぼ》で、しかも商売第一に考える球団経営者が本当に黒人を排除しようと考えるものかと、俺は疑問に思っているが……結局ヤンキースも時代の流れには逆らえず、他球団にかなり遅れて、優秀なキャッチャーであるエルストン・ハワードを入団させたのだった。ヤンキースのキャッチャーといえばヨギ・ベラ（一九二五年〜二〇一五年。強肩強打の名捕手。引退後はヤンキースの監督も務めた。名言・迷言が多く、それらは「ヨギイズム」として知られる）で、ハワードはなかなかその座を脅かすことはできなかったが、とにかく排他的なこのチームにも、ようやく黒人選手が誕生したのだ。

　そしてウィリーは当然、ハワードの大ファンになった。

　延長十一回までつき合って、最後は負け……しかもウィリーにすっぽかされ、ひどく損した気分だった。球場を出て地下鉄の駅に入る前、公衆電話を見つけてウィリーの事務所に電話を入れる。出ない――やはり仕事かもしれない。探偵稼業は、こちらの都合だけで予定を決められるものではないのだ。クライアントが泣きついてくれば、土曜だろうが日曜だろうが腰を上げねばならない。

　さて、こっちは暇だ。呑《の》む以外にやることもない。このところ仕事にあぶれていた俺は、慰《なぐさ》めのために多少の酒を体に入れることを自分に許した。実際には多少ではなく、かなり多め――結果、俺は事務所のソファで惰眠を貪《むさぼ》ることになった。仕事もなく、約束を反故《ほご》にされた探偵の土曜日の過ごし方としては、いかにも相応《ふさわ》しい。

　すっぽかされた不快感は、朝になっても残って、ひどい週末が始まったのだ。ああいうのはウィリーらしくない。来られなくなるならなるで、何らかの方法で連絡をくれるはずなのに。

よし。冷たい水で顔を洗って、今度はアルコールを体から追い出そうとしたが、上手くいかない。結局、少し散歩して酔いを覚ますことにした。せっかくだから、もう一度ウィリーを誘って試合を観に行こうか。今日も引き続き対オリオールズ戦、しかもダブルヘッダーがあるのだ。昨日と打って変わって、今日は暖かい一日になりそうだから、昨日呑めなかったビールを楽しんでもいい。

早足で近所を散歩しているうちに、急激にアルコールが抜けてきて空腹を覚えた。何をするにしても、その前にまず朝飯……事務所の近くに、朝六時から開いているダイナーがある。ギリシャ人一家が経営する店で、狭く汚いが、安くて美味《うま》い。普段はマンハッタンで働く人たちの台所として朝から賑わうのだが、日曜の午前中だけは比較的静かだ。

カウンターにつくと、コーヒーと「いつもの」朝食を注文し、誰かが置いていった『ニューヨーク・ポスト』を開いて、昨日のヤンキースの渋い負けの記事を読む。わざわざ確認する必要もないのだが、何故か新聞を開いてしまうのは、俺が多少マゾヒスティックな性格だからかもしれない。

「ジョー」

ぼそりと言って、店主のサムが音を立てて大皿をカウンターに置いた。本当の名前は発音が難しい。本人もそれは心得ていて、店員にも客にも自分のことを「サム」と呼ばせている。

「ああ」俺は皿を見た。卵二つの目玉焼きはオーバーイージー。ひっくり返して十秒のはずなのに、いつも必ず焼け過ぎている。俺は、白身に焦げ目が一切ついていないぐらいが好きなのだ。ただ俺は、一度も文句を言ったことがない。腹に入ってしまえば皆同じだ。

「顔色が悪いな」相変わらず訛《なま》りの強い英語で、サムが指摘した。

「昨夜、呑み過ぎた」俺は両手で顔を擦《こす》った。薄《うっす》ら伸びた髭《ひげ》の感触が鬱陶《うっとう》しい。

「仕事はなくても酒は呑むのか」

「大きなお世話だ」

「お仲間の稲妻野郎は、忙しそうにしてるのにな」

俺は、卵の黄身を持ち上げかけていたフォークを皿に戻した。

「ウィリーに会ったのか？」

「会った」

「いつ」

「昨日……何だ？　どうしてそんな怖い顔をしてる？」

「昨日、一緒にヤンキースの試合を観に行く約束だったのに、すっぽかされたんだ」

「仕事だったんじゃないかな」サムが首筋を搔《か》く。「午後一時頃、ここへ来て、慌ててサンドウィッチを買って出て行った」

「そうか」張り込みだな、とすぐにわかった。ウィリーも俺も、よくここのサンドウィッチを包んでもらって弁当代わりにする。巨大なパストラミのサンドウィッチを一つ食べれば、十時間は空腹を感じずに動き回れるのだ。「仕事ならしょうがないな」

「ずいぶん簡単に許すんだな」

「俺たちは警察官じゃない。無線機を持って動き回ってるわけじゃないから、連絡が取れない時だってあるさ」

サムが何も言わず、肩をすくめた。ヤンキースの話題でも振ってやろうかと思ったが、サムは野球にはまったく興味がない。ギリシャには野球がない——野球をする人がいないようで、アメリカに来るまで彼は、この国民的娯楽《ナショナル・パスタイム》の存在を知らなかったという。「一緒に球場へ行こう」としょっちゅう誘っているのだが、絶対に首を縦に振らない。興味のないものには手を出さない、頑固な性格なのだ。

卵とベーコン、ポテト。代わり映えのしない「いつもの」朝食を終え、二杯目のコーヒーを注いでもらったところで俺は席を立ち、レジのところにある電話を借りた。ウィリーの事務所に電話をかけたが、やはり出ない。少し気になって自宅に電話をかけると、ウィリーの妻、ケイリーがすぐに出る。

「ウィリー？」

「残念でした」ケイリーの第一声を聞いただけで、ウィリーが昨夜家に帰っていないことはわかった。

「ジョー……」ケイリーが小さく溜息《ためいき》をつく。

「ウィリーは？　昨夜は帰ってないのか？」

「そうなのよ。連絡もなくて」

「俺も昨日、ヤンキースの試合をすっぽかされたんだ」

「そうなの？」

「まあ、負け試合だったし、ハワードもノーヒットだったから、観てたらあいつも不機嫌になったと思うけど……昨日は仕事だったみたいだな」

「私は何も聞いてないわ。家では仕事の話はしないし」

「昨日の午後、サムズ・キッチンに寄ってサンドウィッチを持って行ったそうだ。張り込みじゃないかな」

「そう」ケイリーが少しだけほっとした口調になった。仕事なら、帰って来なくても仕方ないと思っているのだろう。

「奴が帰って来たら、ケツを蹴飛ばしておいてくれないか」

「いいわよ。どれぐらいで？」

「レベル四」

「わかったわ。またうちに遊びに来てね」ウィリーの家は西百十九丁目で、この店からも近い。

「坊主は元気か？」二人の間の一粒ダネ、ジャッキーは五歳になったばかりだ。

「もちろん」

「そいつはいい。それより何か心配事があるなら――」ウィリーが、「最近家でいろいろあってね」と言っていたのを思い出す。

「大丈夫よ」ケイリーがぴしりと言った。「それよりあなたこそ、大丈夫なの？　最近、仕事は？」

「晴れる日もあれば曇りの日もあるさ。今日はやることがある」

「仕事？」

「いや、事務所の大掃除」

ケイリーが溜息をついて電話を切ってしまった。しっかり家庭を守っているケイリーのような女性にすれば、俺は頼りなく、だらしなく見えるのだろう。しかし、そう簡単に自分は変えられない。

本当に掃除をするつもりだった。このところ仕事がないせいか、事務所の床にも埃《ほこり》が溜まっている。依頼人が来るわけでもないのに不思議なものだ。

ところがその予定は、想定外の出来事で中止になった。

古いビルの二階にある事務所へ入ろうとすると、ドアの前に一人の女性が立っていた。足元にはスーツケース。ハンドバッグのハンドルを両手で強く握り締め、不安げに俺の顔を見る。知らない女だった。二十代半ばぐらいだろうか。背は高いが、がっしりとした体型のせいで、どことなく野暮ったく見える。ニューヨークの女ではなさそうだ——大荷物もその証拠だ。

「ミスタ・スナイダーですか？」

「ジョー・スナイダーです。ちなみにデューク・スナイダー（一九二六年〜二〇一一年。一九四〇年代〜五〇年代にドジャースなどで活躍した強打者。一九五三年から五年連続四十本塁打以上。愛称は「ザ・シルバーフォックス」）とは綴《つづ》りが違う」

女はピンときていないようだった。ワールドシリーズで、我がヤンキースに何度も冷汗をかかせた男を知らないとは……俺は、彼女はニューヨークの人間ではないと確信した。

「よかった……お会いできて。何度も電話したんです」

女が胸に両手を当て、あからさまにほっとした表情を浮かべた。俺の名前を口にしただけで、すべての悩みが解決、とでも言うように。もしもそんなことができたら、俺は探偵を廃業して神様になっている。

「申し訳ない。外を歩くのが探偵の仕事なので」

「連絡がつかないので、思い切って来てしまいました」

「それは失礼しました。それで、ご用件は？」俺は用心して訊ねた。

女が前へ進み出て、封筒を握った右手を前へ突き出した。俺は封筒と彼女の顔を交互に見た。

「それは？」

「ミスタ・バーンズからの手紙です」

「ということは、あなたはカンザスから？」バーンズの名前で、すぐにピンときた。

「はい」女がうなずいた。「これは、ミスタ・バーンズからの紹介状です。困った事があったら、あなたを訪ねればいいと言われました」

バーンズは、元ニューヨーク市警の刑事である。彼の刑事生活晩年は、俺の探偵稼業の始まりと被っており、最初の頃、俺はいいようにあしらわれた——刑事にとって探偵など、真冬のハエぐらいの煩《わずら》わしさしかない——のだが、ちょっとした事件で協力して以来、二人の関係は一変した。バーンズが刑事を引退してカンザスの田舎に引っ込む時には、一晩一緒に呑み明かしたぐらいだった。その彼が俺を推薦してきたというなら、断る理由はない。

「ミスタ・バーンズは元気ですか」

「はい。毎日元気に牛を追っています」

本当にカウボーイになってしまうとは……バーンズは元々カンザス生まれで、伯父を頼ってニューヨークに出て来て警官になったのだが、「引退したらカンザスに戻って、一家の家業である牧場の仕事をする」と常々言っていた。俺はずっと冗談だと思って、その話が出る度に笑い飛ばしていた。ニューヨークで長く刑事をやった男が、牛を追う生活に満足できるとは思えなかったから。

「まあ、中へどうぞ」

俺はバーンズからの手紙を受け取り、ドアを開けた。事務所の掃除が必要だったことを思い出したが、仕方ない。

「昨夜、別の依頼人がここで倒れまして」俺は早速言い訳を——嘘を並べ始めた。

「まあ」アルコール臭を嗅ぎ取ったのか、露骨に顔をしかめていた女が、さらに眉を顰《ひそ》めた。

「少し衝撃的な調査結果を聞かせることになったので、その衝撃を和《やわ》らげるために酒を勧めたんです。ところが酒に弱い人で、いきなりソファに倒れて気絶するように寝てしまって、朝まで一度も目を覚まさなかった」

「それは大変でしたね」彼女はあっさり俺の嘘を信じたようで、真顔でうなずいた。

「置いて帰るわけにもいかないし、結局私は、椅子の上で一晩過ごしました」

嘘としては上出来ではないなと思いながら、俺は窓を全開にした。陽はほとんど当たらないが、少し冷たく爽《さわ》やかな風はよく入る。室内に残ったアルコール臭さも、すぐに消えるだろう。

俺は急いでバーボンのボトルを片づけ、彼女に一人がけのソファを勧めた。彼女は極めて慎重に、尻の端を引っかけるようにしてソファに座る。俺はデスクにつき、まずバーンズの推薦状をざっと読んだ。間違いなく、彼の下手な字である。うなずき、リーガルパッドを広げて、一つ咳払いをした。

「まず、あなたの名前を伺います」

「エマ……エマ・コールです」

「ミズ・コール。こちらにはいつ来たんですか」

「一週間前です」

「一週間？」

「ええ」

「今日まで何をしていたんですか？」

「妹を捜していました」

「妹さんが行方不明なんですか」

「そうです」エマがうなずく。

俺は真顔でうなずき返しながら、心の中では「よくある事件だ」と少し白けていた。高校を卒業したその日に、夢だけ抱えてバスに飛び乗った中西部出身の若い女性が、ポート・オーソリティ・バス・ターミナルに着いて五分後、狡猾なニューヨークのヒモ男に騙《だま》されて消えてしまう――そんな事件を、俺はいくつも扱ってきた。見つかった女性も、見つからなかった女性もいる。

「あなたが自分で――家族を代表して捜しに来たんですね？」

「そうです。でも、ニューヨークのことは全然わからなくて。一週間、完全に無駄になりました」

「早く私を訪ねてくれればよかった」

エマが顔を上げる。その顔に、初めて見る明るい表情が浮かんでいた。そうやって笑うと、ドリス・デイ（一九二二年～二〇一九年。アメリカの女優・歌手。『センチメンタル・ジャーニー』の大ヒットを飛ばした後、映画にも多数出演）に似ていなくもない。俺の頭の中で、勝手に『ケセラセラ』のメロディが流れ始めた。

「妹さんのお名前は？」

「シャーロットです。シャーロット・コールです」エマがスカートのまくれを直しながら身を乗り出した。「見つかりますか？」

「保証はできません」俺は言い切った。「ニューヨーク四区には、約七百五十万人が住んでいます。これだけ多くの人がいる中で、たった一人の人間を見つけ出すのがどれほど難しいかは、あなたにも簡単に想像できるでしょう」

「そうですか……」急に萎《しお》れたように、エマが肩を落とす。

「しかし私は、他の探偵よりも少しだけ、人を捜すのが得意だ。それがわかっているからこそ、ミスタ・バーンズも私をあなたに紹介したんだと思います」

「やってくれるんですか？」

「困っている人を放っておけませんから」俺は限界に近い笑顔を浮かべた。

「ありがとうございます」エマが安堵の息を漏《も》らした。「手がかりもありませんし、どうしていいかわからないし……それに、ずっとこっちにはいられないんです」

「仕事ですか？」

「家族全員で農場をやっています」

「カンザスだと、相当大規模な農場なんでしょうね」

「大規模かどうかは私にはわかりませんが、両親と私の夫だけでは、仕事は回らないんです」

　おっと、結婚していたのか。指輪に気づかなかった――いや、彼女はそもそも指輪をはめていない。結婚指輪は、農場の仕事の邪魔になるのかもしれない。実際彼女の手はごつごつしていて、いかにも毎日外で仕事をしているようだった。

「予《あらかじ》め申し上げておきますが、私の日当は一日四十ドル、プラス経費です。日当は先払いで」

「そう……ですよね。それぐらいかかりますよね」エマの喉仏が上下した。普段はあまり、金の話をしないのだろう。

「これでも、ニューヨークの探偵の料金としては良心的な方ですよ」俺はまた笑みを浮かべた。

「わかっています。ミスタ・バーンズも、探偵に頼むとそれぐらいかかると言っていました」

「どれぐらい時間がかかるか、この段階で約束はできません。ですから、まず一週間、やってみることにしましょうか。一週間かからないで見つかったら、その時は日数分の日当と経費だけを請求します。どうしますか？」

「……お願いします」

久々に仕事にありついた。俺は内心の喜びを顔に出さないように気をつけながらうなずき、リーガルパッドの上で再度ボールペンを構えた。

「では、妹さんについて教えて下さい。生い立ち、そしていなくなった時の状況。できるだけ詳しくお願いします」

俺は、これまで何十回も聞かされてきた話の別バージョンを耳にすることになった。別バージョンというか、せいぜいAに対するA'的な話を。

シャーロット・コール、一九四〇年三月生まれ、十九歳になったばかりだ。子どもの頃から「可愛い」とちやほやされ、本人もそれを自覚していた。高校時代に演劇に目覚め、州の高校の演劇コンテストでは賞をもらった。

「女優になりたい」と言った時、父親は大反対、母親も渋った。コール家が経営している農場はやはり大規模で、将来はシャーロットもそこで仕事することが期待されていたのだ。それに「女優になんてなれるわけがない」という当たり前の理屈もあったという。若者は誰でも「やってみなければわからない」と反発するのだが、この場合、両親の言い分がほぼ百パーセント正しい。

結局去年の七月、高校を卒業した直後に、家出のような感じでカンザスを出て、ニューヨーク行きの長距離バスに飛び乗った。

ニューヨークに着いてすぐ、ブロードウェイにあるレストラン「シアタークラブ」――有名店で、俺も何度も行ったことがある――でウェイトレスの職を得た。これは、役者を目指す若者にとって、定番の第一歩である。ブロードウェイのレストランは、演劇やテレビ関係者のたまり場なので、そこで目に留《と》まればチャンスが芽生える――誰でも考えることだが、もちろんその確率は限りなくゼロに近い。

同じく女優志望の女性と知り合って、一緒に部屋を借りていた。舞台のオーディションを受け続けていたが、まだ結果は出ていない。

両親はシャーロットを許していなかったが、エマは妹とずっと連絡を取り合っていた。姉妹は仲が良く、シャーロットにとっても自分は頼れる存在だったはずだ、とエマは自負している。連絡は手紙が基本で、週に一回はやり取りをしていた。月に一度はシャーロットの方から電話がかかってきた。しかし先月、今月と電話がなく、手紙も届かなくなった。勤めていた店に電話をかけてみるとっくに「辞めた」。それで心配して、様子を見に来ることにしたという。

「シアタークラブでは、もう働いていないんですね？」

「今年の始めに辞めたそうです」

「家の方はどうですか？」

「誰も住んでいませんでした」

「同居していた女性は？」

「その人もいませんでした。部屋は、二人とは全然関係ない人が借りていました。どこへ引っ越したかはわかりません」

それは調べられるし、「シアタークラブ」についても同様だ。エマが聞きに行っただけではどうしようもなくても、自分なら情報を引き出せる自信はある。

俺はシャーロットの写真をとっくりと眺めた。美人というより可愛いタイプ。デビー・レイノルズ（一九三二年～二〇一六年。アメリカの女優・歌手。『雨に唄えば』など出演作多数。『スター・ウォーズ』シリーズのレイア姫役として知られる女優・キャリー・フィッシャーの母親でもある）に少しだけ似ている。今度は頭の中で彼女の歌『タミー』が流れた。

「とりあえずやってみましょう。あなたは、すぐにカンザスへ戻るんですか？」

「ええ。いつまでも留守にしておけませんから」

「連絡はどうしたらいいですか？」

「自宅へ電話して下さい」

「探偵を雇ったことがわかったら、ご両親は激怒しませんか？」

「いえ……」エマが一瞬目を伏せた。「大丈夫です。シャーロットを捜しに来ることは、両親も了解していますから」

「わかりました。まず一週間下さい」俺は人差し指を立てた。「一週間後に必ず連絡します。もちろんそれまでに見つかれば、すぐに電話しますから」

「お願いします」エマが立ち上がる。既に疲れ切った様子で、実際の年齢——話の端々から最初の読み通り二十代半ば、二十五歳だとわかった——よりもずっと老けて見える。それでも、少しだけほっとしたような表情を浮かべていた。こっちも一安心だ。大した金にはならないが、仕事はないよりあった方がいい。

彼女のためにドアを開けてやろうとした瞬間、ドアが開いた。驚いたエマが後ずさって、俺の胸に背中がぶつかる。

「おっと、お楽しみ中かい」

日曜の朝からクソ野郎の訪問を受けるほど楽しいことはない。これがその日の――あるいはその週の最底辺になると確信できるからだ。どうせ言い合いになるのはわかっているから、凹《へこ》ませることができれば気分も上向く。

「仕事の話だ」俺は低い声で反論した。

「ミズ、まさかこの男に何か依頼したんですか？」

エマがこちらを振り向き、不安げな表情を見せた。

「ご心配なく。彼はニューヨーク市警で一番口が悪いと評判の男ですから」俺は彼女を安心させようと言った。

「お前はニューヨークの私立探偵《ガムシュー》の中で一番口が減らない男じゃないか」

「比較対象が少ないな。ニューヨークの私立探偵は、絶対数が少ないんだ」

「西海岸では探偵が大活躍していて、警察は暇らしいじゃないか」

「――ミズ・コール、私はこれから、こちらの紳士と話がある。また連絡します」

エマが強張った表情を浮かべたまま、部屋を出て行った。この男――市警十九分署の刑事・ハリー・ロンソンを営業妨害で訴えてやろうかと俺は本気で考えた。ヤクでぶっ飛んだ知り合いの弁護士、ウィルキー・ジョーンズに頼めば、引き受けてくれるかもしれない。ジョーンズは、面白そうな事件なら何でもやる男なのだ。無茶な依頼をこの男のところへ持ちこみ、揉《も》めているうちにこちらで別の解決法を探す、というやり方を何回かやっている。つまりジョーンズの存在意義は、時間稼ぎのためだけにある。ただし、彼とのそういう仕事も、長くは続くまい。麻薬関係で多くのトラブルを抱えており、逮捕されるか、ハドソンリバーに遺体が浮かぶかは時間の問題だ。

ハリーが後ろ手にゆっくりとドアを閉め、いきなり尋問《じんもん》を始めた。

「昨夜、どこにいた？」

「ここ」俺は自分の足元を指さした。

「それを証明できる人間は？」

「残念ながら、いない」俺は肩をすくめながら、素早く計算した。アリバイを証明しろと？　俺が何かやったと思っている？　思い当たることは何もなかった。そもそも俺は、ニューヨーク市警とはつかず離れずの関係を保っている。市警の中にも友人はいるが、必要以上には寄りかからない。「敵」もいるわけで、「友人」たちとべったりしたつき合いを続けていると、彼らに迷惑をかける恐れもあるからだ。

「だったら、署に来て説明してもらおうか」

「あんたの相棒は？」

「ああ？」ハリーが眉をひそめる。不機嫌な表情になると、悪役専門だった頃のジェームズ・キャグニー（一八九九年〜一九八六年。アメリカの俳優。一九三〇年代に、ギャング映画スターとして一時代を築いた）に似ていないこともない。

「刑事は、常に二人一組で動く。それが警察の不文律だ。トラブルを避けるために、そうなっている」

「知ったようなことを言うな、探偵」

「俺は元警官だ。実際に知ってるんだよ」

そう言えば……そもそもハリーが俺を嫌う理由は何だろう？　直接ぶつかった記憶はまったくない。刑事は思いこみの激しい人種で、探偵は自分たちの仕事を奪う、あるいは邪魔する存在だと勝手に信じこんでいる人間も多い。実際には、現場で衝突することなどほとんどないのだが。そういう風に想像している刑事は、古典的なミステリの読み過ぎだ。昔のミステリでは、頭脳明晰、抜群の推理力を持つ探偵が、間抜けな刑事を出し抜いてさっさと事件を解決してしまう。刑事の役目はせいぜい、探偵の引き立て役だ。現実の世界ではそんな天才探偵は存在しないし、刑事もそれほど馬鹿ではない。

「とにかく、昨夜の行動を説明してもらおうか」

「何の事件で？」

「いいから、話せ。話せない理由でもあるのか？」

「座らないか？　立ったままあんたと話してると首が痛くなる」

ハリーの顔が真っ赤になった。おそらく彼は、身長的にはニューヨーク市警の採用基準ぎりぎりだろう。俺は六フィート（1メートル83センチ）あるので、常に見下ろす格好になる。俺はさっさと座り、デスクに両足を載せた。ハリーの身長では、こんなことはできまい。一番上の引き出しにも足が届くかどうか。

ハリーの次の言葉を待っているうちに、俺は自分のアリバイを証明してくれるかもしれないものを見つけ出した。それはまあ――少し先に取っておこう。このチビの刑事をもう少し馬鹿にしてやってもいい。

「昨夜から今朝にかけての行動を説明しろ」ハリーがむきになって言った。

「夕方、ここへ帰って来て、一杯ひっかけて寝た。今朝は八時頃に、サムズ・キッチンで朝飯を食った」

「それで？　今のご婦人とよろしくやってたのか？　こんな早い時間に？」

「彼女は依頼人だ」ゲス野郎が、と腹の中で罵《ののし》りながら俺はまた言った。

「日曜の朝に依頼？」ハリーが目を見開く。「いったい何の話だ」

「探偵の倫理に基づいて、それは言えない」

「そんなものに法的な裏づけはない」

「あんたが一人で動き回っていることにも、裏づけはないと思うが」

「それで？」ハリーはまったく平然としている。「昨夜は何時からここにいたんだ？」

「さあ……六時、あるいは七時だったかな。ヤンキースが負けたから、自棄酒《やけざけ》を呑んでたんだ」

「なるほど」ハリーが鼻をひくつかせる。「道理で臭いと思った。あんた、酒を呑むと体臭が変化するんじゃないか?」

「馬鹿言うな」

「仮に昨日の午後七時にここへ来たとして、今朝の七時までのアリバイはないわけだな」ハリーが嬉しそうに言った。

「まあ、俺としても説明は難しいな」俺は認めてうなずいた。「一点を除いて」

「ああ?」

「それ」俺はぞんざいに、来客用ソファの前のテーブルを指さした。「そいつに見覚えがないか?」

サムズ・キッチンと同じく、俺の「台所」であるビリーズ・ダイナーの紙袋。まったく記憶がなかったのだが、ビリーズ・ダイナーの紙袋がそこにあるということは、昨夜どこかのタイミングで、俺は店に行ったのだ。記憶がないのはまずいが、これが俺を助けてくれるかもしれない。

ハリーが紙袋を覗《のぞ》きこんで顔をしかめた。

「フライドチキンにワッフルとはな」

「ビリーズ・ダイナーの名物だ」店主のビリーはジョージア出身の黒人で、店はハーレムの外れにある。そこへ飯を食いに行く白人は、俺のように美味いものなら何でも受け入れる人間と、ジャズ・ファンぐらいだろう。ビリーズ・ダイナーは黒人ジャズメンの溜まり場でもあるのだ。土曜の夜など、即興で演奏が始まることも珍しくない。

「黒人の食いもんじゃないか」

「だから？」

「あんたが黒人好きなのは知ってるが――」

「美味いものは誰が食っても美味いのさ。フライドチキンにメープルシロップをかけて食ってみろ。人生観が変わるぞ」俺もそういう食べ方は、ビリーズ・ダイナーで教わったのだった。実際、人生観が変わった。美味い物を楽しむためには健康のことなど考える必要はない、と。

「とにかく俺は昨夜、ビリーズ・ダイナーに行った。時間は覚えてないけど、それはあんたが調べればいいだろう。あの店で働いている人間は、全員俺のことを知ってるから、確認は難しくない」

「それで完全なアリバイが確定できるわけじゃないぞ」ハリーが忠告した。「お前には、やはり署に来てもらわなくちゃいかんようだ」

「だから、いったい何の事件なんだ？」

「イーストリバー・キラーがまたやらかしたんだ」

何だって、と言いかけて、俺は口をつぐんだ。こいつはやばい――超一級のやばい事件だ。しかしハリーの野郎は、どうして俺に話を聴きに来た？　まさか俺を犯人だと疑っている？

当然、絶対にやっていないが……いや、自分でもそれを証明できないと俺は気づいた。ビリーズ・ダイナーへ行ったことさえ、店の紙袋を見て初めて知ったぐらいなのだ。昨夜、自分でも気づかないうちに街へ彷徨《さまよ》い出し、イーストリバー・キラーの手口を真似て誰かを殺した――。

あり得ない。

あり得ないのはわかっているが、問題はハリーがどうして俺を疑っているかだ。

「犯人の目星がつかないから、市警は焦ってるのか？」俺はデスクから足を下ろし、煙草《たばこ》に火を点けた。これが今日最初の一本だったと気づく。煙が肺に染み渡るとコーヒーが飲みたくなったが、ちょうど粉が切れているのが残念だった。自分用に美味いコーヒーを淹《い》れ、ハリーには指をくわえてそれを眺めさせたかった。

「焦ってるに決まってるだろうが」ハリーがあっさり認める。

「だから俺を、生贄《いけにえ》の羊にしようとしてるのか？　馬鹿馬鹿しい。恥をかくのはそっちだぞ」

「お前、ウィリー・ネイマスと会う約束だっただろう。あの〝稲妻〟とか名乗ってる黒人野郎と」

「奴が名乗ってるわけじゃない。周りがそう呼んでるんだ。ウィリーがパンチを繰り出したら、一インチも動かないうちに、あんたの鼻はぺしゃんこになるよ」

「そうかい」ハリーが嘲《あざけ》るように言った。「もう、その心配をする必要はないがな」

「何だと」急に嫌な予感が走る。「どういう意味だ？」

「おやおや。つまらない台詞《せりふ》だな」ハリーが皮肉な笑みを浮かべ、肩をすくめた。

「あんたたち探偵は、気の利いた台詞を喋《しゃべ》るのに命を賭けてるのかと思ってた」

「ふざけるな」俺は立ち上がった。嫌な予感が頭の中で膨れ上がる。「用件があるならさっさと言え。ウィリーがどうしたんだ」

「あの黒人探偵は、今朝早く遺体で発見された。イーストリバーで。これまでと同じように撃たれて、喉を切り裂かれて、川に浮かんでたんだよ」

俺はデスクの横を回りこみ、いきなりハリーのネクタイを摑んだ。そのまま結び目を喉仏に押しつける。ハリーはバックステップしたが、すぐに背中が壁にぶつかってしまい、逃げ場がなくなった。顔面が紅潮し始める。俺の右腕に両手を伸ばそうとしたところで、ドアが開いた。

「何してるんだ」

のんびりした声のせいで、俺は殺人犯にならずに済んだ——ここでハリーを殺せなかったことは、一生後悔しそうだが。

「お前さん、気が短過ぎる」リキ・タケダが呆《あき》れたように首を横に振った。

「奴は殺人事件の被害者を侮辱《ぶじょく》したんだ。許せるわけがない」

「だったら、あのまま締め上げて殺してもよかったんじゃないか」リキが両手を広げる。

「殺したら、お前はどうしてた」

「見て見ぬ振りをしただろうな」

「おいおい——」

「いや、とりあえず遺体を下水道に捨てたかもしれない。ドブネズミに食われれば、証拠がなくなる」ニューヨークの下水道に巨大なドブネズミが棲《す》んでいるというのは、有名な都市伝説だ。

「あのな、俺はお前ほどにはハリーを憎んでないぞ」

「俺は別に憎んでないよ」涼しい表情でリキが言った。「馬鹿にしてるだけだ」

「その件については、俺も全面的に賛成だ」

うなずき、リキがソファに——先ほどまでエマが座っていたところに腰を下ろした。俺が昨夜のバーボンの残りを勧めると、首を横に振る。勤務中ということか……本当は呑みたいのかもしれないが、確証はない。日系二世――日本人というのは表情に乏しく、顔を見ただけでは、何を考えているかわからないのだ。

リキは複雑な経歴の持ち主だ。両親は日本からの移民一世で、サンフランシスコの農場で働くことから始めて、戦争が始まる前には自前のクリーニング店を構えるまでになった。しかし故郷で家族が相次いで亡くなったり病気で倒れたりしたために、日本へ戻らざるを得なくなった。もともとリキの父親は農家の五男で、口減らしのためにアメリカへ移民させられたのだが、「働き手がなくなったので帰って来い」という、これまた無茶な命令だったそうだ。しかし家族に逆らえなかったリキの両親は、大人しく帰国した。その後、日米間の雲行きが怪しくなり、在米の日系人が各地の収容所に入れられる事態に至ったものの、リキ一家はそれを免れたわけだ。逆に日本でスパイ容疑をかけられたのでは、と俺は訊いてみたのだが、それはなかったという。リキによると、父親の実家は代々「ショーヤ」と呼ばれる村の実力者だったので、文句を言う人間は誰もいなかったようだ。

戦争が終わって、リキ一家はアメリカに戻って来た。紆余曲折あってサンフランシスコからニューヨークに居を移し、今は日本料理店を開いて繁盛している。そして俺と同い年、三十四歳のリキは、表向き「この人種の坩堝で正義を実現するため」、実際には「誰にも馬鹿にされずに歩き回るため」に警察官になった。現在はハリーと同じ十九分署にいる。俺が知る限り、ニューヨーク市警で日系の刑事は彼一人だ。

俺はバーボンを指一本分グラスに注ぎ、一気に呑み干した。起き抜けに軽く呑んだ一杯は、とうに胃から消えてしまっている。忙しなく煙草を一本灰にする間、リキは黙って大人しく座っていた。俺が煙草を灰皿に押しつけると、「落ち着いたか」と低い声で訊いた。

「ああ」俺は立ち上がり、冷蔵庫——ラジオと同じく、この事務所にある数少ない文明の利器だ——を開けて冷えたコーラを取り出した。栓を抜いて、リキの前に置いてやる。

「お前も飲め」リキが命じた。

「どうして」

「気付け薬のバーボンは、もう十分効いただろう？　この後は冷静に話がしたい」

「俺は酔ってないぜ」

「コーラを飲んで、アルコールをさっさと追い出せ」

リキは冷静、かつ完全な命令口調だった。仕方なく俺は、自分の分のコーラの栓を開け、ぐっと瓶を傾《かたむ》けた。途端に、ここにバーボンを参加させたいと強く願う。コーラにバーボンは甘過ぎる組み合わせだし、どことなく下品なのだが、俺はそれが好きなのだ。

「参ったな」俺は右手で顔を擦り、コーラの瓶を頬に押し当てた。冷たい感触が、記憶を呼び覚ます。

「残念だった」リキがうなずく。「こんなことになるとはな」

「ウィリーが探偵になったばかりの頃、一度だけ奴と組んで仕事をした。奴にとってはトレーニングのようなものだった。チャーリー・タウンズ事件、覚えてるだろう」

「ああ」リキの顔が歪《ゆが》む。「あれは、お前たちのヘマだぞ」

最初は単なる浮気調査だった。ところが、チャーリー・タウンズという四十五歳の会計士は妙に勘が鋭く、俺とウィリーの尾行に気づいて、自分が浮気調査の対象になっていることを悟った。そこで切れてしまったのか、尾行をまくのではなく、通りすがりの女性を人質にとって、ナイフを首に突きつけたのだ。

俺はたちまち、窮地に追いこまれた。人質の女性を盾にされて、拳銃は使えない。じりじりと時間が過ぎる中、ウィリーが大きく背後に回りこんで行った。勘の鋭いタウンズは挟み撃ちになっていることに気づき、振り向いてウィリーの姿を確認した。そのタイミングで俺は、空に向かって威嚇射撃をした。大きな音に身をすくませたタウンズに向かい、ウィリーが突進する。現役を退いてしばらく経っていたのに、そのスピードはまさに稲妻のようで、動き出したと思った次の瞬間にはタウンズの前に立ちはだかり、鋭いストレートを顎に一発――完璧なＫＯだった。

「あの時のあいつは、人間離れした動きを見せた。そんな男が簡単に殺されるのは……俺には信じられない」

「ま、座れよ」言われるまま、リキの正面のソファに腰を下ろす。骨董屋《こっとうや》で仕入れてきた古いソファ――四脚全部が違うデザインだ――が、ぎしりと不快な音を立てる。

「ハリーは今、イーストリバー・キラーの捜査で、市警本部に引き上げられているんだ」

「そいつは知らなかったな」

「大仕事だから、緊張してるんだろう。そして今朝は、本来の自分の所轄で事件が起きた――先走りしたくなるのはわかるだろう？」

「わかるけど、あのやり方はないぞ」

「市警を代表して謝る」リキが頭を下げる。この男が時々見せるこの仕草は、日本流の謝罪らしい。

「お前が謝ることじゃない」俺は首を横に振った。「しかし、俺が昨日ウィリーと会うことになっていたって、よくわかったな。さすが、ニューヨーク市警――」そこまで言って俺は、無神経野郎どもが何をしたのか悟った。「まさか、ケイリーに話を聴いたんじゃないだろうな」

「聴いた」リキが認めた。「遺体の身元はすぐにわかった。家族に話を聴くのは当然だろう。その中で、お前の名前も出てきた。一緒にヤンキースの試合を観に行く予定だったんだって？」

「ああ。だけど奴は現れなかった。ハワードのプレーを見逃すような男じゃないんだが」

「ハワードは昨日、五打数ノーヒットだったじゃないか。しかも試合は負けた」

「わかってる。ウィリーは観なくて正解だったよ」

「で？　ヤンキース戦をすっぽかして、彼は何をやってたんだ？」

「わからん」しかしわかっていることもある……こういう場合、警察にどこまで話すかは難しいところだが、サムズ・キッチンでサンドウィッチを仕入れていた件ぐらいは教えてもいいだろう。あれが手がかりになるとは思えなかったが。

予想通り、リキもこの話にはさほど乗ってこなかった。一応手帳に書き留めたが「何か仕事をしていたらしい、というだけじゃな……」と首を傾げる。俺は新しい煙草に火を点けたが、一服しただけで灰皿に置いた。

「お前ら、組んで仕事はしてなかったのか？」

「パートナーじゃないからな」俺は認めた。

「仲はよかったんだろう？」

「友だちとして、だ。俺とあいつじゃ、顧客層が違う」

「向こうは黒人、お前は白人ということか」

「簡単にまとめるとそうなる」俺はうなずいた。

「だけど、仕事の話をすることもあっただろう？」

「ああ。ただそれは、呑んで馬鹿話をしている時だけだ。失敗談を笑い話にする――それはお前たちも同じだろう？」

「俺には、人に笑ってもらえるような失敗はないぞ」

「ああ……お前はそうだろうな」リキは手堅く、ミスを犯さない男だ。「とにかく最近は、仕事の話をしたことはない。だから、奴が今どんな依頼人を抱えて、具体的にどんな仕事をしていたかはさっぱりわからない」

こうなったのには理由がある。問題のチャーリー・タウンズを、俺たちはジンクスにした。二人で組んで仕事をすると、ろくなことがない。

「仕事以外のトラブルは？」

「聴いてないな」俺は反射的にとぼけた。最近のウィリーが、どことなく落ち着かず、時に落ちこんでいたのは間違いない。実際、何か問題を抱えこんでいたようなのだ、彼は、詳しい事情を打ち明けるつもりはないようだったが。

しかし、俺にとっては友だちだ。友だちが殺されたら、探偵としては黙っているわけにはいかない。

　もちろん、リキにそんなことを宣言するわけにはいかない。いかに親しかろうが、彼は警察官であり、自分とは住む世界が違う。

「最近ミスタ・ネイマスは何かに悩んでいたらしい、と奥さんが言っていた」

「そうか」

「彼は、家には仕事の話を持ちこまない主義だったそうだが、仕事のトラブルとしか考えられない」

「どうして」家庭内の揉め事だった可能性も否定できない。

「奥さんが何も知らなかったのは、仕事絡みだったからじゃないか」

「俺は、ウィリーとは仕事の情報を共有していない。何をしているか知りたかったら、それこそ事務所を調べたらどうなんだ？」

「それはもうやってる——ミスタ・ネイマスは、イーストリバー・キラーについて調べていたのでは？」リキが唐突に言い出した。

「それはないと思う」俺はコーラの瓶を、音を立ててテーブルに置いた。いつの間にか煙草はすっかり短くなり、灰皿の中で燃え尽きそうになっている。無視して話を続けた。「あれは、探偵が手を出すような事件じゃないからな」

「被害者の家族から依頼を受けたらどうだろう？　あの事件が始まってから、もう一年が経つ。容疑者は浮かんでいない。業を煮やした家族が、探偵に高額の依頼金を積んでもおかしくないと思うが」

「考え過ぎだ。探偵に、殺人犯を捕まえられるわけがない。そんなことが可能なのは、小説や映画の中だけの話だ」

「じゃあ、ミスタ・ネイマスはこの件には首を突っこんでいないと？」

「俺はそう思う」

「じゃあ、どうしてイーストリバー・キラーに殺されたんだ？」

「そもそも、イーストリバー・キラーの犯行に間違いないのか？　強盗かもしれないぞ。ウィリーの持ち物は見つかってるのか？　財布とか、拳銃とか」

ウィリーは、まったく危険のない仕事でも拳銃を持ち歩くのが常だった。ニューヨークでは、探偵でも銃を所持し、持ち歩く条件は厳しい。彼が拳銃を手に入れた時、「これで俺も一人前の探偵だ」と嬉しそうな表情を浮かべていたのを思い出す。探偵の証明として撃つなよ、と俺は警告したものだ。

「何もない」

「だったら――」

「手口がまったく同じだ」リキが俺の言葉を遮《さえぎ》った。

「模倣犯かもしれない」俺は反論を続けた。別に、リキに対して反感を抱いているからではなく、こうやってプラスマイナスの考えをぶつけ合うことで、一段高いレベルに上がれるかもしれないからだ。

「今のところ、模倣犯によると思われる犯行はない」

「これが初めての模倣犯じゃないのか」

「どうかな」リキが首を傾げる。「あれこれ推理するより、ミスタ・ネイマスがイーストリバー・キラーに襲われて殺されたと考える方が自然だ。どんな事件でも、一番シンプルな推理が正しいんだよ」

「そうかもしれないな」

重い疑問が俺の胸に残った。ただしその疑問をリキと分かち合うつもりはない。いくら仲がいいといっても、彼はあくまで警官である。どこかで一線を引いておかないと。

「ハリーが、またしつこくあんたを責めてくるかもしれないぞ」

「どんなに責められても、渡せる材料はない」

「彼はそう思わないかもしれない。上からのプレッシャーが厳しいからな」

「そのプレッシャーは、ハリー一人に抱えこんでもらおう。俺には関係ない」

「そうか……ところでお前、仕事が入ったんだな」

「何で知ってる?」俺は警戒して、コーラの瓶をきつく握った。

「外で、妙齢の女性にお会いしたんだよ。タクシーに乗りたいというから、表通りまで連れて行った。ハーレムで、一人でタクシーを拾おうとするとはいい度胸だ」

「ここはハーレムじゃない。それに、ハーレムも悪い場所じゃないぞ」

「いや、彼女のような田舎の人にとっては、危険極まりない」

「そこまで聞き出したのか？」俺は感心すると同時にむっとしていた。リキはおそらく、ハリーと一緒にここへ来たのだろう。しかし困っているエマを見つけ、親切にもタクシーを拾ってやった――リキがそんなことをしている間に、俺はハリーを絞め殺しそうになっていたわけだ。

リキもどこか抜けている。親切なのはいいことだが、公務の最中ではないか。

「妹さんが行方不明だとか」

「よくある話だ」俺の口から明かすわけにはいかないが、リキが依頼人本人から聞いてしまったのだから、否定もできない。

「お前なら安心して任せられると言っておいた」

「それはどうも」

「心配してるんだから、ちゃんと見つけ出してやれよ。それと……イーストリバー・キラーには絶対に関わるな」

彼の忠告はきちんと受け止めておこう。それを教訓としてちゃんと生かすかどうかは別問題だが。

規則に縛《しば》られた毎日で満足できたなら、俺は今でも警官をやっている。そういう生活を五年続けてうんざりしたからこそ、俺は探偵になったのだ。

ようやく一人になると、俺ははたと困った。

真っ先にやらねばならないのは、ケイリーと会って慰めることだ。しかし、今朝の電話での会話が微妙に気まずかったのが引っかかっている。それに今頃は、ハーレムの黒人コミュニティが総出で、あの一家の面倒を見ているだろう。我らが街の便利屋、そして元ミドル級チャンピオンのウィリー・〝ザ・ライトニング〟・ネイマスの魂よ、安らかに。残された家族に救いの手を。

俺は昔から、ハーレムにも、そこに住む黒人たちにも、マイナスの印象は抱いていなかった。パトロール警官だった頃の担当がこの地区で、毎日歩き回っているうちに、ここに住む人たちとのつき合い方がわかってきたのだ。彼らは彼らで、ハーレムを心地好い、安全な場所にしようとしている。残念ながら乱暴者はそれなりにいるし、外部から入って来る人間には敵意のある視線を向ける人が多いので、「ハーレムは危ない場所」という悪評が立っているのだが、実際の犯罪発生率は、市内の他の地域と比べて極端に高いわけではない。その辺を念頭に置いて、街の有力者たちに礼を尽くしておけば、平気で歩き回れた。

とはいえ、俺は黒人ではない。ハーレムの人たちとは普通につき合い、ウィリーのように友だちと呼べる存在もいるが、それでも同化は不可能だ。街全体が喪に服している時には、俺のような部外者は身を引いておくのが正解だろう。

仕事は二つある。

シャーロット・コールの捜索と、ウィリー殺しの解明。どちらを先にするか少し迷った後、後者を優先することにした。シャーロットに関する聞き込みをするには、もう少し遅い時間の方がいい。

まずは情報収集。最初に、ブライアント・パークの脇にある公共図書館に向かった。ここの分館は各地にあるのだが、一気に調べ事をしようとする時は、やはりミッドタウンにある本館に限る。イーストリバー・キラーの事件は新聞で読んでいたし、ラジオのニュースで聴くこともあったが、全てのケースをきちんと覚えているわけではない。

ここ一年ほどの新聞をマイクロフィッシュで読み、要点をメモしていく。新聞が常に正確な情報を書いているわけではないが、大枠は合っているだろう。

午前中一杯かけて、この一年間に起きた五件の事件――イーストリバー・キラーによるものとされる殺人事件について、それなりに情報が集まった。

最初の犯行はちょうど一年前、一九五八年の四月だった。マンハッタンの証券会社で役員秘書として働いていた二十五歳の女性が、頭を銃で撃ち抜かれ、さらに喉を切り裂かれた状態で、イーストリバーに浮いているのを発見された。犯行はその前日と見られていたが、犯人につながる手がかりはなし。

その後の四件の犯行の犠牲者も女性ばかり。いや、正確には五件で、犯人は一回だけ失敗していた。被害者女性は軽傷を負っただけで無事だったのだ。

被害者の年齢、住所はばらばらで、共通点は女性ということだけだ。しかも、間隔が不定期である。半年も間が空くこともあれば、二ヵ月連続で遺体が見つかったこともある。人を殺すことに快感を覚えるような人間なら、決まった手段で、定期的に犯行を繰り返すことが多い。それ故、最初の犯人の手口を真似した複数の殺人犯では、という推測もあった。

ざっと記事を読んで、俺も複数の模倣犯による犯行ではないかと考え始めた。ヒントは遺体の遺棄場所である。遺体は全て、イーストリバーを漂っているところを発見され――マンハッタンとブルックリン、クイーンズを結ぶフェリーが頻繁《ひんぱん》に行き来しているので遺体は見つかりやすい――全ての事件で、後に血痕《けっこん》などから遺棄場所が特定された。現場はマンハッタン北部の二十五分署、中ほどの十九分署などに分散している。一人の犯人が、ニューヨークの広い地域を歩き回って犯行を重ねているとは考えにくかった。それならとうに、どこかで証拠を残していそうなものだ。ニューヨーク市警は、三人目の犠牲者が出たタイミングで、この事件を最重要課題に格上げし、捜査本部を設置した。ハリーは所轄からこの捜査本部に引き上げられた、ということだろう。本来、本部の刑事だけで事件を担当するものだが、分署も巻きこんでいることから、市警の本気度が窺える。

ウィリーはこの件に嚙《か》んでいたのだろうか？　やはりそれは考えにくい。ウィリーは、浮気調査や離婚も扱う何でも屋だが、逆に、危ない事件に首を突っこむことはないはずだ。彼が本当にやばいことに絡まざるを得なくなったら、普段仕事の話はしないといっても、俺に何か言ってくるだろう。ウィリーがシビアな件で相談できる人間というと、俺ぐらいのはずだ。

わからない。

イーストリバー・キラーが一人だとすれば、無差別殺人犯としか考えられない。しかし無差別殺人を犯す人間も、相手は見るはずだ。拳銃を持っていれば大抵の人間を制圧できるが、ウィリーは今でも、ミドル級のボクサー特有の軽い身のこなしと殺気を持っており、一目見ただけで危ない男だとわかる。失敗したら自分の身が危ない――そう考えて躊躇《ちゅうちょ》するのが普通だろう。完全に自分の犯行に酔っていて、冷静な判断力を失っているとも考えられなかった。そんな犯人は、一回の犯行で必ずヘマして証拠を残し、警察の網にかかるものだ。

わざわざウィリーを狙った理由は何だろうか。

図書館を出て、ブライアント・パークをぶらつく。グランド・セントラル駅に近いこの辺りはまさにマンハッタンの中心、ビジネス街であり、様々な人種の人間が足早に行き交っている。俺は西四十丁目に出て、屋台で昼食を仕入れた。ブライアント・パークに戻り、ホットドッグとソーダでさっさと食事を済ませる。昨日とは打って変わって暖かい一日で、観光客の姿も目立つ。俺はこの公園が好きだった。周りは全て高層ビルで、この公園だけがぽっかりと空いた緑の空間になっていて、それがいかにもニューヨークらしい。

ふいに、ウィリーがもうこの世に存在しない、という事実に打ちのめされる。ウィリーと出会ったのは、彼がまだボクサー、俺が警官だった頃だから、もう十年も前になる。試合会場の警備に駆り出された俺は、ウィリーのファイトを目の当たりにして、強烈な衝撃を受けたのだ。ウィリーの戦いぶりは強いというよりしなやかで、相手のパンチを軽くいなし、自分のパンチを確実に叩きこんでいく。何ラウンドで倒すか、最初から計算して戦っている感じだった。

試合後、俺はロッカールームでウィリーの勝利を祝福し、それがきっかけで時々一緒に飯を食べるようになった。白人警官と黒人ボクサーの組み合わせは傍目からは奇妙に見えたかもしれないが、気が合ったとしか言いようがない。当時俺たちは、ともに二十代半ば。まだまだ血気盛んな頃で、刺激を求めていたせいもある。

ウィリーは数年後、余力を残してボクシングから引退した。黒人の「元ミドル級チャンピオン」が引退後にどうやって暮らしていくか、選択肢はそれほど多くなかっただろう。仕事といえばせいぜい、ジムで若い連中の指導をするぐらい……しかしウィリーは、刺激を求めていた。後輩にボクシングを教えても、現役時代の興奮は絶対に味わえない。

その頃既に警官をやめて私立探偵になっていた俺の仕事に、ウィリーは異様に興味を示した。俺は「サービス」として、自分が扱った事件を少し膨《ふく》らませ、面白おかしく話していたのだが、ウィリーはそれに惹《ひ》かれたようだ。「俺も探偵になる」と言い出した時にはさすがに止めたが、彼は本気で、ベテランの私立探偵──俺にとっても師匠格の男で、当時六十代の白人男性にしては人種差別的な感覚をまったく持っていなかった──に弟子入りし、然るべき修業を終えた後、生まれ育ったハーレムで事務所を開設したのだった。

彼はハーレムの中が専門だったので、俺と組んで仕事をすることはなかったが、友人としてしょっちゅう会っていた。独身の俺は、彼の家でケイリーの手料理を食べさせてもらうこともしばしばだった。他の白人の探偵仲間からは「お前は変わってる」

と呆れられたのだが、俺自身はまったく気にならない。気が合うかどうかと肌の色は、まったく関係ないのだ。

「ジョー」

声をかけられ、はっと顔を上げると、偶然にもウィリーの師匠――サム・ライダーが立っていた。

「サム」俺は立ち上がり、右手を差し出した。ライダーが悲しげな表情を浮かべて首を横に振り、ゆっくりと握手に応じる。その手が少し震《ふる》えているのに俺はすぐに気づいた。

「座りませんか、サム」

「ああ」

ライダーが、ぎこちない動きでベンチに腰を下ろした。杖は両手で持ち、股の間で地面につく。ウィリーが弟子入りしていた頃、彼は六十代に入ったばかりだったが、今は七十近い。会うのは何年ぶりだろう。髪はすっかり白くなり、足腰がすっかり衰《おとろ》えているようだ。既に探偵業からは引退し、今は悠々自適の生活――ブライアント・パークにもほど近いマレー・ヒルのタウンハウスで妻と二人、静かに暮らしている。

「最近はあまり外へも出ないんだ」とウィリーが寂しそうに話していたのを思い出した。

「散歩ですか」ウィリーの件を話したかったが、自分が口にしていいかどうかわからない。探偵として、ひどい経験はいくらでもしているが、誰かが死んだと伝えるメッセンジャー役だけは、今でもやりたくない。

「いても立ってもいられなくてね。ウィリーの話は聞いたか？」

「ええ」

「残念だ」ライダーがゆっくりと首を横に振る。機械仕掛けの人形のような、ぎこちない動きだった。

「昨日、会う予定だったんです」

「そうなのか？」ライダーがのろのろと顔を上げた。

「ヤンキー・スタジアムで会うはずだったんです。あいつは来ませんでした」

「その時に、もう何かあったんだろうか」

「わかりません」いや、それはない……試合は午後だった。そんな時間にイーストリバー・キラーが犯行に及ぶとは考えにくかった。

「警察から連絡があったんですか？」

「ああ」

だとすると、警察の動きはかなり早い。ハリーの態度ややり方は気に食わないが、「師匠」であるライダーにいち早く接触してきたのだから、かなり広範囲に、しかも手際良く捜査を進めているのは間違いないだろう。

「ケイリーと電話で話した」

「ええ」自分は話していない。刺激したくなかったからだが、何だか自分が卑怯者のような気がしてきた。

「泣いていた。泣かない女だと思っていたが」

「俺も、彼女が泣くところは見たことがありません」

「あいつは、何かヤバイことに首を突っこんでいたのか？」

「今何をやっていたかは、知らないんです」

ライダーがジャケットのポケットからパイプを取り出し、葉を詰めた。慎重にマッチで火を点けると、渋い表情を浮かべてふかした。彼の顔が、紫煙の向こうでぼやける。

「そうか……どうする？」

「どうするとは？」

「警察に任せておくつもりか？　奴らは失敗するぞ」

「結論を出すのは早いんじゃないですか？」

「俺の趣味は知ってるな？」

「スクラップ」

この業界では、ライダーは「歩く犯罪事典」と呼ばれている。過去、現在、あらゆる事件にやたらと詳しく、ちょっと訊くとこちらが期待していた以上の答えが返ってくる。その源泉になっているのが、新聞記事のスクラップだ。ライダー曰く「一度読んで、スクラップブックに貼る時にもう一度読むから頭に入る」。真似してやってみようと思ったこともあるが、これが意外に手間取る――ニューヨークは事件の多い街で、『タイムズ』も『ポスト』も犯罪実話雑誌の趣《おもむき》があり、記事を追い切れないのだ。

「もう仕事は引き受けないが、相変わらずスクラップはしている。イーストリバー・キラーについても、散々記事を読んで、俺なりに考えてみた。これまで五件――ウィリーの件と未遂を含めると七件だ。犯行が始まって一年以上になるのに、警察はまったく手がかりを摑めていない。要するにお手上げ状態だな。犯人が大きな失敗をしない限り、犯行は永遠に続くだろう」

「そうはさせませんよ」

「どうするつもりだ」ライダーの目が光る。

「俺が、ウィリーの敵《かたき》を討《う》ちます」

「警察が組織的に捜査して、今まで犯人の手がかりがまったく摑めていないんだぞ。一人でできると思ってるのか？」

「あいつらは、給料をもらうために仕事をしている。俺は違う」

「正義のためか、カウボーイ？」

「いや」俺は首を横に振った。「ウィリーのためです」

「そうか……俺も、この膝《ひざ》がもう少し元気なら、自分で何とかしたいところだ」ライダーが右膝を揉んだ。歳を取ったせいもあるが、彼は昔から膝が悪かった。戦前、ギャングの撃ち合いに巻きこまれて、膝を撃ち抜かれた後遺症だという。

「あなたの代わりに、俺が動きます」

「ああ。敵をとってくれ」

「一つ、心配していることがあります」俺は人差し指を立てた。

「何だ？」

「イーストリバー・キラーが単独犯なのか、複数の模倣犯がいるのかはわかりません。ただ、これまでの被害者に黒人男性は一人もいなかった。ウィリーの死を、ニューヨーク市民全員が悼《いた》むとは思えない。放っておいたら、あいつは埋もれた犠牲者になってしまいます」

「考え過ぎだ。ハーレムの住人にとって、あいつは守り神だからな。ハーレム全体が喪に服すことになるよ」

「警察も真面目に捜査しないかもしれない」

「考え過ぎだ。殺しは殺しだよ」

「……とにかく、俺にとっては放っておけないことなんです」

「わかっている。健闘を祈る」ライダーが重々しい顔つきでうなずいた。「俺の分まで、ウィリーのために戦ってくれ」

「本当は、助手が欲しいところですよ」

「ほう、忙しいのか」ライダーがニヤリと笑った。「探偵の仕事はそういうものだな。暇な時は家賃を払うのにも苦労するぐらい、仕事がない。ところがある日突然仕事が集中して、時間が足りなくなる。今時、個人でやる探偵は流行《はや》らないかもしれないな。何人も調査員を抱えて会社組織にして、弁護士事務所から定期的に仕事をもらうのがいいんだろう」

「そういう仕事が面白いとは思えないんですよね」俺は煙草に火を点けた。「一人で気楽にやりますよ」

「今は、他にどんな事件を扱ってるんだ？」

「行方不明事件です。若い、女優志望の女性が消えた」

「そういう依頼は、今まで何十回となく扱ってきただろう」

「ええ」

「依頼人にはあまり期待を持たせないことだ」

「そうもいきません」

「体が二つ欲しいだろう？　手助けできなくてすまんな」

「御大に迷惑をかけるわけにはいきませんよ」俺は煙草を足下に落として踏み消した。「抱えた事件には責任を持て——あなたは昔からよく言ってましたね」

「ああ」ライダーが笑みを浮かべた。「どうせいずれは、歳を取って探偵仕事もできなくなる。だから、できるうちに何でもやっておくことだな。撃たれて死ななければ」

嫌なことを言う。しかし、撃たれると思って仕事をしている探偵はいない。もちろん俺は、撃たれるつもりもないし、ジジイになって引退するまでには、まだ長い時間があると信じている。


イーストリバー・キラーに関する基本調査を終えると、俺はシャーロット失踪《しっそう》事件に取りかかった。

まずはブロードウェイのシアタークラブ——失踪前にシャーロットが働いていた店だ。エマはろくな手がかりを得られなかったようだが、素人《しろうと》、しかも妹が失踪して感情的になっている女性がやれることには限度がある。

シアタークラブは、昼前に店を開けると、深夜までずっと営業している。ブロードウェイに集まる演劇関係者、芝居好きなニューヨーカー、観光目的のおのぼりさんたちの胃袋を満たす巨大な台所だ。最近はテレビの関係者――ニューヨークの新しい主役――も多い。

大きな店内に、所狭しとテーブルと椅子が並んでいる。すべて濃い茶色なので、店内は少しだけ暗い雰囲気だった。

俺も、この店では何度も食事をしていた。常に賑わっている印象があったが、午後早いこの時間は、比較的空いている。今日は大抵の劇場でマチネーがある日なので、夕方が一番賑わうだろう。マチネーを終えて一杯を楽しもうとする客と、夜の観劇前に腹ごしらえをする客で、店は満員になる。

マネージャーのトム・ホワイトは、話しやすそうな男だった。もともとブロードウエイ界隈では有名人である。彼が経営するこの店は、出世の足がかりとして知られているのだ。彼いわく「シアタークラブで働いた人間は芽が出る」。彼も元々――戦前には舞台俳優だったらしいが、戦後にレストラン経営に転身した。上手くいかなかった自分のキャリアのせいか、俳優志望の若い男女の面倒を実によく見る。実際、ここで演劇関係者にスカウトされる俳優の卵たちのために口添えすることもしばしばだった。もちろん、ホワイトのお眼鏡に適わないと話にならないのだが。

「お姉さんと名乗る人が、ここへ来たよ」握手を交わした後、ホワイトが切り出した。

「その後で、私のところに相談に来たんです」

「プロに任せるのが当然だろうな……素人がカンザスからいきなりニューヨークに来て、人捜しをしようとしても無理だ。私もそう忠告したんだがね」

ホワイトがゆっくりと首を横に振り、煙草に火を点ける。そこへ、ウェイトレスがコーヒーを二つ運んできた。目にも鮮やかなブロンド、腰の位置が高い抜群のスタイルで、俺は素早く名札を読み取った。ジェーン。

「彼女も女優志望ですか」ジェーンの豊かな尻を目で追いながら俺は訊ねた。

「うちのフロアで働く人間の九割は、俳優志望だよ」ホワイトがうなずいた。「残り一割は脚本家志望だ。しかし脚本家志望者は、こういう店ではちゃんと働けないね。あの連中は基本的に、まともな人間関係を構築するのが下手なんだ」

「ああ……何となくわかります。今の女性――ジェーンはどうですか」

「難しいね」ホワイトが小声で、しかしあっさりと断じた。「あの子には『何か』がない。いいところ、ピンナップガールで終わるだろうな。ピンナップガールとしては上等だがね」

「その辺は、俺にはよくわかりません」俺も煙草に火を点けた。

「それで、ジョー――ジョーと呼んでもいいかね」

「もちろんです」

「だったら、私のことはトムと」

俺はうなずき、ホワイトの次の言葉を待った。彼はゆっくり煙草を吸い、眉根に皺《しわ》を寄せた。

「ジョー、こういうことは時々あるんだ」

「働いている人が行方不明になって、田舎から家族が捜しに来るんですね。そういう時、どうするんですか」

「もちろん、真摯《しんし》に対応するよ」ホワイトがコーヒーを一口飲んだ。「わかる範囲のことは教える。ただし、ヒントになることはほとんどないし、教えられないこともある」

「例えば？」

「店の中の人間関係とか。変に勘ぐられて、従業員にちょっかいを出されても困るからね」

「俺も聞き込みするかもしれませんよ。その結果、こちらの従業員に迷惑をかける可能性もある」

「今回は、それは必要ないだろうな」ホワイトがあっさり言った。「シャーロットは、店の人間とはあまり濃い関係を築いていなかった。ここはあくまで金を儲けるための場所で、必要以上に親しくなろうとはしなかったんだろうな」

「店員一人一人をよく見てるんですね」

「俳優志望の人間が多いと、いろいろ大変だからね」ホワイトが苦笑した。「エゴが肥大している連中ばかりだから、トラブルも絶えない。そういうことを避けるためには、店の中をよく観察しておく必要があるんだ」

「経営者も大変ですね」

「まったくねえ」ホワイトが煙草を灰皿に押しつける。「そういうわけだから、私の言うことは信じてもらっていい。そもそもシャーロットの件では、嘘をつく必要もないんだ。彼女はもう辞めているしね」

「どうして辞めたんですか？　何かトラブルでも？」

「詳しい事情は知らない。他の店に移るとは聞いていたが、どこの店かは、彼女は言わなかったんだ」

「知られたくなかったということでしょうか」

「それもわからん」

「ミス・コールは、この店で何かトラブルを起こしていなかったんですか」

「私が把握している限り、そういうことはなかった」

「人間関係は？」

「特に問題はなかった。さっきも言ったが、あまり親しい人間もいなかったはずだ」

今のところ、ホワイトが嘘をついているとは思えなかった。嘘をつく理由もないだろう──彼がシャーロットを殺したのでない限り。

「誰か紹介して下さい。直接話を聴いてみたい」

「イエスとは言いにくいな」ホワイトが渋い表情で顎を撫《な》でる。

「この店の評判を落とすようなことはしませんよ。何かおかしなことがわかっても、あなたの耳元でささやいて終わりにします。もちろん、料金はサービスで」

ホワイトが、苦笑しながら首を横に振った。それから手を上げてジェーンを呼び、ささやくように何かを確認する。うなずくと、一人の女性の名前を教えてくれた。

「ただし彼女は、今日は遅番だ。会いたいなら、時間を調整して来てくれ」

「だったら今夜、夕食のテーブルを予約しておきます。仕事の合間に話をしてくれるだけで十分ですよ」

「穏便に頼むよ」

「もちろんです」

「しかしねえ……俳優や歌手志望でニューヨークに出て来た若者が、いつの間にかどこかに消えてしまうことはよくある。この街には、暗くて大きな穴がたくさんあるんだろうな」

その感覚は理解できる。少しでも気を抜いた人間は、その穴に吸いこまれてしまう……。

ふと、店内に流れているのがバディ・ホリー（一九三六年〜一九五九年。初期のロックスター。スーツに黒縁眼鏡がトレードマークで、『ザットル・ビー・ザ・デイ』など多数のヒット曲を持つ）の『ペギー・スー』だと気づいた。三十代も半ばであまり大声で言いたくはないのだが、俺はロックンロールが好きだ。若い頃は音楽にほとんど興味がなかったのだが、エルヴィス・プレスリー（一九三五年〜一九七七年。ロックンロールの第一人者にして、世界で最も売れたソロ・アーティスト。全米・全英でナンバーワンシングル十八曲。映画俳優としても活躍した。「キング・オブ・ロックンロール」）の登場で、ロックンロールという新しい音楽に衝撃を受けてのめりこんだのは事実だ。バディ・ホリーは、エルヴィスとはまた違う、リズムを強調した曲の素晴らしさを教えてくれた。

俺が一瞬音楽に心を奪われたことに気づいたのか、ホワイトが低い声で「バディは、何度かこの店に来てくれたんだ」と教えてくれた。

「本当ですか？」

「ああ。彼は去年結婚してから、ニューヨークに住んでいた。ここへ来る度に、騒ぎを抑えるのに大変だったよ」

「どんな人だったんですか？」

「あのままだね」ホワイトが笑った。「あのまま」というのは、スーツに眼鏡という、ロックンロールを演奏する人間らしからぬスタイルのことだろう。「スーツも眼鏡も舞台衣装だと思ってたんだが、違うんだね。でも、彼がエルヴィスみたいに派手な格好をしていたら、逆にあそこまでは売れなかったかもしれない」

エルヴィスには、その辺を歩いているだけで女の子を妊娠させてしまいそうな、猛烈な性的魅力がある。しかしバディ・ホリーはインテリというか、真面目に見える兄ちゃんがギターを持って歌ったら素晴らしかった――というような意外性があった。

「まさか、あんな形で亡くなるとは思いもしなかった」ホワイトが溜息をついた。

「確かに、飛行機事故なんて、想像もできませんよね」

バディと、リッチー・ヴァレンス（一九四一年～一九五九年。メキシコ系アメリカ人で、メキシコ民謡をロックンロール調で演奏した『ラ・バンバ』の大ヒットで知られる）らを乗せた小型機がアイオワで墜落したのは、今年の二月である。乗客乗員四人全員が死亡し、大袈裟《おおげさ》ではなく全米が喪に服した。

何となく、ロックンロールが終わってしまったような感じがしている。エルヴィスは去年から兵役で西ドイツにいる。バディもリッチーも死んだ。そして今、ラジオのヒットチャートを賑わしているのは、ロックンロールの熱気とは縁遠い、キャンディのように甘いメロディだけが売り物のポップスだ。そのせいか、このところ俺は、昔ほど熱心にはラジオを聴かなくなっている。

「ああいう事故は、本人がいくら気をつけていてもどうにもならない」

「ニューヨークと同じですね」

ホワイトが渋い表情でうなずき、「私も君も、とりあえずは穴に呑まれないでここまで来たわけだ。これからも気をつけよう」と言った。

うなずき返すしかない。長年この街で暮らしていても、決して緊張感が薄れることはないのだ。おそらく緊張感が薄れた時に、俺たちは暗い穴に吸いこまれる。

俺はその後、シャーロットの家を捜したが、これが意外に難儀した。エマの情報通り、シャーロットはやはり女優志望の女性と一緒に部屋を借りて住んでいたのだが、正確にはその女性の部屋に転がりこんでいただけで、不動産屋にもシャーロットの情報は一切残っていなかったのだ。しかも今は、シャーロットとはまったく関係ない女性が住んでいる。仕方なく俺は不動産屋に、シャーロットと暮らしていた女性の名前と連絡先を訊ねた。これは、エマが探り出せなかった情報である。しかし俺はプロだから、プライバシーを重視する不動産屋から情報を引き出すテクニックを百ぐらい持っている。今回は一番簡単な方法——一ドル札を使った。

シャーロットと同居していたアイオワ出身のエミリー・スプリングという女性は、既にニューヨークを離れていた。しかし故郷に帰ったわけではなく、西海岸に向かったのだという。きっかけは、映画の出演が決まったことだった。ニューヨークのエンタテイメントは、演劇とテレビ。映画となると、やはり西海岸のハリウッドが中心になる。しかし俺は、「エミリー・スプリング」という女優の名前を聞いたことはなかった。もしかしたら、芸名を使っているのかもしれないが。

不動産屋に残っていたのは、彼女の実家の電話番号だけだった。俺は事務所に戻ると、デスクについて受話器を取り上げた。番号を回す前に、バーボンを一口。胃が温まったところで、アイオワの電話番号を回す。電話に出てきたのは母親で、意外にも好意的だった。極めて珍しいことだが、娘が女優になれると本気で信じているのかもしれない。同居していた女性の行方を捜していると言うと、迷うことなく、ロサンゼルスの家の電話番号を教えてくれた。

ロサンゼルスとは三時間の時差がある。向こうはまだ午後早い時間……教えられた電話番号にかけると、少しスペイン語訛りのある男が電話に出た。エミリーを出してくれと頼むと、いきなり「お前は誰だ」と喧嘩腰になった。どうやらエミリーは、西海岸で面倒臭い男と一緒に住んでいるようだ。厄介《やっかい》なことにならないといいのだが……男を凹ますのは簡単だが、それでは話はできない。俺は必死で男をなだめ、持ち上げ、ようやくエミリーと話すことができた。

エミリーは当然警戒していたが、シャーロットの名前を出すと少しだけ緊張が緩んだ。とはいえそれも一瞬で、行方不明だと告げるとにわかに声が硬くなる。

「どういうことなんですか？」

「それがはっきりしないから、あなたにも話を聴いているんです。前後関係を確認させて下さい。ミス・コールは、いつまであなたと一緒に暮らしていたんですか？」

「三ヵ月前……一月に彼女が出て行ったんです」

「あなたが西海岸へ行ったのがきっかけだったんじゃないんですか」

「ちょうどその話が出た頃ですけど、それとは直接関係なく、シャーロットが先に家を出ました」

「何かあったんですか？　喧嘩でも？」

「そういうわけじゃないですけど……」

「男性ですか？」

「そうかもしれません」

「特定の男性と関係があった？」

「うーん……」エミリーが黙りこむ。正確な情報を知らないのか、話す権利があるかどうかと悩んでいるのか。「シャーロットとは、オーディションで知り合って、一緒に住むようになっただけなんです。私は家賃を折半できる相手が欲しかったし、シャーロットはなけなしのお金が乏《とぼ》しくなってきて、安いホテル住まいもできなくなっていたから」

「仲がよかったから一緒に住んでたわけじゃないんですね」俺は、エミリーの喋り方に、シャーロットをかすかに馬鹿にするような調子が滲《にじ》んでいることに気づいた。カンザス出身ということで「田舎者が」とでも思っていたのかもしれない。アイオワとカンザスとどちらが田舎か、ニューヨークで生まれ育った俺には判断できなかったが。

「まあ……単なるルームメイトでした」

「あくまで同じ部屋に住んでいただけ、ということなんですね」俺は念押しして訊ねた。

「ええ」

「ミス・コールのオーディションは、上手くいってなかったんですか」

「そうですね。だいぶ落ちこんでいましたけど、この世界、そんなに甘くないから」

「彼女は、去年の夏にニューヨークに出てきました。それで、一度もオーディションに通らなかったんですか」

「彼女、ちゃんとした教育を――演劇に関する教育ということですけど、受けていなかったんですよ。ニューヨークには、大学でシェークスピアから――もしかしたらギリシャ悲劇から演技を勉強して、演技ができるだけじゃなくて理論武装もできている人が、掃《は》いて捨てるほどいます」

「あなたもですか？」

「もちろん」

「じゃあ、ニューヨークでも舞台に立ったことがあるんですね」少し傲慢《ごうまん》な彼女の物言いに引っかかり、俺はつい皮肉に訊いてしまった。

「まあ……私は舞台よりも映画に向いていると思うので」エミリーが微妙に話題をねじ曲げた。

「映画だったら西海岸ですよね……もう一度訊きますが、ミス・コールのニューヨークでの活動は、あまり上手くいっていなかったんですね」

「半年ぐらいでどうにかなるものじゃないですけど」

「結局、ミス・コールは家を出た――あなたとの同居を一方的に解消したんですね」

「ええ」

「どこへ行ったんですか？」

「一緒に住む人ができた、という話でした」

「特定のボーイフレンドがいたんですか？」

「たぶん……でも、嘘かもしれません」

「嘘？」

「ジム・ジャックマンとか言っちゃって……冗談というか、妄想ですよね」少し白《しら》けた口調でエミリーが答える。

「ジム・ジャックマンって、『ダブルJ』？」最近売り出し中のロックンロール歌手だ。俺もラジオでよく彼の曲を聴く。

「何か接点でも？」

「まさか。『嘘でしょ』って言ったら、彼女、笑ってたし。それまで、家に誰かを連れてきたことも一度もなかったですからね」

シャーロットは夢見るタイプだったのだろうか。女優志望の若い女性と、スーパースター候補の歌手。その二人が一緒に住むとは考えられなかった。

「あなたは？」

「私は……私が何か関係あるんですか？」急に硬い口調に変わる。

「話の流れです」

「まあ……あの子はまだ子どもだから。十八歳？　十九歳になったのかしら」

「十九ですね」

「その年齢にしてはウブなところがあるんです。だから、私がボーイフレンドを家に連れて帰る時は、いつもどこかへ出かけてた。居辛かったんでしょうね」

それはそうだろう。女優を目指す若い二人がニューヨークで住める家が、それほど広いわけがない。

「あんなにウブなのに、女優になりたいっていうのもおかしな話よね。図太くないと、こういう仕事はできないのに」

「家を出て行った後、連絡は取ってなかったんですか？」

「一度も」

「他に、彼女が親しくしていた人を知りませんか？」

「さあ……彼女が外で何をしていたかはわからないわ」

　何となく無責任というか、見下した態度が気に障《さわ》る。しかし俺は、エミリーに対する攻撃は控えた。彼女が、ニューヨークでシャーロットの一番近くにいた人間なのは間違いないのだから、今後も協力を仰《あお》ぐ必要が出てくるかもしれない。

　何とか彼女の機嫌を損《そこ》ねることなく、会話を終えた。結局詳しいことは何もわからなかったのだが、これで諦めるのは早過ぎる。エマが想像しているよりずっと多くの痕跡を、人は残しているものだ。粘り強く調べ続けていけば、必ずヒントは出てくる──そもそも今回も、ヒントはあった。「一緒に住む人ができたから」エミリーとの同居を解消した。新しい同居人が男性か女性かはわからないが、その人物を割り出せれば、足跡は辿《たど》れる。もしかしたら映画関係者で、エミリーとはまったく別のルートで、今は西海岸にいるのかもしれない。

　いや、それはないか。仕事のチャンスを摑んだとすれば、必ずエマには連絡を入れているはずだ。

よし、次だ。シアタークラブのディナーが俺を待っている。

シアタークラブの名物は、何と言ってもパストラミのサンドウィッチだ。大口を開けても噛みつけないほど分厚く肉を重ね、つけ合わせは大量のフレンチフライとピクルス。しかし経験上、途中で飽きてくるのがわかっていたので、俺はチーズバーガーとサラダを頼んだ。ビールを一本。

ビールを瓶からちびちび飲んでいると、チーズバーガーがやってきた。溶けて皿にまで流れ出すチーズが、いかにも美味そうだった。

「食べ終わった頃に来るわ」

チーズバーガーを持ってきたウェイトレスが、俺に向かってウィンクした。名札を素早く確認する。昼間ホワイトが紹介してくれた、ヴィク。どうやら気楽に話せそうな相手だった。

ハンバーガーをゆっくりと味わう。昼もホットドッグで似たような食事だったが、街を歩くのが仕事とも言える探偵の食事など、三食同じようなものだ。フレンチフライではなくサラダを頼んだのは、少しでも自分の体を労《いたわ》ろうとしたからに過ぎない。

ハンバーガーを食べ終え、ビールも空にしたところで、ヴィクがコーヒーを手に戻って来た。

「デザートは？」

「パスするよ」

ヴィクがうなずき、俺の斜向《はすむ》かいに腰を下ろした。

「ヴィクは、ヴィクトリア？」

「そう。あなたは、ジョー・スナイダーね。ミスタ・ホワイトから話は聞いたわ」

「デューク・スナイダーとは綴りが違う」

ヴィクが声を上げて笑った。どうやら野球の話も通じそうだ、と俺は好感を抱いた。小柄でキュートな感じ……年齢が読めない。高校を卒業したばかりかもしれないし、もう三十歳近いかもしれない。肩までの長さの髪にウェーブをかけ、しっかり化粧している。可愛い表情に似合わぬ眉の太さが、強い意思を感じさせた。

「ミス・コールのことなんだけど」

「誰か、いい人ができたみたいよ」

やはりこの線か、と俺はうなずき「誰だかはわかる？」と訊ねた。

「そこまでは知らないけど、この世界の人かもしれないわ」

「エンタテイメントの世界？」

「私の勘だけど」ヴィクがこめかみを人差し指で突いた。

「本人の口から直接聞いたわけじゃない？」

「ないけど、そういうのは雰囲気でわかるでしょう。ここを辞める前、妙に浮かれていた感じだったの」

「恋人ができたせいで」

「たぶん」

「相手がエンタテイメント系の人だと思ったのは、どうして？」

「急に音楽の話をし出したのよ。昔は——この店で働き始めた頃は、音楽になんか全然興味がなかったのに」

「若い女性が音楽に興味がないのは、むしろ珍しい感じだけど」

「カンザスでは、ラジオが聞こえないのかもしれないわよ」ヴィクが笑った。「彼女、そう言って笑ってたわ。カンザスの定番のジョークかもしれない。レコードも簡単には手に入らなかったみたいだし」

「なるほど……」そんな田舎町からニューヨークに出て来たら、刺激でクラクラしたのではないだろうか。「相手は歌手？　ジム・ジャックマンとか」

「まさか」ヴィクが首を傾げる。妙に可愛らしい仕草だった。「この店には彼も来るから、話をする機会ぐらいあると思うけど……さすがにそれはないでしょう」

「だったら、レコード会社の関係者とか」

「その方が可能性が高いかもしれないわね。とにかく、急に音楽の話をし始めたから、訊いてみたの。そういう業界の人で、誰かいい人ができたのかって」

「答えは？」

「笑って誤魔化《ごまか》されたわ」ヴィクが苦笑した。「あの子、基本的にシャイなのよ。シャイっていうか、子どもなの。恋愛の駆け引きができるタイプじゃないし、つき合っている相手のことを自慢して喋るようなタイプでもない。たぶん今まで、きちんと男性とつき合ったことがないんじゃないかしら」

「カンザスには、人を見る目のない男ばかりが揃《そろ》ってるのかもしれない」

「かもね」ヴィクがニヤリと笑った。「とにかく、誰かいい人がいたのは間違いないと思うわ。でも、誰かはわからない。ごめんなさい、あまりいい手がかりにならなくて」

「とんでもない。何が手がかりになるかはわからないし」

シャーロットは無事でいるのではないか、と俺は想像した。というより、自分を安心させようとした。恋人ができて、幸せ過ぎる毎日を送っているせいで、姉との連絡を忘れてしまっているだけなのかもしれない。それなら見つけ出して、エマに連絡するように言えば済む。ただし……とんでもない男に摑《つか》まって、今頃得体のしれない場所で働かされているか、殺されている可能性もないではない。ここはニューヨークだ。カンザスなら牛の心配をしていれば済むが、ニューヨークでは隣人の動向にまで気を配らなければならない。

「何があったと思うの、探偵さん」

「今の段階では、何とも言えない」

「そう……ちゃんと見つけてあげてね。あの子、店の人間とも積極的に交わろうとはしなかったけど、私は心配してたのよ。女優になろうとしてニューヨークに出て来たのに、この街に馴染めない感じがあったから」

「あなたからすれば、妹のようなものだ」

「そうね……私、本当に妹がいるんだけど、何となく感じが似てるのよ」

「あなたはどこの出身？」

「オーガスタ——メイン州の。人より木の方が多いわよ」ヴィクが笑った。

「妹さんは、何歳？」

「まだ高校生。ニューヨークに出て来たがっているけど、私は止めてるわ。この街にいれば夢が叶うと思ってるんだから……甘いわよね」

「君の夢は？」

「何だったかしら」ヴィクが寂しそうな笑みを浮かべた。「この街に来る人には、三種類いると思うの。A、最初の夢を叶える人。B、別の夢を見つける人。C、途中で諦めて、生活の中に埋もれる人」

「君は今、どこに？」

「AからBに移る途中かな」

「ミス・コールは？」

「彼女がどういう風に考えていたか、どんな状態だったかは、私にはわからない。でも……もしもいい人ができて、その人との生活が全てだと考えるようになっても、不思議とは思わないわね。ごく稀に、自分の夢なんか捨てても一緒にいたいと思える人に出会えることもあるでしょう」

「あるね」俺はうなずいた。「ここはニューヨークだから。何が起きてもおかしくない」


三日が経ち、俺は行き詰まった。シャーロットの人生に男の影は見えたのだが、何者だったかがどうしてもわからない。この件では、一応エマに連絡を入れねばならないだろう。正直に「まだわからない」と報告するのが、探偵としての俺の良心だ。

一方、ウィリー殺しについては、なかなか手をつけられなかった。ウィリーの事務所を調べれば何かわかるかもしれないが、鍵を持っているケイリーにはまだ会えていない。一度だけ電話で話したのだが、それでしばらくは余計なことを頼めないとわかった。ダメージは大きく、面と向かって話をしてもどうにもなりそうにない。今のところは、ハーレムのコミュニティが彼女を支えているのが救いだった。何より可哀想なのは、五歳になったばかりの一人息子、ジャッキーである。五歳の子どもは、父親が殺されたことを理解できるのだろうか。

水曜日の夜、俺は自宅でラジオを聴きながら酒を呑んでいた。流れる曲は『煙が目にしみる』。ゆったりとしたバラードは、酒よりもいい心の鎮静剤になる。その直後にチャック・ベリー（一九二六年〜二〇一七年。最初期のギター・ヒーローで、後世のギタリストたちに大きな影響を与えた。ギターを弾きながら腰を曲げて歩く「ダック・ウォーク」が有名）の『ジョニー・B・グッド』がかかって、心のざわめきがまた蘇ってきたのだが。明日はエマに電話すると思うと、どうにも落ち着かなくなる。依頼人に悪い知らせを伝えたことは一度や二度ではないのだが、毎回こちらも胸が詰まるような思いを味わうのだ。

いつの間にか、ソファで寝てしまった。俺を眠りから引きずり出したのは電話だった。まったく、電話というやつは実に鬱陶しい……寝る時には電話線を引き抜いてしまう同業者もいるのだが、俺には理解できないやり方だ。電話は金を生む道具である。自らチャンスを潰すようなことをしてどうするのだろう。

「ジョー、呑んでるか」リキだった。

「ああ……いや、まあ」俺は曖昧に答えた。

「出て来られるか」

「何があった？」リキがこういう言い方をする時は、決まって重大事件だ。

「お前が捜索の依頼を受けた――捜している人。シャーロット・コールだったな」

「ああ」悪い予感が背中から頭まで突き抜け、俺はソファから降り立った。冷たい床の感触もあって、一気に目が覚める。「彼女がどうした」

「残念ながら、遺体で見つかった」

「場所は」

俺は早くも、昨日着たまま寝てしまったシャツを脱ぎ始めた。電話しながらなので、曲芸並みの動きを要求される。

「イーストリバー。十九分署の管内だ」

「おい、それは――」

「そう、ウィリーの遺体が見つかったのと同じ分署の管内だ」

「まさか、またイーストリバー・キラーなのか？」

「頭に一発。喉も切り裂かれている――ああ、そうだ。イーストリバー・キラーの七人目の犠牲者だと思う」

第二章　殺された女

午前三時でも、ニューヨークで移動するのは難しくない。地下鉄は運行本数が少なくなっているが、タクシーはすぐに摑まる。

タクシーは数年前に完成したイースト・リバー・ドライブを南下し、カール・シュルツ公園へ向かう。よりによってここで……市長官邸のグレイシー・マンションは、この公園の中にあるのだ。

正確な現場は、イーストリバー沿いのジョン・フィンリー・ウォーク（二十世紀前半の政治学者にちなんで名づけられた遊歩道）だった。午後十一時頃、夜中の散歩を楽しんでいた酔狂な人間が、川に浮かんでいる遺体を見つけ、慌てて警察に届け出て、その後遺体がジョン・フィンリー・ウォークに引き上げられたのだという。フィンリー教授も、ここに遺体が引き上げられることなど想像もしていなかっただろう。

現場は警察によって封鎖されていた。ハリーがいると面倒なことになると思ったが、幸い、姿は見当たらない。リキを見つけて話を聞きに行く。リキはトレンチコートのボタンを首のところまで留めていた。四月も終わりというのに冬のように気温が低い上に、川面《かわも》を渡ってくる湿気を含んだ風が凶暴だ。

顔を上げると、イーストリバーを挟んで向かいにあるクイーンズ・アストリア地区の灯がかすかに見える。こんな時間でも、ニューヨークの人間は動き回っているわけだ……俺に気づいて、リキが軽く右手を挙げて挨拶する。現場は警察官でごった返しており、大量の投光器のせいで昼間のように明るい。

「後で署に来てくれ」リキがいきなり厳しい声で切り出した。

「おいおい――」

「あんたはもう、この件の関係者になったんだよ。彼女について話してもらわないといけない」

「ああ……」確かに今の俺は、ニューヨークのどの警官よりもシャーロットについて詳しい。「身元はどうしてわかったんだ?」

「遺体と一緒に財布が見つかった。彼女の運転免許証、社会保障番号のカード、図書館の利用カード……犯人は、身元を隠す努力をしていない。今までと同じだな」

「図書館のカードがあれば、住所がわかるのでは?」

しかしリキが告げる住所は、彼女が以前住んでいた部屋のものだった。引っ越しても更新していなかったのだろう。

「遺体は……古いのか？」

「わからない」リキが首を横に振った。「この時期、イーストリバーの水温はまだ相当低いから、犯行日時は特定しにくい」

「魔女のおっぱいほど冷たいわけじゃないだろう」

「腐敗が進まないぐらいには冷たい、という意味だ」リキが冷ややかに言った。「せいぜい数日というところじゃないかな。一週間は経っていないと思う。正確なところは、監察が判断するよ」

「そうか……遺体は？」

「署に運んだ。会いたいか？」

「ああ。依頼人に状況を説明しなくちゃいけないからな」遺体の様子を語るのは悪趣味だろうが。

「お前がやるつもりなのか？」

「依頼を受けた探偵としての義務だ」

「そうか……」リキが顎を撫でる。こんな時間なのに、顔はツルツルだった。元々日系人は、あまり髭が濃くないようだが。

「警察が話すより、俺が話す方がショックが小さいだろう？」

「わかった。とにかくその件は、署で話をしよう」

「――俺を引っ張る気か？」

「違う」リキが首を横に振った。「参考人として話を聴くだけだ」

「実家には連絡を入れたのか？」

「いや、まだ実家の電話番号も割り出していないと思う」

「犯人の目処《めど》は？」

リキが真顔で俺の顔を見て、鼻を鳴らしてから「素人みたいなことを言うなよ」と忠告した。

「本当にイーストリバー・キラーなのか？」

「さっきも言った通りだ。手口が一緒だ」

俺は、リキと一緒にパトカーに乗りこんだ。拒否できない感じだし、今ここにいても、俺にはやることがない。胸に顎を埋《うず》め、エマにどう話すか、考える。

「一つだけ」横に座るリキが、人差し指を立てる。

「何だ？」

「さっきも言ったけど、ミス・コールがいつ殺されたかは、まだ特定できない。しかし俺の見た感じでは、昨日今日とは思えないんだ。だいぶ魚に突《つつ》かれてたからな……お前の依頼人が相談に来た時には、もう殺されていた可能性が高いんじゃないかな」

「それを家族に言っていいのか？」

「断定ではなく、可能性の一つとしてだったら」

探偵としては上手い「逃げ」になるが、この手を使うのは心苦しい。エマがたった一人で、慣れないニューヨークを歩き回って妹を捜していた時に、既に殺されていたかもしれない……そう言われたら、エマはこれから一生、悲しみと後悔を抱えたまま生きていくことになるだろう。いずれはわかってしまうことだが、それを自分の口から告げるのは辛い。

短いドライブの後、レキシントン・アベニューとサード・アベニューの間、東六十七丁目にある十九分署に到着した。一階が褐色砂岩、二階から上が渋いえんじ色の建物で、一階の壁に市警の紋章が入っているのを見なければ、警察署とは思えない。基本的に管内は高級住宅地で、犯罪とは縁遠い地域なのだが、今回は短期間に二つの遺体を抱えてしまったことになる。

署内はごった返していた。夜勤の警官だけでなく、自宅で眠りを貪っていた刑事たちも急遽《きゆうきよ》呼び出されたのだろう。刑事課に通された俺は、容疑者扱いされているような空気を感じていた。コーヒーもなし――はいいとしても、誰も話しかけてこない。しかしすぐに、刑事たちがあまりにも忙しくしているせいだとわかった。

リキがようやく、コーヒーの入ったカップを渡してくれた。

「サービスしておいた」

一口飲むと、バーボンの甘く芳醇《ほうじゅん》な香りが鼻に抜けていく。コーヒーにバーボンを垂らすと、永遠に飲んでいられる——バーボンで眠くなり、コーヒーで目が覚めるのだ。

黙ってコーヒーを飲んでいると、刑事課長のマイケル・ヴィンセントがやって来た。警察官時代の顔見知りだが、苦手な男だ。何というか、堅苦し過ぎる。午前三時に呼び出されたのに、髭は綺麗《きれい》に剃《そ》られ、短い髪もぴしりとセットされている。シャツも真新しく、ネクタイの結び目も完璧。叩き起こされて五分で家を出なければならなかったはずなのに、どうしてこんなにきちんとしているのか、謎だった。

「ご苦労」ヴィンセントがうなずく。あまりご苦労と思っていないのは明らかだった。

「被害者の家族に連絡は？」俺は訊ねた。

「まだだ」

「私にやらせて下さい」

「それは警察の役目だ」

「依頼人なんです」

「それは聞いている」強情な刑事課長は、引く気がないようだった。「しかしこれは殺人事件だ。君が関与する余地はない」

「私は行方不明者の捜索を依頼されたんです。見つかった——結果的に遺体で、ですが、とにかく見つかったんですから、報告する義務があります」

「これでは金も貰《もら》えないだろう」

「そうなるでしょうね」俺は肩をすくめた。「それでも、状況を伝えるのは私の仕事です。もちろん、警察にも説明する義務があるでしょうが、最初は私に話させて下さい」

「課長、ここは任せた方が——少なくとも第一報は」リキが助けに入ってくれた。「最初は、きちんと話はできませんよ。一度彼に任せて、後から我々が話した方が、家族も冷静になれるはずです」

ヴィンセントが黙りこむ。しかしほどなく「では第一報は君に任せる」と引き下がった。考えてみれば当たり前だ。被害者の家族に不幸を告げるのは、警察官として一番やりたくない仕事である。それをあえて「警察がやる」と言い張ったのは、単なる意地に過ぎないだろう。

ヴィンセントが去ったので、俺は立ち上がり、バーボン入りのコーヒーを飲み干した。

「電話を借りる」

「俺の電話を使ってくれ」

　リキが自分の席に案内してくれた。デスクの上には電話と家族の写真が置いてあるだけ。刑事の机は常にこんな感じだ。重要書類などは全て引き出しにしまいこみ、帰る時には必ず鍵をかける。

　俺は立ったまま手帳を広げ、カンザスの電話番号を回した。呼び出し音が聞こえ始めたところで椅子に腰を下ろす。警察官だけでなく、私立探偵にとっても、これは一番嫌な仕事だ。壁の時計を見上げると、午前四時。時差は二時間のはずだから、向こうはまだ午前二時だ。牧場の朝は早いだろうが、いくら何でも今は家族全員が夢の中だろう。

「はい」眠たげな女性の声で反応があった。エマか？　エマだと判断する。記憶にあるエマの声は快活なのだが、寝起きを叩き起こされたら、さすがに無愛想にもなるだろう。

「ミセス・コール？　ジョー・スナイダーです」

「見つかったんですか？」エマの声が一気に目覚める。

「今、立っていますか？」

「はい？」

「もしも立っているなら、まず座って下さい。それと今、近くに誰かいますか？」

「どういうことですか？　こんな時間に――」

「誰もいないなら、誰かを呼んできて下さい。それから話します」

「意味がわからない――」

「お願いします」俺は辛抱強く言った。ここで気絶されて、朝まで誰にも気づかれなかったら、大事になってしまう。

「ちょっと待って下さい」

かなり長く待たされた。やがて電話口に戻ってきた彼女は、「夫を起こしてきました」と告げた。

「では、座って下さい」

本当は彼女にではなく、夫に話したかった。しかし、電話まで代わってくれと言ったら、彼女は間違いなく嫌な想像を膨らませて取り乱すだろう。

「妹さんが見つかりました」

「本当ですか？」エマの声が弾む。

「本当です。ただし、極めて残念ですが、妹さんは亡くなっていました」

「亡くなった――」

「今夜、遺体で見つかりました」

どさり、という大きな音が聞こえた。それに重なるように、硬いものが硬い場所にぶつかる音――受話器が床に落ちたのだとわかった。声を上げて呼びかけてもよかったが、俺は黙りこんだ。

「ジョー、どうした」リキが心配そうに訊ねる。

「倒れたようだ」

「そうか……」溜息をついて、リキが隣の椅子を引っ張ってきて座る。「大丈夫そうか？」

「夫が側《そば》についているはずだ――もしもし？」

「もしもし？　あんた、何者だ！」エマの夫がいきなり噛みついてきた。

「ジョー・スナイダーです。ミセス・コールの依頼で妹さんを捜していたニューヨークの探偵です」

「ああ……」夫が息を呑む様子が伝わってきた。次に発した言葉は、少しだけ落ち着いていた。「あなたが……」

「奥さんは大丈夫ですか」

「大丈夫じゃない！」夫はまだ冷静になっていなかった。「一度切る。かけ直してくれ」

「わかりました」

俺は壊れ物を扱うようにそっと受話器を置いた。リキが「話せなかったのか」と訊ねる。

「ああ。少し待とう」俺は煙草を取り出して火を点けた。今日最初の一本なのか、昨日最後の一本なのかわからないが、いつもは体に活力を叩きこんでくれるラッキーストライクも、今は吐き気を誘うだけだった。煙草を一本吸い終えたところで、俺はもう一度受話器を取り上げ、覚えてしまった番号を回した。

「はい」エマの夫は、少しだけ冷静さを取り戻していた。

「奥さんは大丈夫ですか」

「何とか……どういうことなんですか」

「妹さんが、数時間前に遺体で見つかったんです」

「何てことだ……何があったんだ！」

「殺人事件と見られていますが、詳細はまだわかりません。私は警察官でないので、この件について詳しく報告する権利はないんですが、彼女が見つかったことをとりあえずお伝えしました」

「これからどうしたらいいんですか」

「この後、警察から連絡が行きます。その指示に従って下さい」

「我々がそっちへ行くことになるんでしょうか」

「おそらくは」

「クソッタレのニューヨークが」エマの夫が吐き捨てる。「そこでは、毎日百人も人が殺されているというのは本当なんですか」

「代わりに、毎日百人の人がこの街に引っ越してきます」

「ああ……」夫の声から力が抜けた。

「とにかく残念でした。妹さんを無事に見つけ出すことができませんでした。改めて、奥さんにお詫びをしたいと思います」

「それはまあ……俺は止めたんですよ」

「妹さんを捜すことを、ですか？」

「エマを一人でニューヨークに行かせるのは、気が進まなかった。両親も反対していました。シャーロットは……結局わがままでこの家を出て行ったんだ」

「ええ」

「だから――いや、申し訳ない。あなたに愚痴を零してもどうにもならない」

「残念です」俺はできるだけ短い言葉で答えるようにした。

「シャーロットは、いつ殺されたんですか？」

「まだ特定できていません」

「頼んだのも無駄だったわけか」夫の声から力が抜ける。

「事件の詳細については、私には話す権利がありません」俺は繰り返した。「ニューヨーク市警から電話があったら、あなたが話してもらえませんか？　奥さんに、これ以上ショックを与えることはできない」

「そうですね。それと——申し訳ないが、あなたに礼を言う気にはなれない」

「当然です」

電話を切り、俺は一つ溜息をついた。役目を果たした安堵感よりも、一つの家庭を不幸のどん底に陥《おとしい》れてしまったという後悔が勝る。タイミングの問題に過ぎないのだが、もしももっと早く依頼があって、俺がシャーロットを見つけ出していたら、彼女は当然今も生きていたはずだ。

俺は、財布からシャーロットの写真を抜き出し、まじまじと見詰めた。

「それが彼女か？　シャーロット・コール？」リキが訊ねる。

「そうだ」

俺が写真を差し出すと、リキが受け取ってじっくりと眺めた。

「可愛い子だったんだな」

「ああ」

「女優を目指して、カンザスの田舎からニューヨークに出て来て、こういう目に遭《あ》う。そういうニュースは毎日のように伝えられているのに、この街に移り住んでくる人間は後を絶たない。どうしてだろうな」

「その感覚は、お前の方がよくわかるんじゃないか」俺は指摘した。「お前だって、ニューヨークに移り住んできた人間じゃないか」

「まあな……でも俺は、一家揃ってだから事情が違う」

「長く住んでいたサンフランシスコじゃなくて、ニューヨークに戻ったのはどうしてなんだ？　西海岸の方が日系人も多いだろう」

「親父たちは、ゼロからやり直そうとしたんだよ。まさに心機一転だ」

「大したもんだ」

「まったくだな」

　この辺は、俺には絶対に理解できない部分である。戦時中、日系人が収容所に入れられた話を聞いた時には啞然《あぜん》としたものだ。日本は敵国だったが、日系人はあくまでアメリカ市民である。自国民を収容所に入れた政府の感覚は、俺からすればクレイジー以外の何物でもない。

「ニューヨーク生まれのお前には、この街の本当の怖さがわからないかもしれない」

リキが指摘した。

「そうかね？」

「子どもの頃から、危ない場所や危ない人を見て、本能的に避けられるようになってるだろう。俺たちみたいに、ある程度の年齢になってからこの街に来た人間の方が、そういうことに対処できない」

「ああ……」

「この街で安全に生きていくためには、本能で恐怖を感じていた方がいいんだろうな。成功を求めてニューヨークへ来る人は、頭では危険だと理解していても、本能では期待してしまう。自分は絶対成功できると夢見ている。だけどその夢は、まず叶わない」

「そうだな」

「シャーロット・コールの人生は、ある意味典型だ。だけどこの事件は、絶対に解決しなければならない。これ以上、イーストリバー・キラーを自由にさせておくわけにはいかない」

「わかってる」

「忠告しておくけど、手出しするなよ」

俺は何も言わなかった。これは自分の事件だ、という意識が高まってくる。シャーロットを見つけ出せなかったのは自分の失敗なのだし、失敗を失敗のままにしておいて平気な顔をしていたら、探偵は駄目になる。刑事なら、一人がミスしても周りがカバーしてくれる。「事件が解決しない」場合は、誰のミスでもなく、何となく流れて終わってしまうものだ。しかし探偵は、全責任を自分で負わねばならない。

「余計なことをするなよ」リキが再度警告した。「俺でも庇《かば》いきれないことがあるからな」

「お前に庇ってもらおうとは思わない」俺は右手を差し出して、写真を取り返した。

「そうか」リキが黙りこむ。自分の忠告など、何の効果もないとわかり切っている様子だった。

「俺はもう帰っていいかな」

「ああ」

「じゃあ……」立ち上がり、リキと握手を交わす。彼の握手は、普段よりも力がない感じだった。


短期間に、同じ手口の二つの事件。

これは今までになかったことだ。これまではどんなに間隔が狭くても、二つの事件の間は一ヵ月は空いていた。犯人の心境に何か変化があったのか、あるいは本当に同じ手口を使う複数の犯人がいるのか。

俺は地下鉄を乗り継ぎ、自宅へ戻った。しかし最高に落ち着ける場所であるはずのソファに腰かけた瞬間、慌てて立ち上がる。こんなところでゆったり構えて推理を巡らしていても、絶対に事件は解決できない。

同一犯——イーストリバー・キラーによる犯行という以外に、今回の二件の事件に、何か共通点はないのだろうか。

ふいに芽生えた考えを、俺は頭の中で転がした。いや……あり得ないか。もしも殺されたのがウィリーではなく俺だったら、二つの事件は関係あると判断されたかもしれない。行方不明の人間と、捜索を依頼された人間。「行方不明」が共通のキーワードになる。

シャーロットが殺されたのは、まだ理解できないでもない。これまで、イーストリバー・キラーの被害者はウィリーを除いて女性ばかりだったから、彼女が何らかの理由でターゲットになったとしても、それほど不自然とは言えまい。ウィリーが例外なのだ。

あるいは、シャーロットを殺したのはイーストリバー・キラーで、ウィリーは模倣犯の犠牲になっただけかもしれない。可能性——取り合わせは何通りも考えられる。

しかし、ただ考えているだけでは、何もわからない。俺は左腕を突き出して腕時計を確認した。午前六時……動こう。とにかく動いて、何かにぶつかるまで歩き回ってみることだ。まず、ずっと避けていたケイリーに会って、ちゃんと悔やみを言うと同時に、事情を聴いてみることにした。今、イーストリバー・キラーを追っている刑事たちは、最新の事件であるシャーロット殺しの捜査に集中しているはずだ。逆に言えば、ウィリーの件は棚上げになってしまっているかもしれない。

少し歩いて、サムズ・キッチンへ向かう。別に腹が減っているわけではないが、何か腹に入れておくのは、一日をきちんと始めるための儀式のようなものだ。

俺が今日最初の客だった。サムが自らコーヒーを注いでくれ、しばらく俺の前で立ち尽くしていた。顔を上げると目が合う。

「今朝はどうかしたか？」

「どうしてそう思う？」

「俺はここで毎日、何百人もの人間に会っている。常連も何十人もいる。毎日顔を合わせていれば、精神状態までわかるのさ」

「じゃあ、俺の精神状態は？」

「何かヘマしたな」

俺はすっと背筋を伸ばした。どうしてわかるか謎だったが、カウンターの内側に何十年も立ち続けているうちに、サムは本当に人間観察の大家になったのかもしれない。

ふと、店内に流れるラジオに意識が向く。ちょうどニュースの時間で、シャーロットが殺された事件が伝えられていた。ニュースは流れて消えていく——しかし俺の心に、確実に楔《くさび》を打ちこんだ。

「これかい？」サムが肩越しに、親指をラジオに向けた。

「ああ」

「あんたに関係ある事件なのか」

「そういうこと」

「そうか。若い女性が亡くなるのは、いつでも残念だな」

もちろんだ——ましてや自分の責任となれば。

ベーコン、卵、ポテト。「いつもの」朝食を摂りながら、俺は聴くともなくラジオを聴いた。思いは散り散りに乱れる。食事を終え、煙草に火を点けた瞬間、プラターズ（アメリカのコーラスグループ。『オンリー・ユー』『ザ・グレート・プリテンダー』などヒット曲多数）の『煙が目にしみる』が流れてくる。自分の顔の前に漂う紫煙と歌が重なり合い、何だか情けない気分になってきた。

煙が目に染みて泣けたら、どれだけ楽か。


「ジョー」

「ケイリー……遅れてすまない」俺はまず謝った。

「入って」ケイリーがかすれる声で言った。

俺は無言で家に入り、後ろ手にドアを閉めた。

「ジャッキーは？」ジャッキーは人懐《なつっ》こい子で、俺が家に入るといつも駆け寄って抱きついてくる。

「今、うちの両親のところにいるわ」

「そうか」

実際、今のケイリーは子どもの面倒を見るのさえ辛そうだ。普段は若々しく、いつも元気な女性なのだが、この数日で一気に歳を取って、体も縮んでしまったように見える。

「座って……コーヒーは？」

「今、サムズ・キッチンで一日分を飲んできた。気にしないでくれ」

俺はダイニングテーブルについた。ケイリーは立ったまま。座ったら二度と立てなくなる、とでも思っているのかもしれない。

「君も座ってくれないか、ケイリー」

「私はいいわ」

「しかし……」

「毎日、ずっと寝てるのよ。起き上がるのも辛いの。だから、起きられた時ぐらいは、立っていたい」

「わかった。好きにしてくれ」

結局ケイリーは、ただ突っ立っているよりも動いている方がましだと判断したようで、キッチンでコーヒーを淹れてくれた。この家のコーヒーは濃く苦く、俺の胃をずっしりと満たす。

「警察は、ちゃんと捜査してくれてるの？」ケイリーがいきなり非難から始めた。

「警察の動きはわからない。どうして？」

「ウィリーが殺された日にここへ話を聴きにきて、それきりなのよ。捜査が進んでいるかどうかもわからない」

「俺の方で聞いてみるよ」ケイリーの不信感がひしひしと伝わってくる。

「黒人が一人殺されても、ニューヨーク市警にとっては何でもないことなのね」

「そんなことはない」否定してみたものの、ケイリーの不満もある程度は当たっていると認めざるを得なかった。イーストリバー・キラーの犠牲者の中で、ウィリーだけが黒人なのだ。「問い合わせてみる。公式には言わないかもしれないけど、警察の中にもネタ元はいるから」

「ありがとう」ケイリーが力なく言った。

「やっぱり座ろうよ、ケイリー」明るくなり過ぎないように、俺は薄い笑みを浮かべた。「見下ろされているみたいで、落ち着かない」

「ああ……そうね」

ケイリーが、嫌そうに椅子に腰を下ろした。まるで椅子に刺《とげ》でも生えているのではないかと恐れるように。

「警察は、ウィリーの事務所を調べたんだろうか」

「たぶん。鍵は渡したから」

「だったら間違いなく調べたな。探偵が殺されたら、仕事のトラブルだと考えるのが普通だ」

「そう……」

「実際、どうだったんだ？　ウィリーは最近、どんな仕事をしていたんだろう」

「それは、私は知らない」ケイリーが首を横に振った。「ウィリーは、家では仕事のことを話さない人だったから。そう言ったら警察は、この家の中は調べようともしなかった」

「それは知ってる。でも、仕事が上手くいっているかどうかはわかるだろう？　俺たちの仕事は、金で換算できるんだから」

「普通……少なくとも、親子三人でご飯を食べていけるぐらいには稼いでいたわ」

探偵の仕事では、定期収入は期待できない。集中する時は集中するが、仕事がないまま、数ヵ月もただ無為な時間を過ごしてしまうことも珍しくない。どんな探偵でもそれで悩むのだが、ウィリーは比較的上手く仕事を回していたのだろう。

「あなたの方こそ、ウィリーが何をしていたか、知らないの？」

「普段から、お互いに仕事の話はしないんだ。秘密もあるから」

「でも、よく会ってたんだから、上手くいってるかどうかぐらいはわかったんじゃない？」

「どうかな」仕事のことはわからない。しかし全般には……順風満帆とはいかなかっただろうと俺は想像していた。「家ではどうだった？　何か問題があったんだろう？」

「それは……」ケイリーが言い淀み、すっと目を逸らす。

「何かあったのか？」俺は突っこんだ。

「私たちの間には何もなかったわよ。夫婦の関係は上手くいっていた。でもウィリー自身は時々、心ここにあらずという感じだったわ」

「何か心当たりは？」

「わからない。でも、やっぱり仕事の問題だったんじゃないかしら。家では仕事のことを話さないから、今何をしているのか、何で困っているか、全然わからないのよ」

「あいつのポリシーだから、話さないのは仕方ないだろうな」俺はうなずいた。「でも、何か問題を抱えていたのは間違いないわけだ」

「ねえ……」ケイリーが不満げに言った。「ウィリーは自殺したわけじゃないのよ。あの人が普段どうしていたかなんて、この事件には関係ないでしょう」

「すまない。探偵の性《さが》なんだ」

俺が謝ると、ケイリーが苦笑した。ずっと重苦しかった場の雰囲気が、少しだけ和《なご》む。

「犯人は捕まらないような気がするわ」ケイリーが溜息をついた。

「その判断をするのはまだ早い。犯人は絶対に、大きなミスを犯しているはずだ」

「どうしてそう思うの？」

俺は今朝の事件を説明した。ケイリーの顔色がすっと蒼《あお》くなる。

「今回、犯人は短い間隔で犯行を続けている。こういう時は、ミスを犯しがちなんだ。警察も当然同じことを考えている。だから、何かしらの手がかりは得られるはずなんだ」

「でも、ウィリーは黒人よ——他の被害者とは違う」

「関係ない。事件は事件だ」シャーロット殺しと「セット」で考えれば、警察もウィリーの事件を軽視しないはずだ。

「あなたは？」

「俺も個人的に調べてみる」

「私が依頼人になったら、あなた、犯人を確実に捕まえてくれる？」

「いや、依頼人は必要ない。俺自身が依頼人だから。それより、これからどうするんだ？」

「今はまだ、何も考えられないわ」ケイリーが力なく首を振った。

「ジャッキーは？　事情はわかってるのか？」

「まだ話してないわ。ウィリーは、徹夜仕事が続いて何日も家に帰ってこない時もあったから、今はそういうことだと思っているかもしれない。でも明日、葬儀なの」

「そうか」自分も参列したい。教会へ行くのは嫌いだが、今回はウィリーの魂の前で、犯人を見つけると誓うべきではないだろうか。しかし、その時間さえもったいない。

「いろいろ気を遣ってもらってありがとう」ケイリーが硬い笑みを浮かべる。

「もっと早く来るべきだったんだけど、俺は臆病《おくびょう》だった」俺は認めた。

「あなたが臆病？　冗談でしょう？」

「仕事だったら臆病にはならない。でもウィリーの件は……俺にとっては仕事であって仕事じゃないんだ。友だちを亡くすのは、どんな状況でも辛い」

「そうね」

「俺の気持ちを立ち直らせるためには……やっぱり、犯人を捕まえるしかないだろうな」

「できるだけ早く、ね。この街の人も不安になってるわ」

「どうして」

「黒人がイーストリバー・キラーの犠牲になったのは初めてでしょう？　今まで、襲われたのは白人女性ばかりだった。でもこれで、黒人だって安全じゃないってわかったのよ。これからは、夜は一人で出歩けないわね」

彼女の感覚は正しい。ニューヨークに住む人間は、大抵のことは恐れないが、これだけ事件が続くと、さすがに衝撃も大きいだろう。そのうち、夜の街がゴーストタウンになってしまうのでは、と俺は想像した。

もちろん俺は、この街全体の掃除人ではない。しかし今は、そういう気持ちでやっていかないと、何も成し遂げられないだろう。

翌日の夕方、エマが俺の事務所へやって来た。一緒に来た男性が、夫のポールと自己紹介する。長身、がっしりとした体格の男で、よく日焼けしている。髪が少し薄くなり始めているのも、何となくタフなイメージだった。しかし都会で暮らすタフガイではなく、厳しい自然の中、きつい肉体労働で鍛え上げられた男だ。

「まず、今回の件でお詫びします」俺は謝罪した。

「いえ」エマが静かに言った。落ち着いているのではなく、気力体力が失われたままなのだろう。

ポールがエマを支え、ソファに座らせた。夫は落ち着いていて、ちゃんと妻をサポートしている。話す相手はポールだな、と俺は決めた。

「こちらへはいつ？」

「今日の昼過ぎです。二人とも、生まれて初めて飛行機に乗りました」

「私は一度も乗ったことがないですよ」俺は明かした。

「ニューヨークに住んでいるのに？」

「外へ出ませんからね。この街だけで用事は済みます」

「そうですか……先日はすみませんでした。取り乱してしまって」

「どんな人でも、落ち着いてはいられません」とはいえ、ポールは比較的落ち着いている。亡くなったのは、あくまで「義理の妹」なのだ。血がつながっていない相手となると、妻と一緒に落ちこんでいるわけにはいかないと思うのだろう。

「先ほどまで警察にいました。シャーロットにも会いました」

ポールのその一言で、エマが泣き出した。まさか、警察はシャーロットの遺体を見せたんじゃないだろうな？　撃たれ、喉を切り裂かれた妹の姿を見せても、姉は平然としていると判断したのだろうか。だとしたら警察は、完全にミスを犯している。もしもハリーがこの件の担当だったら、絶対にぶちのめしてやろうと決めた。

「これから、カンザスへ遺体を運ぶ手配をします」

「そうですか」俺は引き出しから封筒を取り出し、二人の前のソファに腰かけた。封筒をテーブルに置き、そっと前に押し出す。

「これは？」ポールが不審げな表情を浮かべる。

「いただいた着手金です。お返しします」

「でも……」エマが顔を上げた。

「今のところの情報ですが、ミセス・コール、あなたがここへ来た時、妹さんは既に亡くなっていた可能性が高い。つまり、捜索依頼そのものが無駄だったんです。だから、お金を受け取るわけにはいきません」

「一度渡したお金です。返してもらう理由はありません」エマが突っぱねた。

「だったら、遺体の搬送や葬儀の役に立てて下さい。私からのお悔やみだと考えていただいても構いません」

「受け取れません」エマは強情だった。

「いいじゃないか」ポールが助け舟を出してくれた。「気持ちはいただいておいた方が……」

「シャーロットは戻って来ないのよ！」

エマが突然金切り声を上げ、ポールが黙りこむ。俺も何も言えなくなった。煙草に火を点け、ポールにも吸うように勧める。ポールは無表情で、シャツのポケットから自分の煙草を取り出し、深く煙を吸った。しばし、二人で無言で煙草をふかす。そのうち、エマがぽつりと「ごめんなさい」と言った。

「受け取ってもらえますね？」俺は念押しした。金が欲しくないわけではないが、この金は受け取れない。

ポールがエマに目配せし、封筒を手にした。それで俺は少しだけほっとしたが、安心したわけではない。

「私もこの事件を調べるつもりです」

「どういうことですか？　それは警察の仕事ではないんですか？」ポールが怪訝《けげん》そうに言った。

「実は、ミセス・コールがここへ来た直後に、私の友人が同じように殺されていることがわかったんです。私としては、放っておくわけにはいかない」

「うちは、お金を払えませんけど……」ポールが遠慮がちに言った。

「依頼を受けてやることじゃありません。私が勝手にやります」

「そうですか」

「犯人を割り出したら、真っ先にお伝えします」

「そんな、お金にならないこともするんですか？」

「金になる仕事より、金にならない仕事の方が多いですね」

「何のために、そんなことを？」

「自分でもわかりません」俺は笑みを浮かべた。「どうして損するようなことばかりしているのか……馬鹿なのかもしれませんね」馬鹿でなければ聖人だ。しかし、俺が聖人である可能性はゼロに近い。

探偵が目撃者探しをしようとしても、まず上手くいかない。ああいうのは、警察のように、短時間に多くの人手をかけてやるからこそ効果的なのだ。

俺はウィリー、そしてシャーロットの最近の動向を探る作業を続けた。しかしウィリーについては、何をしていたかもよくわからない。警察は、彼の捜査資料をほぼ全て押収していったはずだ。それを元に真面目に捜査しているとは思えなかったが、警察とはそんなものである。とりあえず、目の前にあるものは全部かっさらっていく。

そのため、必然的にニューヨークでのシャーロットの生活を探る作業に集中せざるを得なかった。シアタークラブの店員、それに客にも話を聴き、何とかシャーロットのプライベートを掘り起こそうとしたが、上手くいかない。やはりシャーロットには、この街に友だちと言えるような存在がいなかったのだろう。極端に自分のプライバシーを大事にする人間だったかもしれないが。

そのうち、マネージャーのトム・ホワイトも、「迷惑だ」と言い始めた。最初は協力的だったのだが、俺が店に入りびたり、店員に話を聴いているのがマイナスイメージになると思い始めたようだ。

助けてくれたのはヴィクだった。俺がホワイトと軽い言い合いになった日の夜、いきなり自宅へ電話をかけてきて慰めてくれたのだ。

「うちはセレブもたくさん来る店だから、ミスタ・ホワイトは、探偵さんがあれこれ質問して回っていると、イメージが悪くなると思っているのよ」

「逆の立場だったら、俺も同じように考える。ミスタ・ホワイトはマシな方だよ。俺だったら、黙ってケツを蹴飛ばして店から叩き出す」

ヴィクが軽く笑った。いいことが何もない毎日、彼女の軽やかな笑い声は、久々の救いになった。

「私が、少し探りを入れてあげる。あなたはもう、この店に顔を出さない方がいいわね」

「どうしてそこまでやってくれるんだ？」

「シャーロットは妹みたいなものだと言ったでしょう」

しかし二人は、決して心を通わせていたわけではない。ヴィクの一方的な想いということだろうか……それでも俺にとって彼女は、ありがたい援軍だ。

「助かるよ」俺は素直に礼を言った。「君には一度、何か美味い物でも奢《おご》らないと」

「何もわからなかったら、会えないの？」

「いや……」いつも反省するのだが、俺は女性の誘い方が下手だ。西海岸の探偵たちが、いとも簡単に女性と関係を結んでいる話を聞くと、羨《うらや》ましいやら信じられないやら、複雑な気分になる。

「また電話するわ」

「待ってる」

俺は、シャーロットが殺されるまで住んでいた家を見つけ出そうとしていた。今のところ、「恋人ができて一緒に住んでいた可能性が高い」としかわからず、具体的な手がかりはない。実際彼女は、ほとんど荷物を持っていなかった――カンザスから出て来た時に持参していた服ぐらいのもので、いつでも家を移れるほど身軽だったようだ。

思いついて、演劇関係者から話を聴いていくことにした。俺には、ニューヨークの演劇・テレビ業界に細いながらコネがあるのだ。エンタテイメント業界の人間というのは、誰でも一本ネジが緩んでいるような部分があり、しょっちゅう問題を起こす。それで胃を痛めているプロデューサーが、俺のような探偵のところへ問題解決を依頼してくるのは、よくあることだった。一番多いのは薬物問題。どこかでラリっている役者を見つけて連れ帰ってくれ、という依頼は一度や二度ではなかった。そういう仕事はそれほど難しくはない。ドラッグの販売ルートは毛細血管のように枝分かれしているのだが、上流――心臓に近い部分にネタ元がいれば、使っている人間にたどり着くことはできる。特に役者や歌手に関しては、名前と顔が知られているから、比較的簡単に見つけられるものだ。

俺は、そういう事件を通じてできたコネを利用して、この街でのシャーロットの行動を把握しようとした。彼女は特定のエージェントを使わず、あくまで自分の力で役を勝ち取ろうとしていた――女優としては最底辺からの挑戦だ――から、複数の人間に当たらなければならなかったが、時間をかけただけのことはあり、ある演劇関係者に行き当たった。

レイモンド・ディランというその売れっ子プロデューサーは、今年三月からブロードウェイで上演中の『クール』という芝居で、ヒットを飛ばしている。シャーロットも去年、この芝居のオーディションを受けていたのがわかった。西四十六丁目にある彼のオフィスは、日当たりは悪いものの、高級な家具を揃えており、豪華かつ落ち着いた雰囲気になっている。俺はソファを勧められたのだが、断って、彼のデスクの前に椅子を引いてきて座った。このオフィスのソファで、ディランに抱かれた女優の卵が何人もいるのだろうと考えると、座る気が失せてしまったのだ。

ディランは、髪型を若者に流行りのダックテイルにしているが、白髪が目立つために、奇妙な雰囲気になっている。年の頃、五十歳ぐらいだろうか。上質そうなスーツにワイシャツ。ネクタイは締めていない。顎が大きく、歯が見える度に、俺は凶暴な肉食獣を想像した。

「うちの『クール』は観たかね」

ディランが、観ていない人間はニューヨーカーではない、とでも言いたげな傲慢な口調で訊ねた。

「残念ながら」俺は肩をすくめた。「貧乏探偵は、ブロードウェイの芝居のチケットには手を出しにくい」

「今、この街で『クール』を観ていない人間は、話題についていけないぞ。チケットを都合するから、観ておきたまえ」

「どうも」どうでもいい話だ。俺は野球と音楽ほどには、芝居には入れこんでいない。演劇関係で仕事を引き受ける機会はあっても、趣味にはならなかった。「それはともかく、ミス・シャーロット・コールについて聞かせて下さい」

「ミス・コールね」

ディランは、引き出しから一枚の写真を取り出して、乱暴にデスクに置いた。シャーロットの写真――いわゆる宣材写真というやつだろう。非常に写りがいい。エマにもらった写真に比べれば、天と地ほどの差がある。こちらの写真を見た限り、シャーロットが女優になれる可能性は低くないのでは、と思えた。

ディランが眼鏡をかけ、写真をとっくりと眺めた。

「そうそう……彼女は悪くはなかったよ。学校で学んだわけではないけど、演技の基礎はできていたからね。しかし、雰囲気がねえ」

「雰囲気？」

「『クール』は、ブロンクスが舞台なんだ。ブロンクスで生まれ育った若者たちの日常を、ロックンロールに乗せて描く――申し訳ないが、彼女には、ニューヨーカーの雰囲気が一切なかった。生まれは、ええと……」ディランが写真をひっくり返した。「カンザスか。『オズの魔法使《まほうつかい》』ならよかったが、『クール』には雰囲気が合わない」

「オーディションはいつだったんですか？」

「去年の秋」

「だったら、こちらへ出てきてそれなりに時間が経っていたはずです。一ヵ月も暮らせば、誰でもニューヨーカーになれるでしょう」

「君、ホワイティ・フォード（一九二八年～二〇二〇年。ヤンキースの左腕エース。生涯ヤンキースに籍を置き、チーム歴代最多の二百三十六勝を挙げた。ワールドシリーズでの通算十勝は大リーグ最多）とミッキー・マントル（一九三一年～一九九五年。ヤンキースのスター選手。一九五六年には三冠王。スイッチヒッターとして歴代最多の五百三十六本塁打を記録）の違いはわかるかね」ディランがせせら笑う。

俺は肩をすくめた。野球の話ならいつまでも続けられるが、この場に相応しい話題には思えない。

「フォードはニューヨーク生まれ、ニューヨーク育ち、生粋《きっすい》のニューヨーカーだ。マントルは――」

「オクラホマですね」

「そう。マントルは、いかにもオール・アメリカン・ボーイ的な好青年だが、どうしても田舎者の雰囲気が拭《ぬぐ》えない。フォードはどうだね？　ずる賢くて巧妙で、自分の背中を絶対に取らせない――そういうのが本物のニューヨーカーじゃないか？」

「ミス・コールはそうではなかったと？」

「ああ」ディランがうなずく。「私が『クール』の出演者に求めたのは、都会的な雰囲気だ。そういうのはやはり、努力して身につくものではない。実際、出演者の八割はニューヨークの出身者だ。残る二割はロス、シカゴ、ボストン。いずれも大きな街だ」

「女優として見込みがなかったんですか？」

「それはわからなかったな」ディランが言い直した。「彼女はまだ若い。十八？　十九歳か。何年かして少し落ち着きが出たら、若妻の役なんかは似合っただろうね。ただし舞台はニューヨークじゃない。それこそカンザスとかオクラホマの農場だ」

「本人もその辺は意識していたんですか？」努力してもどうにもならないことを指摘されても、困るだけだろうが……夢を持つ若い女性なら、死刑宣告と考えてもおかしくはない。

「自分の役柄が限定されていると自覚するのは辛いことだから、わかっていても、知らぬふりをしていたかもしれないね」

「つまり、駄目ということですか」

「いや、そんなこともない。そういう味に目をつけていたプロデューサーもいたよ」

「例えば？」

「この夏から上演される予定の芝居なんだが、そこのプロデューサーが彼女の名前を挙げていた。チョイ役だがね」

「何という芝居ですか？」

「『わが故郷《こきょう》』。タイトルからして、いかにも田舎が舞台の芝居って感じだろう？」デイランがくすくす笑った。いやらしい笑い——自分以外の演劇関係者は全員自分より下、と見ている感じだった。

「その芝居の関係で、誰に会えばいいですか」

「プロデューサーだね。ミック・バトラー。演劇青年だ」

「そんなに若いんですか？」

「それほど若くはないけど、若く見えるということだよ。君のような生粋のニューヨーカーなら、簡単に手玉に取れる」

「私がニューヨーカーだと、どうしてわかるんですか？」

「常に用心している。ずる賢い――ニューヨーク生まれニューヨーク育ちの人間の特徴だね。見ただけでわかる。生まれは？」

「サウス・ブロンクス」

「ユダヤなのか？（ブロンクス南部のサウス・ブロンクスはユダヤ人が多いことで知られていた）」

「いいえ」

「これは失礼」ディランがひょいと頭を下げる。「いずれにせよ、必要な情報は簡単に手に入るはずだ」


バトラーとは、ブロードウェイにある劇場の控え室で会った。『わが故郷』の準備のために、初めて使うこの劇場の下見をしているのだという。他にも大道具のスタッフなどが忙しく立ち働いていて、控え室にもしょっちゅう顔を出すので、やりにくいことこの上なかったが仕方がない。

ミック・バトラーは確かに演劇青年――まだ少年の面影が残るような若い男で、青いボタンダウンのシャツ、カーキ色のコットンパンツにローファーという格好も、大学の演劇科の学生のようだった。しかし少し話しただけで、彼の芯に長い間苦労した結果得たらしい強いものがあるのを、俺は見抜いた。

「シャーロット・コール。もちろん覚えていますよ」バトラーがあっさり言い切った。

「オーディションが上手くいきそうだった、と聞いていたんですが」

「一次は通しました」

「その後は？」

「消えてしまった」バトラーが首を横に振った。表情は険しい。「オーディションの日に、現場に現れなかったんです。来ない人を使うわけにはいかない。そもそも、この業界では約束が大事なんだ。時間通りに来るのは基本中の基本です。一人の役者の背後には、多くの人がいる。役者が時間を守らなかっただけで、そういう人たちが全員、迷惑を蒙《こうむ》るわけだから、彼女の態度は問題外でしたね」

思わぬ饒舌《じょうぜつ》さ、そして怒りだった。おそらく彼は、相当厳しいプロデューサーなのだろう。そういう人物が目をかけていたということは、シャーロットには少なからぬチャンスがあったはずだ。家を捨てる覚悟でニューヨークに出て来た人間が、そのようなチャンスを逃すとは思えない。

「そのまま無視したんですか？」

「いいえ」バトラーが煙草を灰皿に押しつけた。「ちょっと気になりましてね。オーディションが終わった後、アシスタントに連絡を取らせました」

「結果は？」

「都合が悪くなったと、それだけです。それ以上の理由は、はっきり言わなかった」

「それは……使いにくいですね。それきりですか？」

「いや」バトラーが新しい煙草に火を点けた。これだけ立て続けに吸われると、逆にこちらは吸いにくい。

「それで？」

「私は直接会った」

「彼女を見捨てていなかったんですか」

「彼女には、何かがあったんですよ。芝居自体はまずまず合格点のレベルだったけど、雰囲気がよかった」

ディランとは百八十度反対のことを言っている。やはり、役者自身が持つ空気感があるのだろう。問題はそれがプロデューサーの求めるものに合うか合わないかだ。

「ニューヨークの雰囲気に合わない、という人もいましたよ」

「ミスタ・ディランでしょう？」バトラーが声を上げて笑った。「あの人は生粋のニューヨーカーで、ニューヨーカー以外は人間じゃないと思っている。そういう感覚──お国自慢のひどいのは、田舎者の感覚に思えるけど、どうですか」

「そうかもしれません」俺は思わず苦笑した。「彼は、ニューヨークが世界の中心だと思っている。あなたはどこの出身なんですか」

「ニューオーリンズ。世界の中心は、ニューヨークではなくあそこですよ」

バトラーがニヤリと笑った。釣られて俺も、唇の端を持ち上げて笑う。こういうのは、アメリカ人の会話の定番だ。初めて顔を合わせる相手とは、まずお国自慢合戦を始める。誰もが、自分の出身地が世界一と信じて疑っていない。

「会って、どんな話をしたんですか」

「話をしたというか、説教ですね」

「説教？」

「自分の都合で可能性を潰《つぶ》してしまったら、絶対に舞台には立てない、と。それで私は、彼女にペナルティを科したんです」

「ペナルティ？」

「今後二年間、私がプロデュースする芝居のオーディションは受けてはいけない。その間、学校へ通うなり、ワークショップに参加するなりして、基本をしっかり学んで欲しい。その代わり、二年後には必ずチャンスを与える、と」

「彼女はそれを受け入れたんですか」

「うーん」バトラーが煙草をくわえた。盛んに煙を吹き上げながら、答えを探している。「彼女はその時点でもう、芝居に対する興味や熱意を失っていたかもしれない」

「どういう意味ですか？」

「私としては、彼女にチャンスをあげたつもりなんですよ。二年間きっちり勉強してから私のオーディションを受ければ、合格させると言ったも同然なんです」

確かに。バトラーが自分の言葉を正確に再現していたとすれば、彼女は「二年後の成功を約束された」と躍《おど》り上がって喜んでもおかしくなかった。

「微妙なニュアンスですが、彼女にはわかったんでしょうか」

「もちろん、理解したでしょう。でも彼女は別の喜びを——女性としての喜びを覚えたんじゃないかな」

「男ですね？」俺は訊ねた。

「ええ。この業界にいると、男女の仲には妙に鋭くなりましてね。誰と誰がくっついたのか、そういうことはすぐにわかる。恋愛は自由だし、俳優はたくさん恋をすべきだと思いますが、限度があります。トラブルの原因になることも多いから、プロデューサーは、常に神経を尖らせているんですよ」

「男の影が見えた理由は？」

「部屋の様子がね……明らかに、男が出入りしている部屋でした。ちょっとしたことでわかるんですよ。具体的には——そうですね、男物の服が何着か置いてあった。インテリアの色合いも、女性が好みそうなものではなかったですね」

「パトロン？」

「あるいは」バトラーがうなずく。

誰か金持ちに見初《みそ》められ、「芝居なんか諦めて自分の愛人になれ」とでも言われたのだろうか。それなら、シャーロットが殺されても、相手が名乗り出てこないのは理解できる。若い女性を愛人にするぐらい金と地位がある人間なら、自分が事件と関わり合いになるのを絶対に避けるだろう。警察の事情聴取を受けただけでも身の破滅、と怯えていてもおかしくない。

「相手が誰かはわかりませんか」

「さあ……そこまでは」バトラーが肩をすくめた。

「彼女の部屋へ行ったのはいつですか？」話しているうちに、俺は大きな手がかりを摑んだと確信した。

「二ヵ月前」

「場所は？」

俺はここでとうとう、シャーロットが住んでいた場所を把握した。どこに住んでいるかわかれば、そこから調査を進めて空白を埋めていくことができる。警察よりも先に真相に辿りつきたい。できれば犯人をブルーミングデールズ（アメリカの高級百貨店）の袋に突っこんで、警察に提供したい。刑事たちの鼻を明かしてやりたいというより、それがエマのためになると思ったから。

そしてこれは、俺が責任を負うべき事件なのだ。

シャーロットが住んでいた家は、今もそのままだった。マンハッタンの中でも有数の高級住宅地であるアッパー・ウェストサイドにあるタウンハウス。ダコタ・ハウス（マンハッタンにある高級集合住宅。一八八四年竣工。ジョン・レノンが住んでいたことで有名。入居の審査基準はニューヨークで一番厳しいとも言われている）ほど歴史が古いわけでも高級なわけでもないが、ここに住むにはそれなりに金がかかるだろう。少なくともシャーロットが自分で家賃を払うのは不可能だ。やはりパトロンがいたのは間違いないだろう。ディランの感覚では「田舎女」でも、人目を引く容貌なのは間違いない。シアタークラブで金持ちに見初められ、この部屋をあてがわれた可能性もある。そして一度でも贅沢な暮らしを味わってしまったら、芝居で苦労する気をなくしてしまうのも理解できる。実際バトラーは、「彼女は目の光を失っていた」と明かしてくれた。どうしても役が欲しい、舞台に立ちたいというギラギラした欲望が消え失せていたというのだ。

芝居か男か——男を取っても不思議ではない。結局彼女は、カンザスから出てきて一年も経っていない田舎娘なのだ。スポットライトを浴びる快感よりも、好きな男と一緒に暮らし、自由に金を使える生活の方が「上」だと判断してもおかしくはない。実際、バトラーの話だと、彼のオーディションをすっぽかして以降、他のオーディシヨンを受けた形跡はないという。この件に関しては、信じてもらっていい、と彼は請け合った。ニューヨークの演劇界における人脈には自信がある、どんな無名の俳優でも、どこで何をやっているか把握できると。

俺はまず、ドアマンと話した。六フィートある俺より二インチ（5センチ）は背が高く、体重は五十ポンド（23キロ）は重そうな黒人だった。俺が事情を話すと、一瞬だけ表情を歪める。

「面倒な話だ」

「どういう意味？」

「殺人事件の被害者が住んでいた部屋となると、何かと厄介だろう」

「もしかしたらここは、コーポラティブハウスなのか？」

ドアマンが無言でうなずく。コーポラティブハウスは、協同組合形式の集合住宅で、設計の段階から協同組合が取り組む。通常の、不動産業者が開発・分譲する集合住宅とは、運営方法がまったく違うのだ。中のことは全て、協同組合の合議で決まるので、なかなか物事が進まないと聞いたことがある。ここも同じような事情なのだろう。

「さっさと警察に連絡すべきだったんだ」警察はまだここを摑んでいないはずだ。自宅は、証拠の宝庫なのに。

「事件の関係者が住んでいた部屋は、評判が悪くなる。協同組合は、それを心配しているんだ」

「家族も、ミス・コールがどこに住んでいたか知らないんだ。可哀想だとは思わないか？」

「俺の個人的心情を話すつもりはない。俺は、喋らないことで給料を貰っているんだから」

「なるほど」

俺はズボンのポケットに手を突っこみ、折り畳んだ一ドル札を取り出した。そのまドアマンの手に押しつける。喋らないことで給料をもらっているはずの男の馬鹿でかい手の中に、一ドル札はあっさり消えた。

「あんたにはこれ以上、迷惑はかけない。一つだけ――一ドル分だけ、俺に便宜を図ってくれないか？」

「一ドル分かどうかは、俺が判断していいのか」

「ああ――協同組合の代表について教えてくれ。名前と連絡先がわかれば、あとは俺が話す」

しかし俺は、話さなかった。ディランが指摘した通り、俺は生粋のニューヨーカーだ。常に用心していてずる賢い——今回は、ずる賢さを使った。探偵より、警察の方が信用されるはずだから、自分の代わりに話させた方がいい。

リキに電話して、シャーロットの家がわかったと告げた。姉夫婦に連絡して、見せてやって欲しい。警察としても中を調べたいだろう。ついては、ついでに俺も——。

「それは駄目だ」リキは最後の頼みだけは却下した。「そもそも、首を突っこまないように忠告したじゃないか。ここは俺たちに任せろ」

「家を見つけたのは俺なんだけど」

「後でビールでも奢ってやるよ」

「ビールより情報が欲しい。部屋の様子を後で教えてくれないか?」

「家族に聞けばいいじゃないか」

「素人じゃわからないこともあるだろう。俺は刑事の目を信用してる」

「……内密にな」

「もちろん」

家宅捜索は、翌日の朝一番に行われることになった。俺はシャーロットの家の近くで待機していて、リキたち数人の刑事と姉夫婦が建物に入って行くのを確認した。少なくとも一時間は出て来ないだろうと判断し、一ドル札にもう一仕事してもらうことにした。

昨日と同じドアマンが、俺を見て顔をしかめる。チンピラだったら、その表情を見ただけで逃げ出してしまいそうだったが、一ドルは絶大な効果を発揮する。俺たちは建物の出入り口に並んで立った。煙草を勧めたが「勤務中は吸わない」とあっさり断られる。俺はラッキーストライクに火を点け、深々と煙を吸いこんだ。今朝最初の一服が体に染みこんでいく。

「ミス・コールはいつからここへ？」

「三ヵ月前」

「契約者は彼女自身だった？」

「俺は、そういう事情は知らない」ドアマンが肩をすくめる。「契約には嚙んでいないからな。俺の仕事はここに立って、あんたみたいな探偵が勝手に入りこまないようにすることだ」

「わかってる」俺はうなずき、質問を続けた。「彼女のところに出入りしている人間はいなかったか？　つまり、男だけど」

「いた」あっさり認める。

「彼女と一緒のところを見たことは？」

「どういう関係かはわからないが……」

「見たことはあるんだな？」

「ミス・コールは、イーストリバー・キラーに殺された。違うか？」ドアマンが逆に訊ねた。

「そう考えられている」

「だったら、彼女がどんな人とつき合っていたかは関係ないのでは？　イーストリバー・キラーは通り魔だろう？」

「彼女の行動全てを知りたいんだ。そうすれば、犯人に結びつくかもしれない」

「名前は知らない」

「ああ」

「白人、長身――」ドアマンが自分の頭の上で掌をひらひらさせた。「背丈は俺ぐらいだ」

「体格は？」

「俺から七十ポンド（32キロ）ぐらい筋肉を削ぎ落としたと考えてくれ」

相当痩せている――ひょろりとしたタイプ、と俺は頭に叩きこんだ。

「髪は？」

「ウェーブがかかったブルネット。イタリア系かもしれないな」

「何者に見えた？」

「職業か？　見当もつかない」ドアマンが首を横に振った。「そもそも働いているかどうかもな。少なくとも、普通にスーツを着ているところは一度も見たことがない」

「役者？」

「ああ……言われてみればそんな感じかもしれない。ハンサムだ」

例えば、オーディションで知り合って恋人になった——それはあり得ない話ではないが、少し違和感がある。俺は質問を繰り返した。

「何歳ぐらいだった？」

「ミス・コールは、まだティーンエイジャーだな？」

「十九歳だ」

「ふむ」ドアマンが顎を撫でる。「ティーンエイジャーには見えないがまだ若い——二十代だな。それも二十代前半」

ここで俺は、違和感の源泉を探り当てた。このコンドミニアムの家賃は、狭い部屋でも安くはないだろう。スポンサーは年上のプロデューサーや脚本家、大御所の俳優ではないかと考えていたのだが、それはドアマンが目撃していた人物とはかけ離れている。もしかしたら、複雑な男女関係があったのだろうか。金蔓《かねづる》と恋人は、別の人間だったとか。

「その若い男以外の人間と一緒のところは見たことがあるか？」

「ない——おい、もう一ドル分を超えたぞ」

「あと一ドル出すと、もっといい情報を聞かせてもらえるか？」

「いや」ドアマンが冷たい声で言い放った。「余計なことを見ないようにするのも、ドアマンの役目なんでね」

彼にすれば、既に十分危険を冒している感じなのだろう。俺は丁重に礼を言って、建物から離れた。

一時間ほどして、リキたちが建物から出て来た。エマは困惑した表情……俺は彼らに近づき、「どんな様子でしたか」と話しかけた。

「シャーロットは……」エマが眉を顰《ひそ》めたまま言いかけて、口を閉ざす。

「どうしてこんなところに住めたんでしょう」夫のポールが話を引き継ぐ。「家賃は馬鹿高いのでは？」

「おそらく」

「その金はどうしたんですかね」

「誰かスポンサーがいたのかもしれません」

「おい――」リキが割って入ってきた。「余計なことを言うなよ」

俺は一歩引いた。リキがエマたちに声をかけ、二人をパトカーに誘導する。自分は乗らず、俺のところへ歩み寄って来た。

「どんな感じだ？」

「ホテルみたいな部屋だったな」

「余計なものはない、か」

「ああ」リキがうなずく。「さっきのスポンサーの話は、どういうことだ？」

「彼女、誰かつき合っていた男がいたらしい」

「何者だ？」リキの顔色がさっと変わった。

「わからない。それほど年齢は変わらない男だと思う」

「誰から聞いた？」リキが突っこんできた。

「それは言えない。それより、部屋に男の影はなかったか？」

「ああ。男物の服があったよ」

「他には？」

「冷蔵庫にビール。テキーラもあったな」

これも男の影と言っていい。しかも相手は二十一歳以上だ。シャーロットはまだ十九歳で、自分では酒を買えない。

「その線は押してみる——お前は余計なことはするなよ」

いつものように釘を刺して、リキは去って行った。とはいえ、怒っている様子ではない。利用するものは何でも利用する——リキはそれぐらいのことは平気でする刑事だ。

その夜、俺は旧知の——腐れ縁の男と会っていた。警察官時代からの知り合いで、できれば会っているのを他の人間には知られたくない男である。

「珍しいな」

俺たちは、スパニッシュ・ハーレム、東百十七丁目のバーで落ち合った。俺の縄張りではなく、相手の本拠地……「英語が通じない」と言われるほどプエルトリコ系の人間が多い街で、生粋のニューヨーカーである俺も、遅い時間に足を踏み入れる時には緊張する。カウンターについた時には、相手——ホセ・エルナンデスは既にビールを一本空にするところだった。

「次の一本からはお前の奢りだ」

俺は黙ってカウンターに小銭を置いた。バーテンがビールを二本、置く。エルナンデスは顔の前でビール瓶を掲げ、そのままぐっと半分ほどを呑んだ。

「で？」エルナンデスがビール瓶を静かにカウンターに置いて、俺の顔を見た。

「欲しい情報がある」

「ビール程度じゃ、渡せる情報もたかが知れてるぜ」

エルナンデスが鼻を鳴らした。もう四十歳はとっくに超えているのに、浅黒いハンサムな容貌に衰えはない。この顔のせいで、彼はスパニッシュ・ハーレムの顔役になったとも言える。常に周りに女がいて、しかも尽くしてくれる。いつ裏切るかわからない男よりも、この街では誠意のある女の方がよほど役に立つのだ。ニューヨークのラティーノコミュニティの実態はなかなかわかりにくいのだが、エルナンデスが一声かけると百人単位の人間がすぐに動くのは間違いない。表向きの商売は、デリの経営者。スパニッシュ・ハーレムの中に何軒も店を持っていて、そちらは極めて真っ当な商売だ。

裏で何をしているか、俺は知らない。知らない方がいい、と本能が告げていた。警察官時代に知り合って、今でもたまに情報をくれるのだが、何故彼がそうしているかはわからない。金ではなく情報で俺を抱きこんで、「使える」探偵にしようと思ったのかもしれないが、今のところそういう働きかけはなかった。少し不気味な感じを抱きながらも、俺はたまに彼から情報を仕入れている。対価は金ではなく酒。安く上がるのがやはり不気味ではあるが。

「イーストリバー・キラーが派手に動いているのは知ってるだろう」

「もちろん」

「それについて、何か聞いてないか？」

「何かって？」

「何かは何かだよ」

「ジョー……素人みたいなことを言うなよ」ちらりと俺を見て、エルナンデスが苦笑する。苦笑いする姿さえ様になっていて、これを見たら服を脱ぎ出す女の子もいるだろう。「それよりあんた、どうしてこんなことに興味を持ってるんだ？　覗き屋が手を出すような事件じゃないだろう」

今度は俺が苦笑する番だった。私立探偵は様々な蔑称《べっしょう》で呼ばれるものだが、「覗き屋」は最低かもしれない。ただし否定はできない……人の生活を密かに観察するのも仕事のうちだ。

「ウィリーを知ってるだろう？　ウィリー・〝ザ・ライトニング〟・ネイマス」

「ああ、あんたの相棒か」

「相棒じゃない」俺は首を横に振った。「一緒に仕事をしていたわけじゃないから」

「あいつの左フックは強烈だったな。あれで再起不能になったボクサーが何人もいる……そもそもあいつ、何で探偵なんかやってるんだ？　ボクシングで相当稼いだだろう」

「黒人のボクサーが稼げる金なんか、たかが知れてる」

「あんたら白人のプロモーターが、儲けのほとんどを持っていくんだろう。黒人には金勘定ができないと思ってる」

「そういう阿漕《あこぎ》なやり方が本当にあるかどうかは知らない」

「そうか、あいつも死んだんだな――殺された」エルナンデスが低い声で言った。

「あれもイーストリバー・キラーの仕業だな」

「警察はそう見ている」

「で、お前は敵討ちか。麗《うるわ》しき友情だな」

　その言い方には少しむっとしたが、俺は何も言わず煙草に火を点けた。ラッキーストライクの最後の一本。パッケージを潰して、カウンターの隅に押しやる。

「実は、俺が捜していた人間も殺された」

「ああ？」エルナンデスが、完全に俺の方に向き直った。一瞬で事情を理解した様子――新聞をよく読んでいるというのは、嘘ではないようだ。大袈裟に目を見開き、本気で驚いている。「あんた、あのカンザスの田舎娘を捜してたのか」

「そうだ」

「そいつはひどい話だな。あんたも、相当評判を落としたんじゃないか？」

「捜索を依頼された時、彼女はもう殺されていた可能性が高い」

「若い女が殺されるのは、いつでも残念だ。女優志望と聞いてるけど、上玉か？」

　俺は尻ポケットから財布を抜き、エマからもらったシャーロットの写真をカウンターに置いた。エルナンデスがさっと取り上げ、まじまじと見詰める。目つきは冷ややかだった。

「この子じゃあ、女優は無理だろう」

「可愛いだけの子なら、いくらでもいる。この子もそうだ。女優に必要な華がない」

「あんた、いつから評論家になった？」俺は鼻を鳴らした。

「この街に住んで芝居を見ていれば、すぐにわかるようになるんだよ。何というか……この娘には、他人を押し退けてでも自分が前に出ようとする気概が感じられない。ただの可愛い田舎娘だよ。勘違いしてニューヨークに出て来て、ひどい目に遭う──よくある話だけどな」

「俺は、気分が悪いんだ」俺は打ち明けた。「友だちと、捜していた人間が相次いで殺された。イーストリバー・キラーの顔をこの目で拝んでおかないと気が済まない」

「探偵の仕事じゃないな。西海岸の探偵みたいに、警察を出し抜いて犯人を捕まえたいのか？」

「できれば」

「あんた、拳銃は持ってるか？」

「ああ」

「今も？」

「いや。枕の下に置いてある」

「それじゃ駄目だ。外に出る時はいつも持ち歩け」エルナンデスが真顔で忠告した。

といっても、拳銃の扱いは難しい。ニューヨーク州は銃の所有と携行には極めて厳しいのだ。私立探偵といえども、その辺でいきなりぶっ放すと、かなり厄介なことになる。

「何が言いたい？」俺は訊ねた。

「安全に歩くためには、拳銃が必要だ」

「あんた、本当はイーストリバー・キラーについて、何か知ってるんじゃないか」

「ノー」エルナンデスが即座に否定した。

「あんたは、ニューヨークの裏社会の顔役だと思ったが」

「イーストリバー・キラーのような野郎は、表にも裏にも居場所がない――いや、仮の姿としては存在しているかもしれないが、本当の姿は表と裏の間のどこかにあるんだよ」

「裏社会の人間じゃないと？」

「少なくとも、俺たちの組織の人間じゃないな。俺たちだけじゃない。イタリア系、中国系――そういうところにもいないような気がする。もしかしたら、イーストリバー・キラーは、昼間はウォール街で金を勘定したり、広告代理店で新しい俳優を売り出すために知恵を絞っているかもしれない。それで夜になると別の仮面を被って――

昼間の仮面を外して、獲物を捜して街を歩いているんじゃないか」

「そうであってもおかしくない」俺は同意した。「しかし、あんたの耳にまったく情報が入らないのも不思議だ」

「俺だって、何でもわかるわけじゃない」エルナンデスが首を横に振った。「ま、今後は少し、気に留めておくよ」

「というより、警戒警報が必要なんじゃないか？」

「どうして」

「探偵を殺すような奴だ。あんたたちを怖がることもないだろう。夜中の一人歩きは危険だ」

「確かにな……」エルナンデスが、髭の浮いた顎をゆっくりと撫でた。「イーストリバー・キラーは場所を選ばない。しかし、おかしくないか？」

「何が？」

「どうしてイーストリバーなんだ？」

エルナンデスの指摘に、俺は思わず絶句した。言われてみればその通りだ。マンハッタンは東をイーストリバー、西をハドソンリバーに挟まれた細長い島である。犯人は何故、東側のイーストリバーにだけ遺体を遺棄するのだろう。犯人なりのこだわりがあるのかもしれないが、それは直接訊いてみない限りわからない。

「ま、あんたも夜中の一人歩きには気をつけることだ」エルナンデスが忠告した。

「お互いにな」

「しかし、気分が悪いな。あんな野郎が、大手を振ってマンハッタンを歩き回っていると考えるだけで、飯が不味くなる」そう言って、エルナンデスがビールを呑み干した。

「もう一本、いるか？」

「いや」エルナンデスが椅子から滑り降りた。「酔っ払って歩いてると、撃たれた時に避けられない」

「本気で言ってるのか？」

「今まで俺が何回撃たれたと思う？」エルナンデスが肩をすくめた。「数えきれないぐらいだ。でも、一発も当たっていない。俺には、そういう能力があるんだよ」

まさか。エルナンデスはスーパーマンだとでも言うのか？

『クール』は評判通りに面白い舞台だった。若者たちの言動は、俺には全て理解できる――自分のことのように身に染みた。この感覚は生粋のニューヨーカーにしかわからないだろう。

十時過ぎに芝居がはねて、俺とヴィクは劇場を出た。ヴィクが自然に腕を絡ませてくる。

「みんな、何であんなに皮肉っぽく話すのかしら」ヴィクが首を傾げる。

「俺にはあれが普通に思えたけど」

「ニューヨークだけが、この国の中で特別な街なのね。アメリカの他の街の若者は、あんな喋り方はしないわよ」

「そうかもしれない」

芝居の後なので、シアタークラブで飯を食う手もあったが、避けた。俺はあそこでは厄介者になりつつあるし、ヴィクも、自分が働いている店で食事をする気にはなれないだろう。俺は、この界隈では個人的に二番目の評価をつけている「ジミーズ・ダイナー」に彼女を誘った。

この店なら、絶対にステーキだ。二人ともサーロインステーキを頼み、ビールで流しこむ。食後のデザートはパスしてバーボンをもらった。食後酒にしては重いのだが、この時間になると、呑まずにはいられない。ヴィクも一緒にバーボンを頼んだ。

「バーボンは、女性が呑むような酒じゃないぜ。色が綺麗なカクテルなんかの方がいいんじゃないか」

「そんなことないわよ」ヴィクがにっこりと笑った。

何度か会ううちに、俺はヴィクのこの笑みに侵食されつつあった。田舎娘の純朴さを残すと同時に、ニューヨークに暮らす人間のずるさ、図々しさを身につけた彼女との会話は、俺には心地好いものだった。

「シャーロットには、やはりいい人がいたらしい」

「そうなの？」

「おそらくだけど、男に金を出してもらって、アッパー・ウェストサイドのコンドミニアムに住んでいた」

「そんな高級住宅地に？」

「しかも、なかなかいいコンドミニアムだったよ」

「じゃあ、相手は相当な金持ち？」

「そうかもしれないけど、それにしては若い……二十代前半だと思う」

「そんなに若くて金を持っているとしたら、舞台俳優じゃないわね」

「ああ」俺はうなずいた。「若い舞台俳優の稼ぎは、たかが知れているからな。金を持っているとしたら、映画かテレビの俳優だね」

「そんな人なら、すぐにわかるんじゃないかしら」

「そうなんだよ」俺はバーボンを啜った。「正体がわからない。そもそも、正体がわかっても、そいつがシャーロットを殺したとは思えないしな」

「犯人はイーストリバー・キラーなんでしょう？」

「それも含めて、わからないことばかりだ。だから、シャーロットの人生を丸裸にしたいんだけどね」

「私は、死なないようにしたいわ。少なくとも今は」

「どうして」

「死んでから、あなたに私の生活を探られるのは辛いもの」

「死ななくても探るかもしれない」

「どうして？」

「君に興味があるから」

「あら」

ヴィクが笑みを浮かべ、俺の心にはまた小さなひびが入った。そのうちバラバラにされそうだ。

「だから、君のことを調べたい」

「そんなことする必要、ないわよ。私が全部教えるから」

「手間を省いてくれるのはありがたいね」俺も笑みを浮かべた。

「——家へ来る？」ヴィクが手を伸ばし、俺の手の甲を爪先で引っ掻いた。

「酔ってるから言ってるのか？」

「酔うほど呑んでないわ」ヴィクが苦笑する。

「バーボンでも酔わない女は怖いな」

「あなたは？」

「もちろん、酔ってない」

「呑み足りないようだったら、うちにもバーボンは用意してあるわよ。ビールでも」

「呑むか呑まないか——それは、君がただ俺と話をしたいのか、別のことをしたいのかによるな」

ヴィクが俺の手の甲を軽く叩いた。全身から発せられるセックスの匂いが、俺を包みこむ。

「シャーロットは、誰に足を絡ませていたのかしらね」かすれた声でヴィクが言った。

「コンドミニアムの金を出した男」

「その若いハンサムさんは誰なの？」

「うーん……もしかしたらジム・ジャックマンとか？」

「まだこだわってるの？　それはないでしょう」

俺は体をずらし、ヴィクの頭を抱いた。長い髪が俺の肌をくすぐる。

「もっと年上の金持ちかもしれないな。それこそどこかのプロデューサーとか、脚本家とか。そういう人間に金を出してもらって、部屋には別の若い男を引っ張りこんでいたとか」

「シャーロットが、そういうことをするとは思えないわ」

「一人に尽くすタイプ？」

「だと思う。でも、ただの印象よ。あの子とそういう話をしたことはないから」

「ああ」

「田舎の高校で、キスまで許した恋人と泣く泣く別れてニューヨークに出て来た——そんな感じなのよ」

「君がそう言うなら……俺はシャーロットと会ったことがないから、何とも言えない。彼女のことを知っているのは君だ」

「そうね。でも、自分の周りに薄い壁を張り巡らせている娘《こ》だから、本当のことはわからない」

地方からニューヨークに出て来た人は、よくそういうことを口にする。「この街で自分を守るためには、本音を隠すことも大事だと思う」。そのために、愛想笑いや無難な相槌《あいづち》の打ち方を身につける。

ヴィクがすっとベッドから抜け出る。裸になってみると、体のしなやかさがよくわかった。ただ見ているだけでも心が沸き立つ。

ヴィクがビールを二本持って来た。ラジオのスウィッチを入れ、俺にビールを渡すと、自分はベッドの端に腰かけた。俺は上体だけ起こして、ビールを一気に半分ほど呷《あお》った。適度に体を動かした後で、染みいるように美味い。ラジオからは、軽快なロックンロールが流れてきた。ジム・ジャックマンの『恋《こい》のダイナマイト』。最近、ラジオでよくかかる曲だ。

エルヴィス・プレスリーが兵役についているために、ロックンロールの業界では「次のエルヴィス」探しが急務になっているようだ。ジム・ジャックマン、通称「ダブルJ」はその最有力候補と言われている。

「私はあまり好きじゃないけど、この曲はいいわね。声が素敵」

俺はうなずいた。俺の好みからすると少しだけ声が「軽い」のだが、エルヴィスほどくどくないのがいい、という人もいるだろう。

ロックンロールが一大ブームになったのは、やはりエルヴィスのデビューがきっかけだった。エルヴィスがサン・レコードからデビューしたのは一九五四年だが、広く一般に知られるようになったのは、RCAと契約して、五六年に『ハートブレイク・ホテル』をリリースしてからだろう。良識派は眉を顰めたが、若者は熱狂した。その頃俺はもう三十歳を過ぎていて、音楽とは特に縁のない生活を送っていたのだが、エルヴィスには打ちのめされた。その後、エルヴィスとはまた違う個性を持ったミュージシャンが次々にヒットを飛ばし、ロックンロールは若者の世界に定着したのだが、それも去年から今年にかけて一段落した感じがする。エルヴィスが兵役に就き、今年バディ・ホリーたちが死んだことも影響しているだろう。今、ラジオの中心になっているのは、砂糖菓子のように甘ったるいポップスである。子どもたちにも安心して聴かせられる曲――親世代からすれば、ロックンロールよりよほどましだろうが、俺の感覚では生温《なまぬる》い。

そういう状況に出現した「ダブルJ」は、ロックンロールの希望の星なのだ。

ヴィクが煙草をくわえて火を点けると、俺に渡してくれた。深い一服に満足して、彼女に返す。そう言えば、彼女が煙草を吸うのを見るのは初めてだった。

「ジャックマンは、君の店にも来るって言ってたよな。取り巻きを連れてパーティ？」

「いつも一人よ」

「騒ぎにならないのか？」

「静かな人で、スターっぽくないのよ……それより今のところ、全然手がかりはないのね？」ふいに深刻な口調になってヴィクが訊ねる。

「残念ながら」

「今まで、そんなに気にしてなかったけど、今は正直怖いわ」

「それが普通の感覚だよ」俺はうなずき、ビールの瓶を頬に当てた。よく冷えている……気持ちが落ち着いていくようだった。

「遅くなることはよくあるのよ。店の仕事で遅番になったり、ワークショップの仲間たちと呑んだり……今までは何とも思わなかったけど、シャーロットが殺されてから、できるだけ一人でいないようにしているの」

「この部屋で用心棒をしたのは、俺だけじゃないんだな」

「違うわよ」ヴィクが、俺の裸の肩を平手で叩いた。「道を歩く時の話。今まで、家で襲われた人はいないでしょう」

「確かにそうだ」

「何だか、神経が張り詰めて、疲れるわ」ヴィクが溜息をつく。

「確かにリラックスできないな」

俺の胸にも、じわじわと緊張感が忍びこんできた。エルナンデスの忠告を受け、今日は拳銃を持ち歩いていたのだが、それでも安心できるものではない。エルナンデスは、銃弾を避ける特殊能力を持っているかもしれないが、俺にはそんな力はない。

「明日は一日家にいるわ」

「休み？」

「そう。予定もないから」

「じゃあ、ゆっくり寝て、大人しくしているのがいいな。それで少しは、神経が休まるんじゃないかな」

俺はベッドを抜け出した。

「何？」ヴィクが不安そうに訊ねた。

「帰るよ。俺がいると、安眠できないんじゃないか」

「初めて来たのに、いきなり帰るの？」ヴィクが目を見開く。「そういう主義？」

「いや」俺は首を横に振った。「俺だって、いつまでも君と抱き合っていたい。でも俺は、基本的に早起きなんだ。毎朝六時には腹が減って目が覚める」

「朝ごはんぐらい作ってあげるわよ。ベーコンに卵だけど」

「それはありがたいけど、そんなことを気にしていたら、ゆっくり眠れないだろう」

俺は彼女の頬に手を当てた。手を振り払わないということは、ヴィクは本気で怒ってはいない。

「今度、うちへ来てくれ。近くに、朝飯が美味い店があるんだ」

「いいわよ」ヴィクが微笑んだ。「でも、こういうのは本当に好きじゃない」

「申し訳ない。でも、絶対に一人の方がゆっくりできるから」

「それは……あなたの言う通りかもしれないけど」

俺はシャツに腕を通した。去る意味は……ある。彼女は拳銃を怖がっていた。近くに拳銃があったら、緊張であまり眠れないのではないだろうか。今は、疲れている彼女をゆっくり寝かせておきたかった。

ヴィクの家は、ヘルズ・キッチンにある。劇場街には近いのだが、あまり環境のいい場所ではない。悪いことに、この辺りには地下鉄の駅もなく、自宅へ帰るためには、一度劇場街へ出るしかなかった。タクシーが摑まればいいのだが、日付が変わったこの時間だと、流しているタクシーはほとんどいない。

仕方なく俺は、西五十四丁目を東へ向かって歩き始めた。七番街駅まで出て地下鉄B線に乗れば、自宅のあるアッパーマンハッタンまではすぐだ。もうすぐ午前二時、地下鉄の運転間隔も空いていて、何かと危ない時間帯なのだが、こちらには拳銃がある。居眠りせずに、周囲に殺気を放っていれば、何とかなるだろう。もちろん、途中でイエローキャブが摑まれば、それに越したことはない。

この時間でも普通に人が歩いているのが、いかにもニューヨークらしい。もっとも、昼間と同じわけではない。夜遊びしていた連中も引き上げ、今は危険な人間たちが主役の時間帯だ。一目見ただけでドラッグの売人とわかる人間が近づいて来る。一睨《にら》みすると目を伏せて去って行ったが、こういうことに神経を集中させておくのは実に面倒臭い。ニューヨークではこうするのが普通なのだが。

タクシーは来ないものか——後ろを振り向いた瞬間、不意に耳元を鋭い音が通り過ぎる。続いて耳を焼かれるような熱さが走り、俺は反射的に歩道に伏《ふ》せた。オイルとゴミの臭いが鼻をつき、かすかに吐き気がこみ上げてきたが、それでも這《は》いつくばったまま、必死で周囲を見回す。後ろにフォードの小型セダンが停まっている——俺は思い切り身を投げ出し、一回転してセダンの陰に身を隠した。回転している間に、もう一発銃声。今度は当たらなかった。

俺は車の陰で膝立ちになり、拳銃を抜いた。静か……たった今銃撃されたというのに、平然と歩いている人の姿が目についた。俺が「伏せろ！」と叫ぶと、若い男の二人連れが何事かと周囲を見回す。突っ立っていると的になってしまう——もう一度「伏せろ！」と叫んだが、二人連れは顔を見合わせて同時に肩をすくめると、そのまま平然と歩き出した。何で逃げないんだ……俺はボンネットの上に半分顔を出し、左右に首を振った。異状なし——犯人は二発だけ撃って、この場を離脱したようだ。耳から流れる生暖かい血が、アスファルトに小さな黒い点を作る。俺は五分間、そのままにしていたが、いい加減片膝立ちの姿勢にも飽きてきた。思い切って立ち上がり、上半身を晒す——しかし銃声は聞こえない。やはり犯人は逃げたのだ。

俺が狙われた？　いったい誰に？

俺は近くにある二十四時間営業のデリまで歩いて電話を借り、自分で緊急通報した。電話の横にある鏡を見ると、顔の左側面が血に染まっていたが、アジア人らしき店員はまったく動じず、何も言わなかった。これぐらいの出血は、ヘルズ・キッチンでは珍しくもないのかもしれない。俺はタオルを買い、店のトイレの洗面台で濡らして血を拭いた。耳に触れた時に鋭い痛みが走る——一応、耳はまだついていた。というより、実際には銃弾は耳たぶの下の方をかすめただけだろう。少し出血が多かっただけだ。

十分ほどすると、現場はミッドタウン・ノース署のパトカーで埋まり始めた。俺は被害者であるにもかかわらず、「どうして現場を離れた」と叱責を浴びた。撃たれた場所がはっきりしないと、犯人がどこから撃ったかが特定できないのだから、警察官が怒るのはもっともだ。

「ここで間違いないか？」制服姿の警官——明らかにドーナツの食べ過ぎで制服の生地がはちきれそうだった——が険しい表情で追及してくる。

「ああ」

「銃声は二発、だったな」

「間違いない。銃弾は見つかったか？」

「今探してる」

「俺には知る権利があると思うが。被害者なんだぞ」すかさず抗議した。

「被害者は被害者らしく、大人しくしていてくれ。現場が確認できたら、病院へ送っていく」

「必要ない」俺は首を横に振った。「銃弾はかすっただけだ」

「後で重傷だと言われても困る」制服警官が俺の耳の傷をちらりと見た。「それよりあんた、襲われるような覚えはあるか？」

「いや」

「浮気旦那の尾行をしていて気づかれたとか」

「一つ」俺は制服警官の顔の前で人差し指を立てた。「俺はそういう捜査はしない。もう一つ、俺は尾行に気づかれるようなヘマはしない」

「どうだか」

「何だったら、明日あんたが家に帰るのを密かにつけて、気がつかないうちに玄関のドアに四文字語《フォーレターワーズ》を書きつけてやるよ」

「馬鹿言ってないで、そこに立っててくれ」

その後俺は現場で写真を撮られ、その場で事情聴取を受けた。ヴィクの名前は出さなかった。彼女は明日、休みだ。朝一番で警官にドアをノックされるほど不快なことはないだろう。静かに寝かせておいてやりたかった。

「じゃあ、仕事帰りか」

「ああ」

「何の仕事だ？」

「それは言えない。秘匿特権があるわけじゃないが、依頼人との信頼関係を損ないたくないんだ」

「そこを調べないと、捜査にならないんだがね」制服警官が粘った。「あんたに個人的な恨みを持っている人間の犯行かもしれないだろう。何の仕事をしていたかわからないと、チェックしようがない」

しばし押し問答が続いたが、結局俺は否認に成功した。制服警官は不満そうだったが、俺としてもここは絶対に譲れない。そもそも、これまでの仕事で誰かに恨みを買っているとは思えなかった。いや、俺を恨んでいる人間はいるだろうが、そういう人間は全員、刑務所に入っている。

ぎくしゃくしたまま、事情聴取が終わった。明日——今日の午前中に正式な調書を取るので、ミッドタウン・ノース署に来るように命じられ、それでようやく解放された。もちろん、パトカーでは送ってくれない。タクシーを呼び止めるのが、警察が示してくれた唯一の厚意だった。

ニューヨークで探偵をやるものではない。被害者になっても、警察官には同情してもらえないのだから。

タクシーのシートが汚れないかと気になったが、そもそも俺の尻の方が汚れてしまいそうなシートだった。それでも浅く腰かけて足を伸ばすと、眠気が襲ってくる。しかし目を閉じた瞬間、銃声が脳裏に蘇って、一気に目が覚めてしまった。冗談じゃない。どうして俺が撃たれなければならないんだ？

午前中というのは、午前十一時五十九分五十九秒までだ。ぎりぎりにミッドタウン・ノース署に出頭することを決めていた俺は、目覚ましを十時にセットしてベッドに潜りこんだ。しかし、朝九時に電話が鳴って起こされてしまう。

「まだ営業時間じゃない」しわがれた声で、受話器に向かって話しかける。

「この電話で、お前の営業時間はスタートだ」

「リキ……」

「ハリーが電話する前に、伝えておこうと思ったんだ」

「勘弁してくれ」俺はベッドから抜け出した。枕が血で汚れており、まだ出血が止まっていないのかと心配になった。暇を見つけて病院に足を運ぼう。「で、何がどうした？」

「お前、ターゲットになったんだよ」

「誰の」

「イーストリバー・キラー」

「何だって？」一気に目が覚めた。「どういうことだ？」

「現場で発見された銃弾が、イーストリバー・キラーが使っていたものと一致した」

「こんなに早くわかったのか？」

「ミッドタウン・ノース署の連中が、何かに気づいて急かしたんだろうな。勘のいい奴はいるもんだよ」

「俺が、イーストリバー・キラーに狙われた？」にわかには信じられなかった。無事に生き残ったわけだが、もしも死んでいたら、イーストリバー・キラーの犠牲者の中で、私立探偵が多数派になるところだった。

「そうとしか思えない。お前、何か心当たりはないか？」

「ない――いや」

「何だ？」

「もしかしたらだけど、俺はどこかでイーストリバー・キラーの尻尾を踏んだのかもしれない。それでまずいと思った犯人が、俺を殺そうとした――どうだ？」

「あり得ない話じゃないが、お前、本当に犯人を割り出してたんじゃないか？」

「それはないな。五里霧中だよ」

「じゃあ、知らないうちに犯人に接近していた、ということか」

「可能性の一つだな。俺はこれから、ミッドタウン・ノース署に出頭する」

「その後で、1PP（ニューヨーク市警の俗称。住所が一Police Plaza Pathにあることに由来する）に来てもらうことになるかもしれない」

「この件も捜査本部が扱うわけか」

「そうなる可能性が高いな」

「しかしこれは、イーストリバー・キラーのやり方じゃない。そもそも現場がマンハッタンの西側じゃないか。これまでの犯行は、すべてセカンド・アベニューから東だ」

「ああいう連中の考えていることは、逮捕してみないとわからない。それで、怪我は大丈夫なのか？」

「先にそれを言って欲しかったよ」

「すまん……しかし今、捜査本部もうちの分署も大騒ぎなんだ。とにかく先に忠告しておこうと思った」

「その件については礼を言うよ。いきなりハリーから電話がかかってきたら、俺は壁に向かって一発ぶっ放していたかもしれない」

「隣の部屋に迷惑がかからなくてよかったな」

通話を終えて、俺は耳の傷に気をつけながら慎重にシャワーを浴びた。これで人心地つき、コーヒーを飲む気になる。ヴィクには電話しておくべきだろうかと迷った。昨夜の事件は、おそらく夕刊には載るだろう。そうしたら、間違いなくヴィクも知ることになる。自分の口から伝えた方がいいだろうと受話器に手を伸ばしかけた瞬間、電話が鳴った。

ハリー。

ハリーの電話は長く、粘っこく、チクチクとこちらを攻撃してきた。

こいつを撃つ言い訳ができたら、俺は絶対にチャンスを逃さないだろう。

第三章　新たな標的

まる二日間、ニューヨーク市警にべったりくっつかれて、俺の時間は潰れた。これは仕方がない——俺が刑事でも、簡単には被害者を離さなかっただろう。何しろ、イーストリバー・キラーの魔手から生き延びた数少ない人間なのだ。

俺は俺で、刑事たち——ありがたいことにその中にハリーは含まれなかった——と話しながら手がかりを探っていた。俺が知らない事実を、彼らが思わず漏らしてしまうこともあるのではないか、と。しかし、百戦錬磨の刑事たちの口は固かった。

俺はやはり、自分でも気づかぬうちに犯人に近づいていたのだろう。今のところ唯一考えられるのは、シャーロットの「男」だ。これまでの調査の中で、正体がはっきりしない怪しい人物というと、この男しかいない。しかしそうだとしても、筋が通らない部分がある。シャーロットが自分の恋人に殺されたとしたら、その人物こそがイーストリバー・キラーということになってしまう。つまり、シャーロットはイーストリバー・キラーとつき合っていた……。

シャーロットの恋人の正体は、まだまったくわかっていない。目撃していたのは、彼女のコンドミニアムのドアマンだけだ。二人は、一緒にいるところを見られないように警戒していた感じがする。もしかしたら、男は妻帯者かもしれない。

ヴィクとは、事情聴取の合間を縫って何とか電話で話ができた。俺が「撃たれた」と告げると泣き出しそうになったが、大した怪我ではないこと、今度会ったら慰めてくれればいいと言うと、緊張を解いた。ただし「しばらく会わない方がいい」という提案には猛反対されたが。俺と一緒にいると、ヴィクにも危険が及ぶ恐れがある。ヴィクは「それでも構わない」と言ったのだが、この線だけは絶対に譲れなかった。俺は既に、イーストリバー・キラーによって知り合いを二人――シャーロットは間接的な知り合いだが――殺されている。ヴィクだけは絶対に守らねばならない。

「新聞にもこのニュースは載ってるだろうけど、信用しないでくれ」

「じゃあ、どうしたらいいの？」

「新聞に出ていることの反対を考えれば、だいたいそれが正しい」

ようやくヴィクが笑った。俺はほっとして電話を切り、警察との対決に戻った。

しつこい事情聴取から解放されて数日間、俺はイーストリバー・キラーの足跡を捜して歩き回ったが、全て空振りで完全にエネルギー切れになってしまった。しっかり栄養補給して、一晩ぐっすり眠りたい。こういう時はやはり、ボリュームたっぷりの美味い料理を出すビリーズ・ダイナーに限る。

コーンブレッド、マッケンチーズ（マカロニにチーズを絡めた料理。アメリカやイギリスでは広く食べられており、現在はインスタント商品としても流通している）、カントリーフライドステーキ。料理をビールで流しこんでいるうちに、みるみる活力が戻って来るのを感じる。

店主のビリーがすっと近づいて来た。

「ちょっと探偵仕事を頼みたいんだが」珍しく深刻な表情だった。

「何だい」仕事は——してもいい。実際今、俺には依頼人がないのだから。

「さっきから、外に妙な連中がいるんだ」

俺は黙って後ろを振り向き、窓から外を見た。この席からでは、歩道の様子は分からない。

「妙って、どんな風に？」

「白人なんだ」

「俺だって白人だけど」

「うちの料理の食べ過ぎで、あんたには黒人の血が流れてるよ」

「それより、そいつらがどうしたんだ？」

「白人の二人組が、三十分も前からうちの前に立ってる。この辺でそんなことをしていると目立つんだよ」

「なかなかいい度胸だな」俺は紙ナプキンで口を拭って立ち上がった。

「確かめてくれるか？」

「ああ。危ない奴らだったら撃っていいか？」

「うちの窓ガラスを割らなければ、蜂の巣にしてもいい」

俺はキッチンに続く裏口から外へ出た。そのまま店の周囲を回り、正面入り口へ近づく。確かに、白人の男二人組がいた。揃ってブラックスーツに帽子。居心地悪そうに体を揺らしながら煙草を吸っている。道行く人たちが冷たい視線を投げかけるが、気にする様子もない。

俺はジャケットの内側に手を入れて、拳銃を確認した。撃つ羽目になるとは思わないが、この感触は心強い。

「失礼だが――」

俺が声をかけると、二人がびくりと身を震わせてこちらを向く。同じような二人連れかと思っていたのだが、似ているのは服装と背格好だけで、年齢も顔もまったく違う。一人は二十代、もう一人はその父親世代に見えた。

「ミスタ・ジョー・スナイダー？」年長の方が、心配そうに話しかけてくる。

俺は一瞬判断に困った。こいつら、俺が食事を終えるのを外で待っていたのか？

そうに違いない。黒人が経営する店に入って話しかける勇気はなかったのだろう。しばし無言を貫いた後、年長の男が帽子を取った。ブロンドの髪は半ば白くなっている。

「プラネット・レコードのボブ・サイモンと言います」

「レコード会社？」今まで、レコード会社の人間と仕事をしたことはなかった。

「実はあなたに仕事を頼みたいと思って、事務所を訪ねたんだ。ところが不在で……」

「よくここがわかりましたね」

「隣の――あなたの事務所の隣にある化粧品セールスの会社の人に聞いたら、ここで食事をしていると教えられた」

「ああ」俺の事務所が入っているビルには、弁護士から作家のエージェント、小さな広告代理店など様々な職種の小さな会社が入っている。俺の事務所の隣は、確かに化粧品会社の「ノースマンハッタン営業所」だった。「そう言えば先ほど、そこの麗しき女性と立ち話をしました」

「今日は、栄養補給をすると言っていたとか」

「この店は、栄養補給には最高ですよ」

「そうですか……しかし、まいったな。黒人専用の店とは思わなかった」

「別に、黒人専用じゃない。ドアを開けても、尻を蹴飛ばされることはないですよ。実際俺は、この店でもう五年も、普通に飯を食べている」

「仕事の話をしたいんだが、今から事務所に戻るわけには……」

「まだ食事中です。ここで待っていてもらっても構いませんが、中で話をしてもいいですよ」

「いや……」サイモンが怯んだ。「中に入ると浮きそうだ」

「だったら、小さい部屋を用意してもらいましょう。そこならいいのでは？」

「そうしてもらえると助かる」

俺はビリーに頼みこんで、店の入り口近くにある小部屋を貸してもらった。まだ食べている途中だった俺の料理と、アイスティーを二つ、そちらに運んでもらう。サイモンたちは後から、恐る恐る店内に足を踏み入れた。途端に他の客の視線が突き刺さってくる。白人の男が三人で中に入るのは、この店の歴史上初めての出来事かもしれない。

小部屋に落ち着くと、サイモンはようやくほっとした表情を浮かべ、葉巻の端をカッターで切り取った。

「吸っても？」

「どうぞ。こちらは食事を済ませます」

俺は、少し冷えたカントリーフライドステーキをガツガツと食べた。薄く伸ばした牛肉に衣をつけてカリッと揚げたもので、大きさの割に薄く、ボリュームはない。つけ合わせの白いグレイビーソースで、何とか肉料理としての重みが出てくる感じだった。

「変わったものを食べてますな」サイモンが話を振ってくる。

「こいつは、こういう店じゃないと食べられないんです。美味いですよ。あなたも試してみたらいい」

「あなたは、どうしてこんな店にいて平気なんだ？」サイモンが低い声で訊ねる。差別的な響きが露骨に滲んでいた。

「美味いから」

俺の答えに、サイモンがあんぐりと口を開け、「私には無理かな」とつぶやいた。

「試してみればいいですよ」

サイモンが居心地悪そうに尻を動かした。先ほどから、若い方はまったく口を開かない。ボディガードか何かのつもりかもしれないが、それにしては頼りない体型だった。

「あなたの仕事は何ですか？」俺はサイモンに訊ねた。

「肩書は、エグゼクティブ・プロデューサー」

「レコード会社なら、黒人ミュージシャンとも契約しているのでは？」

「私が担当している中に、黒人ミュージシャンはいない」

「拒否しているんですか？」

「いや、たまたま」サイモンが強張った表情で答える。

「それで」俺は空になった皿をテーブルの端に押しやった。「どういったご用件ですか」

「恥ずかしい話なんだが、うちが契約している歌手のことで」

「誰ですか？」

「ジム・ジャックマンを知っているか？」

「ダブルJ。『恋のダイナマイト』」

「ああ」サイモンの表情が少しだけ緩んだ。「知っていれば話は早い。しかしあなたの年齢だと、ジムのロックンロールは、何というか……少しだけ若過ぎるのでは？」

「ロックンロールが若向けの音楽なのは、十分理解してますよ。若い連中に腰を振らせて欲情させ、レコードを買ってもらうための音楽だ」

「まあね」サイモンが苦笑する。「それは否定しない……いずれにせよ、三十歳以上の人は、ロックンロールにほとんど興味を持たない。いや、二十五歳が上限かな。うちの調査でもそれは明らかだ」

「まあ、私は数少ない例外ということで——ジャックマンは、ロックンロールの世界の最後の希望ですね。エルヴィスはいない。バディ・ホリーもリッチー・ヴァレンスも死んだ。今やラジオでかかるのは、甘ったるい曲ばかりでしょう。ジャックマンは、ロックンロールの牙城だ」

「それだけ褒《ほ》めてもらえると、嬉しい限りだ」サイモンがようやく表情を綻《ほころ》ばせる。が、すぐにその笑顔は消えて、厳しい顔が戻ってくる。

「そのジャックマンに何か問題でも？」

「最近、様子がおかしい」

「薬物ですか？」俺はずばり訊いた。

「あるいは」うなずいてサイモンが認める。「我々は今まで、たくさんのミュージシャンと仕事をしてきた。その中には様々な問題を起こした人間もいた——一番多いのはドラッグ、次が女性問題」

「でしょうね」その辺は、俺が多少つき合いのある演劇の世界と同じだろう。「具体的に、女性の影はあるんですか？」

「それはわからない。プライバシーには首を突っこまないようにしてきたから」

俺は一瞬、シャーロットを思い浮かべた。今のところ、彼女とジャックマンが交際していたかもしれないという情報は、一ヵ所からしか出てきていない——元ルームメイトのエミリー・スプリングの証言だ。だが彼女自身この情報は冗談だと思っていたし、俺も信じてはいない。しかし、このタイミングでこんな依頼が飛びこんできたのには、偶然とはいえ意味があるかもしれない。

「過去に、他の歌手でもいろいろな問題があった。何とかなることもあったし、どうしようもないこともあった。しかし我々も、そういうことを何度も経験して学んだ。最悪の事態になる前に情報を集めて、対策を練らねばならない――そのために、あなたの力をお借りしたい」

「監視ですね」

「それをお願いしたい」

俺は一瞬考えた。俳優たちならともかく、ロックンロール・スターを監視する仕事は未経験だ。どれだけ時間を食うだろう――その分、イーストリバー・キラーを追う時間がなくなる。「今は、あまり時間がない」と正直に打ち明けた。

「実はあなたのことは、ミスタ・モローから紹介してもらった」

これはまずい――絶対に断れない依頼だ。モローはニューヨークの演劇界の大立者で、政財界にも隠然たる影響力を持っている。最初の接点は彼からの依頼だった。娘の監視――悪い男に誘惑されかけていると疑い、徹底的に周囲を洗うように命じられたのだ。ニューヨーク大学に通う娘は、実際、売れない俳優とくっついてしまい、二人で出奔を計画していたのだった。俺の監視でそれが明らかになると、モローは娘をスイスの大学に強制的に留学させて、男と縁を切らせてしまった。モローいわく「あの男には見込みがない」。実際、その数ヵ月後に酒を呑んで乱闘騒ぎを起こし、俳優としての命脈は絶たれた。

それで、俺の方に一ポイントがついたのだが、その後、俺は大きくポイントを失った。ある事件で犯人だと疑いをかけられ、逮捕されたのだが、その時に超優秀な弁護士を回してくれたのがモローである。もちろん俺は事件とは無関係だったが、あの時警察は本気だったと思う。そして警察が本気を出せば、無実の人間を犯罪者に仕立て上げるのは難しくない。モローは俺に義理を感じていたようで、情報を嗅ぎつけるとすぐに弁護士を雇い、その費用を自分で負担した。俺にすれば、返済不可能なほどの負債を背負ってしまった感じである。

その後俺は、その事件の真犯人を見つけ出し、自ら事件にケリをつけた。たぶんハリーは——捜査には直接関係ないが——その件で俺を鬱陶しく思うようになったのだ。警察のお株を奪われた、という感覚なのだろう。

「時間がかかりそうだ」一番心配なのはそれだった。何があっても、イーストリバー・キラーを追う捜査は諦めたくない。

「ジムのスケジュールは、我々が完全に把握している。彼が——失礼、彼はアラン・

ウィルキンソン。ジムのマネージャーだ」

「正確にはマネージャー補佐です」若い方の男が、低い、落ち着いた口調で答える。

「メーンのマネージャーは、イアン・アーヴィング。ご存じですか？」

「いや」

「大物のエージェントですよ。イアンが目をかけて、ジムはレコードを出せるようになった。私は荷物持ち兼スケジュール調整係として、彼の下で働いています」ウィルキンソンが皮肉っぽく言った。「今、彼は分刻みのスケジュールで動いています。私たちと一緒にいる時には、あなたの監視は必要ない。問題は、我々と一緒にいない時です」

「つまり、夜とか？」

「主に夜です」ウィルキンソンがうなずく。「その間の監視を、あなたにお願いできれば」

「つまり、彼が大人しく家で眠りにつくのを見届ければいいわけですね」

「そういうことだ」サイモンが話に戻って来た。「二十四時間監視というわけではない。引き受けてもらえないだろうか？」

「今、他の仕事を抱えています。だから場合によっては、他の人間をサポート役として使うかもしれない。それを許してもらえれば、引き受けましょう」

「もちろん、構わない」サイモンが鷹揚《おうよう》にうなずき、ずばり訊ねた。「経費が二倍かかるということだね?」

「そうなります」

「ジムが変なスキャンダルに巻きこまれるよりはましだ。金は、必要なだけ請求してもらっていい。どうだろう? 引き受けてもらえるかな?」

「私の料金は、稼働時間にかかわらず一日四十ドル、プラス経費です」

「四十ドルね……それで結構だ。何日分か前払いで?」サイモンが背広のポケットから小切手帳を取り出した。

俺たちはしばらく金の話をし、条件はあっさりまとまった。続いて、向こう一週間のジャックマンのスケジュールを確認する。聞いて驚いたが、自由な時間はほとんどない。レコーディング、テレビやラジオへの出演、コンサートの準備——悪さをしている時間などなさそうに思えるが、あまりにも忙しいと、現実逃避のためにドラッグに手を出す人間もいる。若きスター、ジム・ジャックマンも、そういう穴に落ちたのかもしれない。

「彼は、我々の希望なんだ」サイモンが真顔で宣言する。

「金蔓、の間違いじゃないんですか」

俺の皮肉にも、サイモンはまったく動じなかった。

「ロックンロールは、若者の新しい文化だ。そしてジムは、その代表、トップランナーなんですよ。我々は、若者たちのためにも、絶対に彼を失うわけにはいかない。六月には、今年勝負をかける新曲も出るんだ。ナンバーワンヒットを狙っている」

「結構ですね」俺はうなずいた。「では、報酬に一つ上乗せして下さい。そのレコードを先に聴かせてもらえますか？」


家に戻ると、俺はコーヒーにバーボンを垂らし、二人から預かった資料に目を通した。実際の監視は明日から始める予定で、それまでにジャックマンの経歴を頭に叩きこんでおきたかった。

「ダブルJ」ことジム・ジャックマンは、カンザスの出身だった。最近、やけにカンザスに縁がある……しかし彼は、カンザス州で一番大きな都市、ウィチタで生まれ育った。エマたちのように、人より牛の方が多い場所に住んでいたわけではない。

父親が高校の音楽教師、母親も子どもたちにピアノを教えているという家庭で育ち、小学生の頃からピアノやギターに慣れ親しんでいた。十代になると曲作りを始め、十八歳の時に、ローカルレーベルからシングル『ママ、イッツ・オールライト』をリリースしている。これが地元のラジオ局で盛んにかかるようになり、「第二のエルヴィス」を探していたメジャーレーベルの網にかかった。その中で、プラネット・

レコードが巨額の契約金で契約に成功し、ジャックマンをニューヨークに呼んだ。

プラネット・レコードは慌ててジャックマンをデビューさせることはせず、二年間、曲作りに専念させた。そして去年の始め、満を持してメジャーでのデビュー曲『ロックンロール・パーティ』をリリース。去年は三曲、今年も既に二曲をリリースして、いずれもスマッシュヒットを記録している。二十一歳にして、確実にスターの階段を上りつつあるわけだ。

写真を確認する。エルヴィスは非常に性的な匂いを感じさせる歌い方とルックスで、テレビに出る時は、カメラが彼の下半身を映さないように徹底して避けたという伝説があるのだが、ジャックマンはもっと清潔な感じである。バディ・ホリーのような「黒縁眼鏡のインテリ」ではなく、一言で言えば「オール・アメリカンフットボーイ」。Tシャツにジーンズが似合い、高校では夏は野球、冬はアメリカンフットボールで活躍して、女子生徒全員を夢中にさせるような爽やかなルックスだった。しかも、隣に住んでいてもおかしくない親しみも感じさせる。

エルヴィスのように、一気に熱狂的なファンを摑むのではなく、息長く、歳を取ってからはスタンダード・ナンバーを歌っていくかもしれない。

音楽的にはスタンダードな3コードのロックンロールが中心だが、全て自作というのが特徴だ。歌う時はバックバンドの「ザ・ハイランダーズ」を率いて、自分も必ずギターを抱える。

ビリーズ・ダイナーでだらだら酒を呑んでいる時に、店のテレビで見た記憶がある。基本的に「白人の音楽には興味がない」と公言するビリーも、「こいつはいいな」とぼそりと褒めていたのを思い出す。エルヴィスは「声だけ聞いたら黒人のようだ」と言われているのに対して、ジャックマンはずっと「白い」。伸びやかなハイトーンは、黒人のビリーの耳にも心地好かったようだ。

全体には――少なくとも二人が渡してくれた資料に目を通した限りでは、「不良行為」は浮かび上がってこない。

二十一歳――今年の八月で二十二歳だ――にはなっているが、酒は嗜む程度で、煙草はほとんど吸わない。バンドメンバーやレコード会社のスタッフとの関係も良好で、「ロックンロールは反逆の音楽」というイメージからは縁遠い感じだ。

どうやら、荒々しいロックンロールとキャンディ・ポップをかけ合わせたような路線で売り上げを伸ばしていこうという考えらしい。俺の感覚では、どっちつかずの中途半端な感じだったが、曲自体のクオリティが高いのは間違いない。本人が歌わなくなっても、将来は他の歌手に楽曲を提供してやっていけるのではと思えるぐらいだった。

そのジャックマンの様子がおかしくなってきたのは、つい最近、四月の後半からだった。それまでは、夜は食事以外は寄り道することもなく、レコード会社が借りているコンドミニアムに真っ直ぐ戻っていたはずだという。本人は喉が弱いのを心配していて、深酒や夜更かしで喉を痛めるのを避けていたのだ。ところが急に、ガラガラ声になってしまうことが増えた。明らかに酔いが残った様子でスタジオに現れることもある。スタッフやバンド仲間との口論も増えた。今のところ、レコーディングや番組出演に支障をきたすようなことはないが、急に様子が変わったのでスタッフが心配し始めたのだ。

サイモンに言わせれば、ジャックマンは基本的に「音楽馬鹿」だ。コンサートで歓声を浴びるよりもスタジオに入っているのが好きで、レコーディングには納得いくまで時間をかけるのが常だった。そのため、リリースのスケジュールがずれこみそうになることもあるぐらいだという。

「ポップミュージックは、工業製品ではない」彼は言ったものだ。「レコードは必ずリリースしなければいけないが、やっつけ仕事でやるぐらいなら、出さない方がいい」とも。

多くのロックンローラーの場合、レコーディング慣れした百戦錬磨のミュージシャンがバッキングトラックを録音し、そこに自分の歌なり演奏なりを載せるだけで曲を完成させていく。しかしジャックマンは、アレンジにまでこだわり、レコード会社専属のアレンジャーの仕事に口を出すこともしばしばだった。アレンジャーからすれば「領域侵犯」なのだが、ジャックマンはあまりにも熱心なので、意見も受け入れられていたようだ。

俺はジャックマンの写真をデスクに置き、とっくりと眺めた。デスクライトの白い光に照らし出されて微笑むジャックマンの将来には、一点の曇りもないように見える。

「個人的には、ドラッグの可能性は低いと思う」とサイモンは推測していた。「ドラッグで滅茶苦茶になった人間はたくさん見てきたが、そういうのとは様子が違うんだ」

サイモンの観察眼は確かだろう。俺も同じだ。観察して、可能ならば話をすれば、常習的にドラッグに溺《おぼ》れているかどうかは確認できる。

女ではないか、と俺は想像していた。ニューヨークでスターになりつつある――こういう状態の時には、女はいくらでも寄って来るだろう。中には悪い女もいるが、そうでなければ別に問題はないはずだ。誰とつき合おうが結婚しようが、それは個人の自由だ。もっとも、サイモンがどういう判断を示すかはわからない。「女性ファンが離れる」と判断して、別れるように説得するかもしれないが、それは俺が関与することではない。

いずれにせよ、この仕事に長い時間はかからないだろう。夜の監視を数日続ければ、ジャックマンの動向は把握できるはずだ。しかも今回は、経費は使い放題。必要なら、同業者に監視を下請けさせることもできる。

バーボンのボトルを持って来て、空になったコーヒーカップに注ぐ。喉奥に放りこむように呑んで、アルコールが胃に染みこむのを待った。ラジオをつけると、流れてきたのはリッキー・ネルソン（一九四〇年～一九八五年。歌手、俳優として活躍。『プア・リトル・フール』で全米一位を記録）の『イッツ・レイト』。呑気なカントリー・アンド・ウェスタン調の曲で、どうしてニュージャージー生まれの男がこういう曲を歌うのか、俺には理解できない。まあ、リッキー・ネルソンは軽快なロックンロールから泥臭いカントリー、しみじみとしたバラードまで歌う、何でもありの歌手なのだが。

電話が鳴った。習慣で、腕時計に目をやる——午後十時。こんな時間に自宅に電話がかかってくることはまずないので、嫌な予感が膨らむ。

「ごめんなさい」

いきなり甲高いエマの声が耳に飛びこんできて、俺は受話器を握り直した。また何かトラブルか？　彼女たちは、数日前にシャーロットの遺体とともに、ニューヨークからカンザスへ向かったはずだ。

「何かありましたか？」俺は緊張しながら応答した。

「いえ、あの、そちらはもう遅いですよね」

「まさか」俺は軽く笑った。「まだ午後十時ですよ」

「遅いじゃないですか」

「この時間から仕事を始めることも、よくあります」

　エマの家があるカンザス州の一部は、山岳部標準時間に入るので、ニューヨークとは二時間の時差がある。同じ州で二つのタイムゾーンに分かれているのはかなり面倒だろうな、と俺は想像した。

「こちらはまだ午後八時だったので、つい電話してしまいました」

「そうですか……こちらは大丈夫です。何かありましたか？」

「シャーロットの葬儀が無事に終わったので、お礼が言いたくて。たくさんの人が来て、泣いてくれました。それで一区切りついた感じです。本当にありがとうございました」

「お礼を言われるようなことはしていません。妹さんを無事に見つけられなかったのは、私のミスです」

「違います」エマが断言した。「私が間違っていたんです。警察も言っていたんですけど、私があなたに捜索を依頼した時には、やはりシャーロットはもう死んでいたみたいです。私が自分で捜そうとしないで、最初からあなたにお願いしていれば、シャーロットは無事に見つかったかもしれません」

「あなたは何も悪くない」俺は慰めた。「とにかく、ニューヨークに住む人間として、お詫びを申し上げます。彼女は、ニューヨークの闇に呑まれてしまった」

「やっぱり、ニューヨークは怖い街なんですね」

「そう、本質的にはあなたの言う通り、怖い街です」

「私はもう、ニューヨークへ行くことはないと思いますけど……」

「もしもこの街へ来ることがあったら、声をかけて下さい。お詫びに、無料でボディガードと観光案内をやりますから……皆さんの様子はどうですか？」

「両親はまだ落ちこんでますけど、何とかなると思います」

「あなたは？」

「うーん……」エマが黙りこむ。

「一緒に育った妹さんがいなくなったショックは大きいと思う。無理はしない方がいいですよ。悲しみを押し殺して耐えているだけだと、ストレスが溜まる。叫んでも泣いてもいいと思います。私もそうしてきました」

「探偵の仕事は、そんなにストレスが溜まるんですか？」

「いや、戦時中の話です」

「どこかの戦場へ行かれたんですか？」

「国内で訓練中に終戦になって、戦地に赴くことはなかったですけど、訓練も相当ストレスが溜まるものでした。そういう時、宿舎の角の方で一人叫んでいたんです。それは許されていた――むしろ奨励されていました。でかい声をだすぐらいでストレスが発散できるなら、何の問題もないと。警察官時代もそうでしたね」

「ニューヨークで警官をしていると、ストレスが溜まりそうですよね」

「そうなんです。探偵になってからは、そういうこともなくなりましたけどね。誰もいない部屋で、一人で大声を出していたら馬鹿だ」

エマがようやく、小さな笑い声を上げた。俺はほっとして続けた。

「軍隊や警察で大声を出すのは、他の人間にも聞いてもらって、ストレスを共有する意味もあるんです。今は一人ですからね」

「そうなんですね……大変だと思います」

「今のあなたほどじゃない。本当に、残念なことだと思います」

その後俺たちは、しばらく「譲り合い」のもどかしい会話を続けた。申し訳ない、いや、こちらこそ……何も生まれない会話の中で、俺はふと別の話題を思いついた。

「ジム・ジャックマンを知ってますか？」

「もちろん」急にエマの声が明るくなった。「私たちの地元のヒーローですからね。私も好きですよ。彼がどうかしたんですか？」

「いや、彼の関係で仕事をするかもしれないので。あなたと同郷だと思い出したので、訊いてみました」

「すごいですね」エマの声は浮わついていた。「あんなスターと仕事をするなんて」

「彼と直接仕事をするわけじゃないですよ。あくまで『関係』です」

彼女によると、ジャックマンはニューヨークに出てからも地元を大事にしており、カンザスのラジオやテレビ、新聞にも頻繁に登場していた。当然地元でも絶大な人気を誇り、メジャーデビューの直後、去年の春にウィチタで行われた凱旋《がいせん》コンサートは大盛況だった。実はエマとシャーロットもそのコンサートに行っていたのだった。ちょっとした小旅行で、シャーロットはその時、生まれて初めてホテルに泊まったのだという。この情報に、俺は少しだけ引っかかりを感じた。シャーロットとジャックマンには「接点」のようなものがある……それは考え過ぎか。

「彼はどんな人なんですかね」エマにわかるはずもないと思ったが、つい訊ねてみた。

「隣の男の子」

「確かにそんな感じはしますね。何か、彼の情報があったら教えてもらえませんか？何でも知っておきたいので」

「こんな田舎にいたら、情報なんか入ってきませんよ」エマが笑った。

「地元ならではの話とか。何でも歓迎です」

電話を切り、俺はコーヒーカップにまたバーボンを注いだ。一杯目で胃は温まっていたので、二杯目はちびちびと呑む。思いついて受話器を取り上げ、ヴィクに電話した。遅番だったら、まだ家に戻っていない時間だが……彼女は呼び出し音が一回鳴っただけで電話に出た。

「ジョー……」溜息とともに言葉を吐き出す。「無事なの？」

「ああ。新しい仕事を受けた」

「そんなことしていて、大丈夫なの？」

「断れない仕事だし、割がいいんだ。俺だって家賃は払わなくちゃいけないし、多少はいい飯も食いたい」

「わかるけど、あんなことがあった後なのよ。少しぐらい、家に閉じこもって大人しくしている方がいいんじゃない？」

「この家は、居心地が悪くてね」俺は笑った。「話し相手は、たまに顔を出すネズミぐらいしかいないんだ」

「だったら私が――」

「駄目だ」俺は彼女の言葉を途中で遮った。「今回の犯人は、俺だとわかって襲ったのかもしれない。だから君と俺の関係は、誰にも知られたくないんだ。誰に襲われたかはわからないけど、君に危害が及ぶようなことは絶対に避けたい」

「私は平気よ」

「平気じゃない。銃で狙われたら、簡単には逃げられないんだから。俺は運がよかっただけなんだ」

「会いたいわ……」

「それは俺も同じだけど、今は用心しよう。おかしなことが起きたら、二度と会えなくなってしまう。いずれ犯人が捕まったら、毎日でも会えるようになるよ」

「警察はちゃんと調べているの？」

「それを信じないと、何もできなくなる」一介の探偵——それも警察とあまり関係がよくない探偵が殺されかけただけでは、警察が真剣に捜査するとも思えなかったが。

ポイントは、イーストリバー・キラーとの関係だけだ。

俺はまだ生きている。ということは、イーストリバー・キラーは、また俺を狙ってくるかもしれない。

電話を切った俺は、拳銃の手入れを始めた。

実はイーストリバー・キラーは、これまでに二回、失敗している。一度は俺。もう一度は、今年始め、大雪の夜に帰宅途中の主婦が襲われた事件である。ただし、完全に失敗と言っていいかどうかはわからない。銃弾は彼女の腕をかすめ、軽傷を負わせたのだから。

何か手がかりがあるかもしれない。俺はこの女性を訪ねてみることにした。

アイリーン・ハウの自宅は、イーストビレッジ、東四丁目に建つ小さなタウンハウスだった。三階建て、茶色のレンガ張りの落ち着いた建物で、ここにIBM勤務の夫と、一歳になったばかりの息子と住んでいるという。最初は会うのを渋ったが、俺が「自分もイーストリバー・キラーに襲われた」と打ち明けると、急に興味を抱いたようだった。

しかし、向こうが子どもを抱きながらなので、どうにも話がしにくい。この面談は失敗だったかもしれないと後悔し始めたが、やがて子どもは彼女の腕の中で眠りこんでしまった。子どもをベッドに寝かせると、ようやく落ち着いて話ができる雰囲気になる。

「どこを撃たれたんですか？」アイリーンが心配そうに訊ねた。

「耳です」

結局俺は病院へ行き、治療してもらった。医者には「少し形が変わるよ」と忠告されたが、そんなことは気にもならなかった。耳は、必ずしも俺のチャームポイントではない。

「じゃあ、死んでいたかもしれないですね」アイリーンの顔が蒼くなる。

「あと二インチずれていたら……運がよかったんでしょう。でも、あなたも危なかった」

「ええ」アイリーンの表情が急に暗くなる。「撃たれた時は、何もわからなかったんです。ちょっと腕が熱いな、と思ったぐらいで」

「撃たれた直後は、そんなものです。痛みよりも、熱い感じが強い」

「見たらコートの袖が破れていて、何が起きたのかわからなくて……歩道の雪の上に血が流れ出したので、自分が怪我したんだってやっとわかりました」

「いきなりですから、何事かと思いますよね。その時は、イーストリバー・キラーだとは思わなかったんですか？」

「もちろん、イーストリバー・キラーのことは知ってましたけど、まさか自分が撃たれるなんて思わないじゃないですか」

「私も同じです」俺は平手で胸を押さえた。「何が起きたのか、まったくわかりませんでした。後から、使われた拳銃が、イーストリバー・キラーのものだと知って、びっくりしたんです」

「私も同じでした」アイリーンも胸を押さえる。「警察の人から教えられた時、気絶しました」

「撃たれた時、どういう状況だったんですか？」

「久しぶりに友だちと会っていました。子どもが生まれてからほとんど家に籠っていたので、夫が『たまには気晴らししてくればいい』と言ってくれたんです。それで、働いていた頃に仲がよかった友だち二人と食事をして、その後軽く吞んで帰る途中でした」

「お店はどこでした？」

「『フィッシュ・アンド・ミート』というお店です。ロブスターロールが美味しいんですけど、それは関係ないですよね」自分で言っておいて、アイリーンが苦笑した。

「いえいえ、何でも参考になりますよ。どの辺にあるお店ですか？」

「ダウンタウン——ウォールストリート駅に近いところですね。昔、証券会社に勤めていたので、あの辺に馴染みの店が何軒かあるんです」

「その後は？」

「『フランキー』。やっぱりウォールストリート駅の近くにある店です。女性だけでも楽しく吞めるお店なんですよ」

世界の金をコントロールしていると言っていいウォールストリートは、基本的に男の世界だ。とはいえ、そこでは多くの女性も働いており、彼女たちが贔屓《ひいき》にしている店も少なからずあるのだろう。ウォールストリートで働く女性たちは、男並みにタフで、酒もたっぷり呑みそうだ。

「店を出たのは何時頃ですか？」

「十時少し前です」

そして襲われたのは十時半――それは、新聞記事を読んで頭に入っていた。

「帰りはどうしたんですか？　あの夜は大雪でしたよね」

「ちょうどタクシーが摑まったんです。三人で乗って、順番に家を回ることになって、私は二番目に降りました」

「家の前まで行かなかったんですか？」

「アベニューCからこの通りに入るところが、事故で封鎖されていたんです」

ニューヨークに住む人間は、雪には慣れている。とはいえ、やはり交通には大きな影響が出るもので、冬場には道路が封鎖されるほどの交通事故もしばしば起きる。

「それで、仕方なくタクシーを降りたわけですか」

「かなり遠回りになるので。最後の一人が結構酔ってしまっていたので、早く家に帰してあげないといけないと思ったんです」

「当時、周りはどんな様子でした？」

「この冬一番の大雪でしたよね。周りが見えなくなるぐらい降っていて、歩道にも相当積もっていました。誰も歩いていないし、車も通らない……静かでしたね」

「そんなところで撃たれたんですか？」どうもおかしい。イーストリバー・キラーが犯行に使ってきたのは拳銃である。近接戦ならともかく、大雪で視界が三十フィート（9メートル）もないような状況では、誰かを狙い撃つなど不可能だろう。「どこから撃たれたかはわからないんですね？」

「その時はわかりませんでした。後で警察の人に訊いたら、犯人はこの家のすぐ近くに潜んでいたんじゃないかっていう話でした」

「あなたは誰も見ていないんですね？」

「見ていません。だから今でも、本当に撃たれたかどうか、信じられないぐらいなんです」

「相手は、雪を隠れ蓑にしていたんでしょうね」

「たぶんそうだと思います」

犯人は人影が見えてきたタイミングで、当てずっぽうに撃ったのだろうか。どうも、「らしく」ない。近くから確実に撃った上に喉を切り裂くという入念なやり方が、イーストリバー・キラーの特徴なのだ。

「警察には同じようなことを聴かれたと思いますが、誰かから恨みを買っていた可能性はありませんか」

「まさか」アイリーンが両手を重ねて胸を押さえた。「あり得ません。私、ただの主婦ですよ。夫だって、普通に仕事をしているだけで、恨みを買うなんて……」

「ただの、ということはありません」俺は言った。「人間は、生きているだけで多くの人と関わるものです。自覚していないだけで、誰かに恨まれてしまうこともありうるんです」

「そんなこと、絶対に考えられません」アイリーンが強い口調で否定した。「警察に言われて、私も散々考えたんですけど、そういう人は一人も思い浮かびませんでした」

「とすると、やはり無差別に襲ってきたわけか……」俺は顎を撫でてから腕を組んだ。確かにそれが、今までのイーストリバー・キラーのやり方である。被害者間には何の関係もないし、行き当たりばったり、通り魔的な犯行だったのは間違いない。

俺だけが例外ということだろうか。

リキは、目に見えて顔色が悪くなっていた。彼自身は、市警の捜査本部には組み入れられていなかったが、管内で起きた事件を追わないわけにはいかない。ほとんど休みなしで捜査に追われ、体力的・精神的に相当ダメージを受けているようだ。

しかしまだ大丈夫だろう——食欲が落ちていない。

俺たちは、十九分署にほど近い、小綺麗なダイナーで落ち合った。最近できたばかりの店で、店内に油臭さはない。俺はパストラミの、リキはツナメルトのサンドウィッチを頼んだ。ふたりとも先を争うように忙しなく食べ、コーヒーで呑み下す。

「ジョー、少しハンサムになったんじゃないか」リキの視線は俺の耳たぶに向いていた。「その耳」

「正確には、『よりハンサムになった』だ」

「よく言うよ」リキが笑ったが、声にはまったく力がない。すぐに真面目な表情になった。「本当に狙われる覚えはないのか」

「ない——少なくとも、イーストリバー・キラーに狙われる覚えはない。こっちが訊きたいよ。いったいどういうことなんだ？　捜査本部はどう見てる？」

「結論は出ない。今のところ、全方位で捜査している」

「俺を襲ったのが本当にイーストリバー・キラーなら、犯行の間隔が短くなっている。犯人は爆発寸前かもしれないぞ」

「一気に大量殺人に走るとか？」

「ああ」覆面をした犯人がタイムズスクエアに立ち、銃を乱射する——その様子を想像するだけで、俺はぞっとした。

「凶器は拳銃だ。撃ちまくるにも限界がある」

「おいおい」俺は思わず非難の視線を向けた。「軽く言うなよ。本当に大量殺人になったら、どうするつもりなんだ？」

「それはない」リキが簡単に断言した。「イーストリバー・キラーは連続殺人犯だ。大量殺人犯じゃない」

その分類については俺も知っている。連続殺人犯は、同じ動機、同じ手口で長期間にわたって似たような犯行を繰り返す。大量殺人犯は、短時間に一気に大勢を殺す──犯罪心理学者の研究では、両者の心理状態には大きな違いがあると、警察官時代に教わった。しかし、犯罪者のことなど、誰が正確にわかるだろう。連続殺人犯が、ある日突然大量殺人犯に変身する可能性だって、ないわけではない。

それを指摘すると、リキが渋い表情を浮かべる。彼とて、この可能性には思い至っていたはずだ。ただ自分を安心させるために、机上の理論を持ち出したに過ぎない。

「今朝の新聞で、本部長が声明を出してたな」俺は指摘した。

「ああ──批判は受けつけないぞ。この段階では、あれぐらいしか言えないんだから」

「捜査に全力を尽くしている」「市民の安全を守るためにパトロールを強化している」「不要不急の夜間の外出は控えて欲しい」等々。誰でも、いつでも言えるコメントだ。しかし「不要不急の深夜の外出」に関しては、実質的に戒厳令宣言のようなものではないか。夜中の二時に街を歩いていても留置場にぶちこまれることはないだろうが、かなり厳しく事情聴取を受けるのは間違いない。

「市長が受けるプレッシャーも強烈なんだ。何しろニューヨークは、これからが本格的な観光シーズンだからな」

この街は、五月までは寒暖差が激しく、朝晩には薄いコートが欲しくなることもある。しかし六月になると一気に気温が高くなり、劇場街を訪れたり、高級デパートで買い物をしたりする人で、マンハッタンの人口は膨れ上がる。もちろん、マンハッタンだけでなく、ブロンクスのヤンキー・スタジアムを訪れる人も多い。ニューヨークは、アメリカの経済活動の中心であると同時に、北米最大の観光都市でもあるのだ。ニューヨーク見物に来た人が一週間で落としていく金は、馬鹿にならない。

「このままだと、観光産業がダメージを受けるということか」

「ああ」フレンチフライを摘みながらリキが認めた。

「野球を観に行くのも命がけになるかもしれない」

「ケーシー（ステンゲル。一八九〇年～一九七五年。ヤンキースの監督としてリーグ優勝十回、ワールドシリーズ優勝七回を記録。独特の言い回しが「ステンゲリーズ」としてファンに親しまれた）もおかしなコメントを出してたな」リキが指摘する。

「ケーシーがおかしなことを言うのは、今に始まったことじゃない」

そもそも、スポーツ記者が事件についてヤンキースの監督にコメントを求めることが的外れなのだが、ステンゲルの答えもまたおかしかった。「犯人は、デーゲームに弱いようだ」。当たり前といえば当たり前か。真昼間から無差別に被害者を銃で狙っていたら、今頃ニューヨークは完全にパニックに陥っている。

「まだ動いてるのか、ジョー？」リキが探りを入れてきた。

「いや」

「ほう」疑っているのは明らかだった。

「別の、割のいい仕事が入った。当面は、そっちに集中するつもりだ」

「金には替えられない、ということか」

「お前らみたいに、月に一人も犯人を逮捕しなくても給料が貰える商売とは違う」

「個人営業は厳しいな」リキが肩をすくめる。

「それより、俺の方に何の連絡もないのは困る。二日間みっちり事情を聴かれて、それきりなんだぞ？　捜査の進捗状況ぐらい、知らせてくれてもいいと思うけど。それに、ウィリーの家族も困っている」

「ああ」

「あそこの家族は、特別に絆が強いんだ」

「正直言って、何もない」リキが低い声で認めた。「お前を撃った銃弾が、イーストリバー・キラーが使っていた拳銃から放たれたことだけはわかった。しかし目撃証言もないし、正確にどこから撃ったかも特定できていない」

「ニューヨーク市警は、いつからこんなにだらしなくなったんだ？」

「それだけ、イーストリバー・キラーが神出鬼没で、正体が摑めないということだ」リキが唇を尖《とが》らせる。「一つだけ……模倣犯の可能性だけはないと言っていい」

「同じ拳銃が使われている事実は重いな」

「ああ」リキがうなずく。「お前も含めて襲撃事件は計八回、そのうち三回で同じ拳銃が使われたのは間違いない」

「残り五回は、銃弾が見つかっていない……犯人が持ち去った可能性も否定できないな」

「それは無理だと思う。夜中に、死体の周りで銃弾を探しているような余裕はないだろう。複数の人間が同じ拳銃を使って人を殺して回っている可能性はあるけどな」

「イーストリバー・キラーズか」複数形にすると、途端に不気味さが増す。まるで暗殺集団のようではないか。

「いや、それは机上の空論だ。あり得ないな」リキが力なく首を横に振る。「とにかく、はっきりした証拠が何もないんだよ。だから皆、疑心暗鬼になって、突拍子もないことを言い出すんだ」

「本当に、銃弾以外の物証はないのか？」

「うん？」

リキの反応が一瞬遅れる。何かあるな、と俺はピンときた。リキは基本的に嘘がつけない。生まれ育った環境のせいだと本人は言うが、よく「恥《シェイム》」という言葉を口にする。人生でもっともみっともないのは恥をかくことで、その中には嘘をつくことも含まれるようだ。

「刃物はどうなんだ？　イーストリバー・キラーは入念に、確実に人を殺している。拳銃は撃った後でそのまま懐《ふところ》に入れてしまえばいいけど、刃物はどうなんだ？　刃こぼれして、遺体に証拠が残ることもあるだろう」

「刃こぼれどころの騒ぎじゃないよ」

「まさか、凶器自体が――」俺は慌てて声を潜めた。「見つかったのか？」

リキが無言でうなずく。これは重大な話だ。俺はあの手この手をつかい、リキの正直な心に訴えかけて、ウィリーが殺された現場に、凶器と見られる刃物が落ちていたことを摑んだ。

「指紋は？」

「ない」

「購入先はわかったのか？」

「今、それを調べている。しかし典型的な大量生産品で、どこの店でも売ってるようなものなんだ。買った人間を突き止めるのは不可能だろうな」

「諦めたのか」

「ナイフの捜査を担当している連中は『敗戦処理部隊』と呼ばれてる」

市警の連中は、本気で犯人を探しているのだろうか、と俺は内心憤《いきどお》りを感じた。敗戦処理どころか、ナイフは重要な手がかりではないか。

「しかし、お前にはかなわないな」リキが両手で顔を擦った。「このしつこさ……市警本部に残っていたら、今頃はエースになっていたんじゃないか」

「俺は、警察みたいに固い組織の中では、息苦しくて身動きが取れない」

「お前がそう言うなら」リキがうなずいた。「とにかく何度も言うけど、余計なことはするなよ。俺は、お前の身を案じてるんだからな。イーストリバー・キラーは、お前だとわかっていて狙ったのかもしれない。変に動いていると、また狙われるかもしれないぞ」

俺は何も言わなかった。こう何度も「余計なことをするな」と言われると、リキは俺が「余計なことをする」のを期待しているのではないかと考えてしまう。

グリニッジ・ビレッジにあるスタジオの前で待っていると、午後八時過ぎにジャックマンが出て来た。マネージャーのアラン・ウィルキンソンが一緒だった。ジャックマンを見るのは初めてだったが、彼の機嫌が悪いのはすぐにわかった。むっつりした表情で、ウィルキンソンと言い合っている――正確には、ジャックマンが立て続けに文句を吐き出し、ウィルキンソンは黙ってうなずき続けている。ウィルキンソンの表情は淡々としていた。ジャックマンのわがままにも慣れているのだろう。

ジャックマンの身長は俺より少し高いぐらい。しかし俺と違ってほっそりしていて、贅肉はまったくついていない。黒いスーツによく磨き上げられた黒い革靴という格好で、そのまま誰かの葬儀に行ってもおかしくない。いつもこういう堅苦しい服装なのだろうかと俺は訝った。

今回の監視のために、俺は車を用意してきていた。とはいえ、普段は車を運転しないし――マンハッタンの中なら車よりも地下鉄で移動する方がはるかに早い――タクシーを長時間雇うほどの予算もないので、結局探偵仲間のトム・ヒューストンを連れてきていた。ヒューストンは俺より二歳年下で、同じ時期に市警本部にいたこともあるのだが、当時は面識はなく、知り合ったのは互いに探偵になってからだった。

彼は車の運転が大好きだ。警察官になったのも、パトカーを自由に乗り回せるからと聞いたことがある。もっとも市警のパトカーは不潔で――酔っ払いが中で吐いたり、血痕が付着していることも珍しくない――彼はそれが我慢ならずに警察官を辞めたのだった。それほど多額ではない退職金でまず買ったのは車で、今は仕事で乗り回して満足しているようだ。

「基本的に、尾行でいいんだな？」俺が車に乗りこむとヒューストンが確認した。

「ああ。多少は張り込みにもなると思うけど」

「あんたも車を買えばいいのに。張り込みも楽になる」

「張り込みをする機会と、車の値段のバランスを考えたら、非効率的だよ」

「真冬でも寒い思いをしなくて済むし、夏も直射日光を浴びなくていいんだぜ」

「お前は、事務所の看板を新調すべきだな。『トム・ヒューストン探偵事務所——車による尾行と張り込みが専門』」

ヒューストンが声を上げて笑い、車のエンジンをかけた。ジャックマンはちょうど車に乗りこむところ——タクシーではなく、レコード会社の車が迎えにきたようだ。混乱を避けるためにはこの方がいいのだろう。

「行くか」ヒューストンがシフトレバーに手をかけた。

「頼む」

助手席に座る俺は煙草に火を点け、窓を巻き下ろした。ヒューストンの愛車、シボレーのベル・エアーは快適な乗り心地で、マンハッタンの凸凹した道路を絨毯《じゆうたん》に変えてしまう。確かに、探偵業に車を使うのもありだ——誰かが運転してくれるなら。

ジャックマンを乗せた車は、一方通行を何度か右左折し、六番街に出た。そのまま北上していく。まだ交通量は多く、しかも頻繁に信号で引っかかるので、尾行は楽だった。ヒューストンは、間に一台別の車を挟み、窓に左手を引っかけた楽な姿勢で運転を続けている。

「自宅の住所は？」

「アッパー・ウェストサイド。マウント・サイナイ病院の裏辺りだな」

ヒューストンが鋭く口笛を吹く。

「ずいぶんいいところに住んでるな。そんなに儲けてるのかね？」

「レコード会社が用意した部屋なんだ。一種の先行投資じゃないかな。未来のスーパースターを、ヘルズ・キッチンに住ませるわけにもいかないだろう」ヴィクが住んでいるのはまさにあの街だが……彼女の場合、仕事場、それに劇場街へ通うのに便利だからという理由で、敢《あ》えてあまり治安がよくない場所に住んでいるのだという。

「真っ直ぐ家に帰るのかね。どこかで飯でも——いい女に囲まれて、美味い酒を呑むんじゃないか」

「ところが彼は、酒をあまり呑まない。女に興味がないわけじゃないだろうけど、それよりも音楽に夢中みたいだ」

「何歳？」

「二十一」

「そんな二十一歳がいるもんかね？　女の子が最優先じゃない二十一歳なんて、考えられない」ハンドルを握ったまま、ヒューストンが首を傾げる。

「世の中の人間が全員、お前と同じ感覚だと思うなよ」俺は指摘した。「高級なクラブにも興味がない。家で一人で飯を食うことも多いそうだ。ちなみに好物は、ピーナツバターとバナナ、それにカリカリに焼いたベーコンを挟んだサンドウィッチらしい」サイモンが渡してくれた資料には、そんなことまで書いてあった。

「血管が詰まりそうな食い物だな」ハンドルを握ったまま、ヒューストンが肩をすくめる。

「彼を見ただろう？　そんな心配は無縁じゃないかな」

「羨ましい限りで」

ハンドルを握ったまま、ヒューストンが肩をすくめる。彼は小柄――五フィート七インチ（170センチ）ほどだが、体重は俺とさほど変わらないように見える。ベル・エアーの運転席に座っていると少し窮屈そうで、あと何年かするとハンドルに腹がつかえてしまうかもしれない。

マンハッタンのど真ん中を走っていくので、しばしば信号に引っかかる。しかしヒューストンの運転技術は確かで、ジャックマンの乗った車に置いていかれることもなく、スムーズに走った。

車は六番街から西五十九丁目――セントラルパークのすぐ南だ――に入り、コロンバス・サークルを通過して西六十丁目に進んだ。アムステルダム・アベニューを越えると、ハドソンリバーに向かって緩い下り坂になる。フリーダム・プレイス・サウスにぶつかる直前で、ジャックマンを乗せた車はゆっくりと停まった。ヒューストンは、何事もないように追い越し、少し先でベル・エアーを停車させる。俺は体を捻って後ろを向き、状況を確認した。

ジャックマンが車から降り、続いてウィルキンソンも出て来る。二人はまだ言い合いをしていた――車中でずっと遣《や》り合っていたのかもしれない。

「何してるんだ？　マネージャーと喧嘩か？」バックミラーを覗いていたヒューストンが、呆れたように言った。

「意見の相違、だろう。殴り合いをしそうな雰囲気じゃない」車の中でもジャックマンはずっと文句を言っていたのかもしれない。

「……終わったみたいだな」

「よし」

俺は自らに気合を入れて、車のドアを押し開けた。素早くジャックマンの車に近づいて行く。ジャックマンが肩を怒らせながら建物に入って行く。取り残されたウィルキンソンが俺に気づき、両手を軽く広げて見せた。

「喧嘩か？」

「スタジオでトラブルがあったんだ。ジムがアレンジャーとぶつかって、夕方からずっと言い合いをしていた。向こうも引かなかったから、結局今日は中止だよ」

「経費が無駄になったわけだ」

「それぐらいは……大したことはない」強がりだとわかった。ウィルキンソンの顔は歪んでいる。

「いったい何が、そんなに気に入らないんだろう」

「弦《ストリングス》を入れるかどうかで揉めてね」

「弦？」

「ヴァイオリンとか、ヴィオラとか。オーケストラではないけど、ポップスの曲に弦が入っているのはよくあるでしょう？」

「ああ。だけどジャックマンは、ロックンロールだ」

「ジムが、そこに弦を入れたいと言い張ったんだ。アレンジャーはいつも通りにギター、ベース、ドラムにピアノのシンプルなアレンジでいこうとしたけど、ジムはまったく譲らなかった」

「あなたは、調整しなかった？」

「私の仕事はスケジュール管理で、曲の内容やアレンジには口を出さない……まあ、今日の件については、レコーディングのスケジュール自体を調整することになると思うけどね。仕事が一つ増えた」

「これで、スケジュールが大幅に変わるようなことは?」

「可能性はある。自分の曲にこだわるのはいいけど、どこかで折り合いをつけなくちゃいけない――彼も、そろそろそういうことを学ばないといけないんだが」

「ちなみに今日、アレンジャーと言い合いをしていた時、彼はどんな様子だった?」

「もちろん、言い合いしているんだから冷静ではないけど……あなたが想像しているような感じではなかったよ」

「不自然にトイレに消えて、テンションが上がって帰って来たりしたことは?」

「それはない」

今日の様子を聞いた後、俺はジャックマンが住むコンドミニアムについて、改めて説明を受けた。ドアマンは二十四時間在住。出入り口は一ヵ所だけ。

「窓から外へ出ることは?」

「無理だ。彼の部屋は十階だから、自殺でもしようというんじゃない限り、窓から外へ出ようとする人間はいない。そもそも窓は開かないんじゃないかな」

「この辺だと、夜遊びできる場所もない」俺は周囲をぐるりと見た。基本的には、コンドミニアムが建ち並ぶ高級住宅地である。「彼が出かけるとしたら、どの辺だろう」

「そもそも、あまり出歩かないと思う。タイムズスクエアにでも姿を現したら、大騒ぎになるのは本人もわかっているから。ただし、実際に出歩いていないかどうかはわからない。二十四時間監視しているわけじゃないから」

「今夜はどうかな」

「出かけないんじゃないかな。明日は朝五時にはここを出て、ボストンへ行くんだ」

「なるほど」だったらこのまま、朝まで張り込んでもいい。相棒がいれば、これから数時間の張り込みはそれほど長くない。ヒューストンは、金さえ払えばつき合ってくれるだろう。

「じゃあ、私はこれで」ウィルキンソンが目礼した。

「あなたも大変だ」俺は心底同情していた。

「マネージャーの仕事は相手次第だから」ウィルキンソンが、欠伸《あくび》を嚙み殺しながら車に乗りこんだ。

ベル・エアーに戻ると、ヒューストンが「で、どうする？」と訊いてきた。

「明日の朝五時に迎えが来るらしい。それまで一緒に張ってもらっていいかな」

「その分の料金をもらえれば」

「それは大丈夫だ」

「じゃあ、ＯＫ」ヒューストンがニヤリと笑い、煙草に火を点けた。

俺はもう一度車から出て、自分も煙草をくわえた。背広の内側に手を入れ、拳銃を確認する。この辺りは、ニューヨークでも一番安全な場所だが、つい最近襲われたことを考えると、安心はできなかった。もしかしたら、イーストリバー・キラーは今も俺を狙っているかもしれない。とはいえ、拳銃を握ったまま街を歩くわけにもいかない。結局、ずっと背広の内側に手を突っこんだままという変な格好で、コンドミニアムを外から観察することになった。

建物の一階はスーパー。もう閉まっているが、ジャックマンはここで食材を仕入れているのだろうか。本当に、家でバナナとピーナッツバター、ベーコンのサンドウィッチを食べているとしたら、彼の私生活は俺がイメージするそれとはだいぶ違う。ロックンロールといえば、パーティ、女の子、酒。しかしサイモンが言っていたように、それはあくまでレコード会社などが作ったパブリックイメージであり、実際のロックンローラーたちは意外に地味な生活を送っているのかもしれない。エルヴィスなど、人前に出ると大騒ぎになるのはわかっているので、ホテルの部屋に常に缶詰状態だというし。

外観からして高級なコンドミニアムなのだが、窓の様子を見た限り、一部屋一部屋はそれほど広そうではない。ここを自由に出入りできないとなったら、彼にとっては一種の監獄になるのではないだろうか。

「しかし、この辺は色気がない街だな」車から出て来たヒューストンが零した。

「独りで住むには寂しい場所だ」俺も同意した。

「本人がどこへも行かないにしても、訪ねて来る人はいるんじゃないか？　それこそ、こういう有名人専門の売春婦もいるぜ」

「ああ」相槌を打ちながら、俺は違うだろうと思っていた。これまで聞いた話では、ジャックマンと女が結びつかない。カンザスから出てきた彼は、今や成功を摑みかけているのだ。「女にうつつを抜かしている場合ではない」と、本人が夜遊びを自重していても、まったく不自然ではない。そういうのは、大成功を収めた後に、いくらでも手に入るものだ。

何というか……ジャックマンはレコード会社の操り人形ではない。自分で曲を作り、楽器を演奏し、歌う。エルヴィスは多分に「作られた」部分があると思うが、ジャックマンはもっと自然体のような気がする。

「一回りしてくる」俺は背筋を伸ばした。

「俺は車にいるよ」

軽い足取りでベル・エアーに戻るヒューストンの背中を見送って、俺は偵察を兼ねた散歩を始めた。フリーダム・プレイス・サウスから西五十九丁目へ。西五十九丁目に面した巨大な建物は、地下鉄専用の発電所だ。西五十九丁目を西へ進めば船のターミナル、そしてハドソンリバー沿いの遊歩道に出る。ジャックマンは、一人の時間、ここを散歩しているかもしれない――いや、それはないか。ニューヨーカーは他人に無関心だが、ジャックマンのように顔と名前の知れた男が一人歩いていたら、あっという間に取り囲まれてしまうだろう。何という窮屈な生活か、と俺は同情した。

コンドミニアムの前に戻ると、車の中にいたはずのヒューストンが外に出て、慌てた様子で俺に向かって手を振った。何事か……彼が指差す方向を見ると、ジャックマンが東へ向かって歩いている。急いでヒューストンのもとへ駆け寄った。

「今出て来たんだ」

「尾行する。俺の後をつけてくれ」

「タクシーを拾うかもしれないぞ」

「その場合は、何か手を考える」

この時間だと、マンハッタンの街中には、まだいくらでもタクシーが走っている。向こうが車を拾っても、それほど時間をおかずに追えるだろう。

ジャックマンは着替えていた。もしかしたら、シャワーを浴びて着替える間だけ自分の部屋にいたのかもしれない。ほっそりとしたジーンズに白いシャツというシンプルな服装で、キャップを被っている。彼もニューヨークに住むようになったからには、ヤンキースのキャップを選んだのだろうか。耳の後ろを見ると、眼鏡かサングラスをかけているのがわかった。これで変装しているつもりかもしれない。エルヴィスだったら、この程度の変装ではバレてしまうかもしれないが、ジャックマンの場合はどうだろう。ただ散歩しているだけなら、誰も気づかないかもしれない。

ニューヨーク――マンハッタンは、歩きやすい街だ。特に中心部はチェスボードのように綺麗な格子状で、道路の名前も見やすく掲示されているので、自分がどこにいるかすぐにわかる。迷っても、現在地がわかれば、元の場所に戻るのも難しくない。しかも坂はほとんどなく、足に負担がかからない。

ジャックマンは東へ進み、マウント・サイナイ病院の前を通り過ぎた。歩く速度は速く、軽い運動でもしているようだった。車を拾う気配はない。やはり、単なる夜の散歩なのだろうか……気持ちはわかる、と俺は思った。高い建物などなさそうなカンザス州ウィチタからせっかくニューヨークへ出て来たのに、自由に街を歩くこともできない。一人になれる夜の時間に、驚異の摩天楼街《まてんろうがい》を自分の目で見ておきたいと考えるのも不思議ではないだろう。多少のリスクはあるかもしれないが――しかし実際には、リスクらしいリスクはなさそうだった。マウント・サイナイ病院を通り過ぎるとコロンバス・サークルが近くなり、マンハッタン中心部の賑やかな雰囲気が空気に溢《あふ》れてくる。すれ違っても、ジャックマンに気づく人は一人もいない。ジャックマンの様子も変わっていた。ずっと刺々しい気配を発していたのに、今は穏やかな感じである。

　ジャックマンは九番街を南へ折れ、一軒の煙草屋に入った。喉を庇って煙草は吸わないはずだが……ほどなく店から出て来たジャックマンの手には、コーラの瓶が握られていた。店の前に立ち、周囲を慎重に見回しながらコーラを飲む。そのすぐ横がレストランなので、これから遅い夕飯でも摂るつもりかと思ったが、すぐには動き出す気配がない。ただぼうっと突っ立って、街の喧騒に自分を溶けこませようとしているだけのようだった。

　そのうち、一人の背の低い男が近づいて来た。ジーンズに黒いジャケット、ハンチングを被り、ジャックマンに何か話しかける。ジャックマンの表情が歪んだかと思うと、すぐに右手を乱暴に振って、追い払う仕草を見せた。

　ドラッグの売人だ。

　一人でいる人間にそっと近づいて、暗号めいた台詞でドラッグを勧める――マンハッタンの街中なら、どこでも見かける光景だ。

　売人は肩をすくめ、すぐに去って行った。ジャックマンがコーラの瓶を返しに店内に戻った瞬間、隣にすっと現れたヒューストンがぼそりと漏らす。

「今の、売人だな」

「そうみたいだな。知ってる奴か？」

「ああ。ちゃちなチンピラだよ。あの様子じゃ、今夜もノルマを果たし損ねるだろうな。ジャックマンは、ドラッグはやってないのか？」

「そういう話は聞いていない」

「あれを断ったということは、実際そうなんだろうな」ヒューストンが顎を撫でたが、視線はジャックマンを追っている。「おい、店に入るぞ。大丈夫なのか」

ジャックマンは、煙草屋の隣にあるダイナーに入って行った。軽く変装しているとはいえ、人混みの中に入るのは怖くないだろうか。

「どうする？　俺たちも入るか？」

「そうだな」

「飯を食ってる余裕があるといいんだが……腹ぺこなんだ」

ヒューストンが先に店に入り、俺は少し間を置いて後に続いた。真っ赤な椅子が特徴的な店で、ラジオがかなり大きな音量で流れている。窓が大きく、昼間ならそこから九番街と西五十七丁目を歩く人たちを眺められるだろう。ニューヨークでは、人の流れを見ているだけでも十分楽しめる。

ジャックマンは、窓際にあるボックス席に座っていた。ヒューストンは店の中央にある別のボックス席に、俺はカウンターに陣取る。カウンターはL字型で、左を見るとジャックマンの姿が目に入る。しかし……彼がほとんど外出しないという情報は、既に間違っているとわかった。

　ジャックマンはメニューを眺めて悩んでいる様子だったので、俺はすぐにミートローフを頼んだ。作り置きなので、だいたい早く出てくる。

　予想通り、三分で俺の料理が出て来たタイミングで、ようやくジャックマンが注文を済ませた。うつむき加減で、しかも店の中にいるのに、まだサングラスをかけている。店員は、目の前の相手がロックンロール・スターだとはまったく気づいていない様子だった。ヒューストンがこちらを見て、ちらりとうなずきかける。あいつ、やっぱり様子がおかしくないか？　無言で問いかけられ、俺はうなずいて同意した。

　何というか……ジャックマンは心ここにあらずといった感じだ。ドラッグの影響でぼうっとしているわけではなく、ずっと何か大事なことを考え続けていて、周りがまったく見えていないような様子。レコーディングでアレンジャーと揉めたのが、今になって応《こた》えているのだろうか。才能ある人間とはいえ、意地を張り通すのはなかなか辛いものだ。

　ジャックマンの様子を横目で見ながら、ミートローフを口に運ぶ。たっぷりのグレイビーがかかっているのに何故かパサパサで、いったいいつ作ったのだろうと心配になった。つけ合わせは大量のマッシュドポテトと青豆。ありきたりの、どこで食べても同じような組み合わせだが、この店のはどうにも味が薄い。ダイナーも、店によって味は様々だが、ここは俺の経験では最低レベルに近い。それでも営業を続けていられるのは、ニューヨークが慢性的にレストラン不足だからだろう。

　ジャックマンは、何かのサンドウィッチを食べていた――いや、一口は食べたのだが、その後が続かない。義務的に夕飯を食べねばならないと、この店に入ったような印象だ。時間を空けて食べてはビールを一口。そのビールも、アルコールへの渇望から呑んでいるわけではなく、ただサンドウィッチを流しこむための水分のようだった。

　もしかしたら誰かと待ち合わせか？　こんなところで人と会うと目立ってしまいそうなものだが、今のジャックマンは完全に気配を消している。しかし彼は、誰かを待ち続けているような様子でもなかった。夜、客の少ない店で、誰にも邪魔されずに一人の時間を孤独に噛み締めている感じ。

　俺がミートローフを食べ終えたところで、ジャックマンは完食を諦めたようだ。皿の上の様子までは見えないものの、大量に残っているのは間違いない。近づいてきたウェイトレスの身振りを見て、その想像は裏づけられた。ドギーバッグ（アメリカのレストランで、残った料理を持ち帰るための容器）はいるかと訊いている様子だ。ジャックマンが首を横に振って、代わりに何か新たに注文する。たぶん、コーヒーだ。

　ふと気づくと、ヒューストンが脇に立っていた。「先に出てる」と短く言い残して店を出て行く。仮にジャックマンが今の場面を見ていても、二人が会話を交わしていたようには見えないだろう。

俺もカウンターで支払いを済ませ、いつでも外へ出られるように準備を整えた。しかしジャックマンは、お代りしたコーヒーをちびちび飲みながら、なかなか外へ出る気配を見せない。いったい何を待っているのだろう。本当にただ時間を潰しているだけなのだろうか。明日も早いというのに。

結局、ジャックマンは店に一時間ほど居座っていた。ようやく腰を上げたのは、ヒューストンが店を出てから三十分ほども経った頃。ヒューストンの足元で、煙草が何本灰になっただろう。

ジャックマンがそのまま自宅の方へ歩き始めたので、俺は一瞬気が抜けてしまった。結局、お気に入りの店に夕食を摂りに来ただけなのか？

来た時よりも、足取りは少しだけゆったりしていた。時々さらに歩調を緩めては、暗い空を見上げる。彼が見ている――見ようとしているものが何かはわからなかった。

コンドミニアムへ戻って来ると、ジャックマンは、俺が予想もしていなかった行動に出た。一階の大部分を占めるスーパーの前の歩道に置いてある、鉄製のベンチに腰をおろしたのだ。両肘を膝に置いて前屈みになったかと思うと、次の瞬間には頭を抱える。体が小刻みに震え始めた。泣いている？　間違いない。

俺は少し離れた、西六十丁目とウェスト・エンド・アベニューの角から彼の様子を見ていた。いい大人がこんなところで泣いていると怪しまれると心配になったが、既に街を歩く人はほとんどいないので、気づかれないだろう。

ジャックマンはほどなく立ち上がると、ふらついた足取りでコンドミニアムに入って行った。それを見届けてから、俺はヒューストンのベル・エアーに戻った。一分ほどして、彼も到着する。

「泣いてたな」

「ああ」ヒューストンが認める。「俺も見た。何だ？　ママが恋しくなったのか？」

「ホームシックか……」

「あるいは、な」ヒューストンが肩をすくめる。

「ちょっと、ドアマンに話を聴いてくる」

「俺は待ってるよ」ヒューストンが欠伸を噛み殺しながらドアに手をかけた。「軽く一杯やっててていいか？　今夜はもう、動きはなさそうだ」

「そいつは勘弁してくれ。俺が運転するような羽目になったら、お前、死ぬぞ。素面《しらふ》でいるのも料金のうちだよ」

ヒューストンがまた肩をすくめ、運転席に身を滑りこませた。俺はドアを閉めてやると、コンドミニアムの入り口に向かった。ドアマンは巨漢——六フィート六インチ（1メートル98センチ）ぐらいありそうな黒人の大男で、俺を見ると、露骨に胡散臭そうな表情を浮かべる。しかし、ボブ・サイモンの名前を出すと、急に表情を和らげた。今回、ジャックマンの調査をするにあたって、俺はサイモンに「ネットワークを張り巡らせる」ように要請していた。彼に関連する人たちに事情聴取したいから、話を通しておいて欲しい。もちろん、怪しまれないように細心の注意を払う——ドアマンにも、サイモンの要請は届いていたようだ。

「ミスタ・サイモンから話は聞いているが、俺はペラペラ喋る人間じゃないぞ」

「わかるよ」俺は話を合わせた。「つまり、あんたの言葉一つ一つには、それなりに重みがあると考えていいだろうな」

ドアマンが唇を少しだけ歪める。怒っているのか笑おうとしているのかわからないが、不機嫌ではないだろうと判断して、俺は右手を差し出した。握手の間に、一ドル札が素早く移動する。しかしドアマンの表情は変わらなかった。

「ジャックマンのところに、誰か訪ねて来たことはあるか?」

「ほぼないね。ミスタ・ジャックマンは、ここへは寝に帰って来るだけじゃないだろうか。そもそもここにいないことも多いし」

「ああ……寂しい一人暮らしだったわけか」

「一度だけ、彼のママが来たよ」

「どうしてママだとわかった？」

「ミスタ・ジャックマンが紹介してくれたんだ。実際、彼のママぐらいの年齢の女性だったよ。顔も似てたな」

「それはいつ頃？」

「彼がここへ来てすぐだ。もう二年近く前になるんじゃないかな」

「二年も前のことを、よく覚えてるな」

「それだけ、ミスタ・ジャックマンを訪ねて来る人が少ない、ということだよ」

二年前というと、ジャックマンがニューヨークへ来た直後だろう。息子が大都会に出て、ショービジネスという得体の知れない世界に入っていくのを心配して、カンザスからわざわざ様子を見にやって来た、というところだろうか。おそらく今のジャックマンなら、カンザスから家族全員を呼び寄せて、マンハッタンの広い家に住むことも可能だろうが、彼はここで一人、孤独な生活に耐えているようだ。

「他に誰か、人が訪ねて来たことは？」

「それは……」ドアマンが首を傾げる。「一回、あったかな？　訪ねて来たというか、彼が連れて来たんだ」

「女性？」

「女性」ドアマンがうなずく。

「どんな感じだった？」

「可愛い感じの白人女性だよ。髪はブロンド――まだかなり若かったね。ティーンエイジャーだったかもしれない」

「それはいつ頃？」

「去年の暮れ――クリスマスの頃だったかな」

「あんたの目から見て、どんな関係に見えた？　恋人同士？」

「微妙だな」ドアマンがまた唇を歪めた。やはりこの表情は、俺に笑いかけているのかもしれない。「知り合って間もない感じかね。腕も組んでいなかったし、実際、少し距離を置いて歩いていた」

「でも、一緒だった」

「何だか、高校の同級生同士みたいな感じだったね。クオーターバックとチアリーダーとか」

どこの高校でも、フットボールのエースクオーターバックや野球のエースピッチャーが一番の人気者になる。しかしジャックマンはかなり線が細いので、そういう感じではない。

「その後、その女性を見かけたことは？」

「ないね」ドアマンがあっさり断言した。

「何者かはわからない？」

「わからない。余計なことを詮索しないのも俺の仕事なんでね」

高級なコンドミニアムのドアマンは「ふるい」のようなものだ。危険な人間、得体の知れない人間を選別し、建物の中に入れないように阻止する。

ドアマンに礼を言い、車に戻った。ヒューストンは俺の指示に素直に従い、酒を呑まずに――どこかにウィスキーのスキットルを隠しているのは間違いない――大人しく運転席に座っていた。

「何か情報は？」

「女がいた、かもしれない」

「かもしれない？」

「今のドアマンは、ジャックマンが一度だけ女を連れて戻って来たのを見ていた」

「他のドアマンにも話を聴いておくべきだな。ここには何人いるんだろう？」

二十四時間常駐だと、三交代制になる。少なくとも五人、あるいは六人いないと、とても回らないだろう。全員を摑まえて話を聴くには、相当時間がかかりそうだ。しかしサイモンは、他にも話を聴けそうな人間を何人か教えてくれたから、そういう人たちに当たっていけばいいだろう。

「女にふられたんじゃないか？」ヒューストンがあっさり言った。

「それで落ちこんでる？　ジャックマンのようなスターが？」にわかには考えられなかった。

「あの坊や、まだショービジネスの美味しい部分を知らないんじゃないかな」ヒューストンが指摘する。「山出しで、ニューヨークの雰囲気にも馴染めてないような感じがする。さっきのダイナーでもそうだった」

「確かにそうだな」

「女も、取っ替え引っ替えのタイプじゃないだろう。一人の女に入れこんで、ふられたから落ちこんで様子がおかしくなった――そんなところじゃないか？」

「そうかもしれない」否定はできない。

「まあ、お前は離婚問題を扱わないから、男と女のことには疎いかもしれないけど、調べればすぐに出てくるよ。その場合、俺からは忠告が一つある」

「何だ？」

「仮にすぐ事情がわかっても、調査は引き延ばせ。こういう美味しい仕事は、できるだけ時間をかけないとな。レコード会社の連中から、たっぷり絞り取ってやれよ」

翌朝五時、レコード会社の車が再び建物の前に停まり、疲れた様子のウィルキンソンが姿を現した。一度建物の中に消えて、十分後に外へ出て来る。昨夜と同じような黒いスーツを着たジャックマンが一緒だった。ジャックマンの手には小さなボストンバッグ。今日はボストンのラジオ局で番組収録、さらに新聞の取材などが入っている。一泊して、明日の午後にはニューヨークに戻る予定だ。新曲が出ると、ラジオやテレビ、雑誌などの取材を集中して受けるのだが、今回はそういうのとは違うイレギュラーな一泊旅行らしい。近々ボストンでコンサートをやるので、その宣伝ということだろう。

ウィルキンソンはこちらに気づいていたはずだが、知らん振りをしている。彼らを乗せた車が走り去るのを確認して、俺はヒューストンに声をかけた。

「今日の仕事は終わりだ」

「必要になったらまた声をかけてくれ。家まで送ろうか？」

「コロンバス・サークルまででいい。そこから地下鉄で帰る」

「ＯＫ」

ヒューストンが車のエンジンをかける。まだ真っ暗な街を、ベル・エアーのヘッドライトが照らし出した。ニューヨークは眠らない街とよく言うが、実際にはマンハッタン全体が不眠不休の城というわけではない。アッパー・ウエストサイドのような高級住宅地は、この時間だと完全に寝静まっている。

午前六時前に自宅へ戻って、俺はジャケットを脱いだだけの格好でベッドに倒れこんだ。何だかもやもやする……ジャックマンという男の素性が今ひとつわからないので、今後の対策が立てられないのが不安だった。しかしまだ、調査は実質的に一日目。これからじわじわと調査の網を絞り、ジャックマンの正体を解き明かしていけばいいだろう。

目が覚めたのは十時。急いでシャワーを浴び、清潔な服に着替える。サムズ・キッチンに足を運び、カウンターのいつもの場所に座った。サムが近づいて来てコーヒーを注いでくれる。今日は「いつもの」組み合わせを変えてみる気になり、オニオン入りのオムレツだけを注文した。

「どうしてオムレツなんだ」サムが怪訝そうな表情を浮かべる。

「昨夜、肉を食い過ぎた。不味いミートローフだった」

「うち以外の店に浮気するから、ろくなものが食えないんだ」

「だったらこれから、一日三食ここで食べることにするかな」

「それがいいな」サムが真顔でうなずく。本気かどうかは判断できなかった。

枕にできそうなサイズのオムレツを腹に収め、コーヒーを二杯。朝食ではなくブランチになってしまったが、一日の始まりとしては遅くはない。今日会う予定の相手は、普通の人とは少しだけ生活時間がずれているはずなのだ。

家には戻らず、そのまま一日の活動を始める。行き先はタイムズスクエア。この周辺には楽器店が何軒か固まっている。俺は知らなかった――三十四年間ニューヨークに住んでいても、関心がないことは頭に入ってこないものだ。

確かに、何軒もの楽器屋が軒を連ねている。こういう店に足を踏み入れたことがないので一瞬躊躇した――俺が場違いな存在になるのは間違いない――が、仕事だと自分に言い聞かせ、店内に入った。

壁一面にレイアウトされたギターやベース。店の奥にはドラムセットがいくつか置いてあった。店内が狭いので、歩いているだけで壁からぶら下がっているギターやベースに引っかかって落としてしまいそうだった。必然的に慎重に歩かざるを得なくなる。

店員らしき三十歳ぐらいの男と目が合う。男はにっこりと笑って「何かお探しですか？」と訊ねた。俺が首を横に振ると、一瞬怪訝そうな表情に変わる。楽器屋に何の用だ、とでも思ったのだろう。

「ミスタ・ジョーンズが来ていると聞いたんだが」まだかもしれない。実際、店内には他に客はいないのだ。

「ああ。今、奥に」

「奥？」

店員が黙って店の奥を指さした。確かにドアがある。

「そこに?」

「ええ。話せるかどうかは、彼次第で」

「ノックしてみるよ」

「聞こえるかはわからないですけどね」

どういうことだ? しかしドアに近づいて行くと、店員の言葉の意味がわかった。どうやら防音の部屋になっているようだが、それでも少し音が漏れてくる。楽器を試奏するための部屋らしい。

ドアを開けるといきなり、つんざくようなギターの高音が耳に突き刺さる。そう、ビル・ジョーンズはジャックマンのバンド、「ザ・ハイランダーズ」のバンドリーダーでギタリストなのだ。

音が途切れる。ドアが開いた気配に気づいたのか、ジョーンズが怪訝そうな表情で振り向いた。店員ではなく俺だと気づくと、困ったような表情に変わる。

「ミスタ・ジョーンズ?」

「ええと」ジョーンズが耳の上を掻く。「何か? 一応、今仕事中なんですが」

「申し訳ない。こちらも仕事です」

「ああ、もしかしたらあなた、探偵? ミスタ・ウィルキンソンから聞いてます」

「その探偵です」俺はうなずき、後ろ手にドアを閉めた。重く分厚いドアが閉まる瞬間、すっと空気が抜けるような音がする。

「ちょっと時間をもらえれば……話を聴かせて欲しいんです」

「ジムのことで？」

「できれば」

「まあ……時間がかからなければ」

ジョーンズが肩からかけていたギターを外し、アンプに立てかけた。アンプからじりじりとかすかなノイズが聞こえてくるのが気になったのか、手を伸ばしてスウィッチを切る。途端に室内は静かになった。

狭い部屋だった。そこにギターアンプが何台か、さらにジョーンズの背後には、スタンドにセットされたギターが何本か置かれていて、足の踏み場もない。

「今日は、何をしているんですか？」

「新しいギターを試してるんですよ」ジョーンズが振り返り、背後にずらりと並んだギターに向かってさっと手を振った。

「商売柄、ということですか」

「常に新しいサウンドを探さないとね。これも仕事です」

「ギターによって、そんなに違うんですか」形だけの違いしかわからないが。

「それは、もう」ジョーンズが嬉しそうにうなずき、膝の上に抱えていたギターを指差した。「これは、ギブソン・レスポール。ジャズの人がよく使っているけど、柔らかい音が出るんですよ。音が変われば、曲の雰囲気も変わる」

「レスポール？　レスポールって、あのレス・ポール（一九一五年〜二〇〇九年。アメリカのギタリスト兼発明家。様々なグループ、ソロで活躍した他、多重録音の技術などを開発し、現代のポップミュージックに多大な影響を与えた）ですか？」

「ああ」ジョーンズが嬉しそうにうなずく。「知ってるんですね」

「『世界は日の出を待っている』」俺は、彼の代表曲の名前を挙げた。正確にはレス・ポール・アンド・メリー・フォード名義のヒット曲だ。

「そうそう。彼がギブソンと協力して作ったギターが、こいつで」

少し丸っこいデザインで、言われてみれば柔らかい音が出そうな感じがする。ジョーンズが手を伸ばし、先ほど弾いていたギターをもう一度抱えた。ギターの中心は黄色、そこから外に向けて赤みが濃くなっていく、凝った塗装の一本だった。

「重いのが難点ですね。コンサートで使ったら、肩が凝って困るだろうな。でも、次のレコーディングでは使ってみますよ——座りませんか？」

俺は、小さい丸椅子を引いて、彼の正面に座った。楽器を試奏する時に使う椅子のようで、彼も同じものに座っているが、俺の尻には小さ過ぎる。

ギターを抱えたまま、ジョーンズが煙草に火を点ける。俺もすぐ彼に倣《なら》った。狭い部屋が、あっという間に煙草の煙で白くなる。

「昨日も、レコーディングで揉めたとか」

「ジムとアレンジャーがね。俺たちは蚊帳《かや》の外ですよ。ただのバックバンドだからね」ジョーンズが肩をすくめる。「ジムは、言い出したら引かないからなあ」

「アレンジをずいぶん変更する、という話でしたね」

「あいつは、シナトラみたいなフルオーケストラをバックに、ロックンロールを歌いたいって言うんだ。言いたいことはわかるけど、実際にどうなるかはイメージできませんね。そんなこと、今まで誰もやっていないから……金もかかるだろうし、失敗したら目も当てられない」

「そういう発想は……変わってるんですか？」

「まあね」ジョーンズがしきりに煙草をふかした。「あいつは自分で曲を書く。それをどういう風に仕上げるかにもこだわりがある。ただ歌って腰を振ってれば、女の子に騒がれるのに、それだけじゃ満足できないってわけでね」

「『ハイランダーズ』は、ヤンキースの昔の名前ですか」俺は話題を変えた。

ジョーンズがニヤリと笑い「俺はそこまで年寄りじゃないけど」と言った（ヤンキースは一九〇三年から一九一二年まで「ハイランダーズ」と名乗っていた。当時の本拠地であるヒルトップ・パークが、マンハッタンの中で最高地点に近い場所にあったことにちなむ）。

「昔から、ジャックマンと一緒だったんですか？」

「いやいや、カンザスの田舎から出てきたのはあいつだけ」ジョーンズがまた笑ったが、今度は妙に意地の悪い感じだった。「他のメンバーは、ニューヨークとニュージャージーの出身で、全員、プラネット・レコードのお抱えミュージシャンなんですよ。ジムと組まされる前は、他の歌手のレコーディングを担当してました」

「ジャックマンのデビューに合わせて、バックバンドとして結成された？」

「ご明察の通り。俺も、三十近くなって、キャーキャー騒ぐ女の子たちの前で演奏するようなことになるとは思わなかったですね」

「その立場を楽しんでますか？」

「女房にバレない程度に」

ずいぶんあけすけな言い方だ。おそらくジョーンズは、ショービジネスの世界でかなり揉まれてきたのだろう。きついこともお楽しみも、よく知っているようだった。

「ジャックマンとは上手くやってるんですか？」

「俺はこれまで、いろいろな歌手のバックでやってきましたよ」

ジョーンズは直接は答えなかったが、ジャックマンに苦労させられているのはわかった。ただし我慢できないほどではない、ということだろう。

「あなたはプロなんだ」

「ジムがプロじゃないとは言わないけど。こだわるという意味では、プロ中のプロですね。俺が知る中で、あいつほどの完璧主義者はいない」ジョーンズが肩をすくめる。「レコーディングには、常に締め切りがある。だけどあいつは、決められた時間内に仕事を仕上げるよりも大事なことがあると信じているんでしょうね。自分のことを、芸術家か何かだと思っているのかもしれない」

「女性問題は？」

「それはないでしょう。トラブルという意味では」ジョーンズが苦笑しながらも即座に断言した。

「誰か、特定の恋人は？」

「どうかな……そういう話をあいつとしたことはないんですよね。恥ずかしいんじゃないかな。メンバーのほとんどは生粋のニューヨーカーだから、彼は俺たちに対して劣等感を持ってるのかもしれない」

「だから、恋愛の話もしない？　いい子がいるとか、そういう軽い乗りでも？」

「言わないけど、ちょっとそわそわしていたことはありましたね——去年の暮れぐらいかな。恋人ができたかどうか、雰囲気でわかるでしょう？　何だか落ち着かなくて、スタジオの隅の電話でこそこそ話していたりして」

「高校生みたいですね」

「そうなんですよ」ジョーンズが呆れたように言った。「堂々としていればいいのに、何だか申し訳ないことをしているような……確認したことはないけど、そういう浮かれた状態がしばらく続いたと思いますよ」

「今は？」

「そう言えば、最近元気がないな」

「どんな風に？」

「何だか、ぼうっとしてる時が多いですね。いつもは、子どもみたいに忙しなく動き回ってるんですよ。完璧主義者には、そういう人が多いんだ。何でも自分で見て、直接やらないと満足できない。昨日もそうですよ」

「アレンジに文句をつけた件？」

「今までも、あれこれ口出しすることはありました。アレンジャーが辟易《へきえき》するぐらいにね。でも昨日のは、今までとはまったく違う。やれそうにないことを急に言い出して、まるで周りの人間を困らせてやろうとしているみたいだったな」

「絶対にできないんですか？」

「会社もそういう曲を求めていない。あいつだって、自分に何が求められているのか、何をすべきかは分かっていると思うんですよ。だけどどういうわけか、わがままを通そうとするんだ。意味が分からない」

「自暴自棄？」

「あるいは、ね」ジョーンズが煙草を灰皿に押しつけた。「よほど嫌なことがあったんじゃないかな。そのストレスを仕事にぶつけようとしているとか……大人のやり方とは思えないけど」

「例えば、彼女と別れたとか」俺は身を乗り出し、灰皿で煙草を揉み消した。

「そうかもしれません。それでショックを受けているとしたら、子どもですよね。あいつなら、女の子なんか放っておいても寄って来るのに」

「それだけ大事な人だったのでは？」

「女の子が？」ジョーンズが目を見開いた。「そんなゴージャスな女の子は、そう簡単にはいないでしょう。基本的に、ジムみたいなスターは、女の子は使い捨てにしないといけないんだ。一人の女に引っかかると、後々面倒なことになるから」

「そんなものですか」音楽業界の倫理観は、俺が住む世界のそれとはだいぶ違うようだ。

「もしかしたら、田舎の子かもしれないな」

「カンザスの？」

「高校時代の大事な恋人と今でもつながっていて、ある程度金も儲けたからニューヨークに呼び寄せたとか」

「ああ……なるほど」ありうる話だ、と思った。

「そういう大事な子に愛想を尽かされて、精神のバランスが崩れているとかね」

「そういう状態だと、あなたも困りますか？」

「いや」ジョーンズが新しい煙草に火を点けて否定した。

「もしもジャックマンにまずいことがあったら、あなたも失業するんじゃないですか？」

「まさか」ジョーンズが声を上げて笑った。「むしろ今の生活が辛いですよ。コンサートであちこちに行かないといけないし……旅慣れてないから、きついですね。もしもジムが引退することになって、『ハイランダーズ』が解散したら、さっさとスタジオに戻りたいな。昔の生活が懐かしい」

「ジャックマンが得ているような名声と金は……」

「俺には関係ないですね」寂しそうな笑みを浮かべて、ジョーンズが首を横に振った。「ジムはスター候補——間もなくスーパースターになるでしょう。我々『ハイランダーズ』は、彼を引き立てるためだけの存在だ。でも別に、それでプライドが傷つくようなことはないですけどね。俺は自分の力量も、やるべきこともよく分かっている。それで、ずっと人のバックでギターを弾いてきたんだから」

スターと裏方、ということか。そう言えば、ジャックマンのレコードの名義はいつも「ジム・ジャックマン」で、「演奏・ザ・ハイランダーズ」とクレジットが入っているだけだ。本人たちがそれでいいと言っているのだから、俺が口を出す問題ではないが、何だか釈然としなかった。

ジャックマンは、大勢の人間が下から支えてくれて、その上に立っている。本人はそれを自覚しているのだろうか。

第四章　ロックンロール・スター

「デルタ・レコードハウス」という狭苦しい店は、グリニッジ・ビレッジの暗い路地の一角にあった。先日、ジャックマンがレコーディングで揉めたスタジオのすぐ近く、ビルの一階なのに、何故か地下室のような空気が漂っている。店に入ると、埃っぽい臭いが鼻を刺激し、くしゃみが出そうになった。

　俺が会うべき相手、アイザック・〝リトル〟・ウィリスは、想像していた通り、巨漢の黒人だった。馬鹿でかい男を「リトル」と逆説的に呼ぶのは、よくある話だ。身長はおそらく六・三フィート（１９０センチ）、その身長に見合った横幅で、カウンターの奥に立っているだけなのに、圧倒的な存在感がある。年齢は五十歳前後、短く刈りこんだ髪と髭には白いものが混じっていた。

「あんた、ウィリー・〝ザ・ライトニング〟・ネイマスの知り合いだと言ってたな」しわがれ声でウィリスが訊ねた。

「ああ」

「探偵だって？」

「電話で話した通り」

「ウィリーを殺した人間はまだ捕まらないのか？」

「残念ながら」責められるように言われると、胸がぎしぎしと痛む。

「クソッタレが。賭けてもいいが、イーストリバー・キラーは絶対に白人だ」

「その根拠は？」

「黒人は黒人を殺さない」

必ずしもそんなことはないのだが……俺は肩をすくめるだけでコメントを避けた。

「さっさとウィリーを殺した奴を捕まえてくれ。ニューヨークが、世界一危ない街になっちまうじゃないか」

「努力はしてる。電話でも話したけど、今日はジャックマンの件なんだ」

「座ってくれ」

言われるまま、俺はカウンターの前にある椅子に腰を下ろし、店内をざっと見回した。レコード、レコード、レコード……レコード店だから当たり前だが、他の店とはどこか雰囲気が違う。俺が知っているレコード店は、もっと清潔で明るい感じだ。この店には、どんよりと黒く重たい雰囲気が渦巻いている。ただし、危険な感じではない。

立ち上がり、近くの棚のレコードを確認した。俺が知らない黒人の歌手ばかり……どうやらブルース系のようだ。

「こういうところで商売をしていると、嫌がらせをされないか？」俺はつい訊ねた。グリニッジ・ビレッジは、黒人の街ではない。

「いいや」ウィリスがあっさり否定した。「ハーレム辺りでやることも考えたが、敢えてグリニッジ・ビレッジにしたんだ。この辺には、少し頭のネジが緩んだアーティストが多いから、黒人の俺が店をやっていても何も言わないよ。むしろそういう連中は、よくレコードを買ってくれる」

「ブルース？」

「ブルース、ジャズ――黒人の音楽専門だ。あんたは知らないだろうが、南部やシカゴのブルースを好む白人も少なくないんだぜ」

「ああ……ロックンロールの先祖みたいなものか」

「ブルースを薄めて、女の子とパーティの歌詞にすれば、ロックンロールは一丁上がり、さ」

「そんなに簡単なものか？」

「ブルースもロックンロールも、音楽的な構造はほとんど同じだからな。それにブルースの歌詞だって、よく聞くとどうでもいいものだよ。仕事がきついとか、可愛いあの子はどこへ行ったとか、神様助けて下さいとか」

　ウィリスが喉の奥を震わせるように笑い、葉巻の端を噛みちぎって火を点けた。安葉巻の匂いが、店内の埃臭さと混じり合って、かすかに吐き気がしてくる。そこから逃れるために、俺は自分のラッキーストライクに火を点けた。

「ジャックマンは、ここへよく来るのか？」

「来る時は毎日だね」

「彼は、そんなにたくさんレコードを集めてるのか？」

「うちの一番のお得意さんだよ。ここを見つけただけでも、ニューヨークに出て来てよかったって、本当に嬉しそうにしてたからな」

「カンザスでは、レコードは簡単に手に入らないのかな」

「そうかもしれない」ウィリスがうなずいた。「とにかくうちは、ブルースのレコードに関しては、ニューヨークでも一番の品揃えだ。初めてここへ入って来た時の彼の顔は、忘れられないね」

「どんな感じ？」

「聖者に会って言葉を失くした男」ウィリスがくすくすと笑った。「あるいは奇跡を目の当たりにした感じかな」

「こんなにすごい店があるのが信じられなかったわけか」

「だろうね」ウィリスが自慢げに胸を張る。「その日は、いきなりレコードを二十枚買って行った」

「そんなに？」急に手に入れた大金をレコードに注ぎこんでいたなら、なかなか微笑ましい話ではある。金の使い方を知らない、ただの音楽好きの若者ではないか。

「その後も、棚を空にする勢いで買ってくれてるよ。彼は、ブルースが大好きなんだ」

「ロックンロールではなく？」

「ロックンロールが出てくる前から、ブルースを聴いていたそうだ。田舎の子どもにしては、なかなかいい趣味だな」

「確かに」俺はうなずいた。「もしかしたらジャックマン本人も、本当はブルースを演《や》りたいんだろうか」

「そうかもしれん」ウィリスが言った。「エルヴィスが出てきた時、声だけ聴いて『黒人だ』って言われてたけど、俺たちが聞けば一目瞭然、白人が黒人に似せた歌い方をしているだけだった。白人と黒人の声の違い、出せる音の違いは間違いなくあるんだ。ジムは、白人がブルースを歌うとしたらどんなやり方があるか、必死に考えている。もっとも、白人がブルースを演るなんて、俺には想像もできないが」

「なるほど」そういう専門的な話になると、俺はついていけない。俺だけではない、ほとんどの音楽ファンがそうだろう。「彼とはどんな話を？」

「まあ、音楽の話ばかりだね。俺の方が彼より三十年も長く生きているし、ブルースも子どもの頃からずっと聴いていて身に染みついている。彼にすれば、俺はブルースの生き字引みたいなものだったんだろうな。そう言えば彼は、シカゴへ行きたがっているんだ」

「シカゴへも行ったと思うけど……コンサートがあったはずだ」

「白人の小娘どもの前で演奏するのもいいけど、シカゴのブルースマンと一緒に演ってみたいってしきりに言ってたよ」

「どうしてシカゴ？」

「おいおい」ウィリスが苦笑した。「あんた、マディ・ウォーターズ（一九一三年〜一九八三年。エレキギターを使ったバンドスタイルのブルースを確立させる。後代のギタリストにも多大な影響を与えた）を知らないのか？」

「残念ながら」初めて聞く名前だった。

「今、ブルースの中心は南部じゃなくてシカゴなんだよ。本来のブルース——南部のブルースは、ギター一本にハーモニカの弾き語りばかりだったけど、シカゴではエレキギターを使った大音量のブルースが主流だ。俺は、ロックンロールの直接の先祖はシカゴ・ブルースだと思うね」

「だったらジャックマンは、自分がやっている音楽のルーツを探りたかったのかな」

「ああ。そういう先祖返りみたいなことは、ミュージシャンの間では珍しくないみたいだな。真面目なミュージシャンほど、自分のルーツにも興味を持つもんだ」

完璧主義者のジャックマンなら、いかにもありそうな話だ。自分の音楽を、とことん突き詰めていく。過去への称賛と学びも忘れない。

「しかし実際には、シカゴのブルースマンたちとは交流できていないはずだ」

「そりゃそうだ」ウィリスがうなずく。「そんな時間もないだろう。シカゴは遠いし、彼が今、一週間も休暇を取るのは不可能だろう。俺はいつでも、つないでやると言ってたんだけどな」

「シカゴのミュージシャンに知り合いがいるのか？」

「ここへ来る前、シカゴに何年か住んでいたんだ。向こうでもレコード店をやっていたけど、ニューヨークで一旗あげようと思って、四年前にこっちへ来たのさ。ちょうど、アラン・フリード（一九二一年〜一九六五年。ラジオＤＪ。ラジオを通じて、ロックンロールをアメリカに広めた人物。死後の一九八六年、クリーブランドにある「ロックの殿堂」入りした）がクリーブランドからニューヨークのＷＩＮＳへ移籍した直後だったな」

「だから今でもつながりがあるわけか」

「シカゴのミュージシャンがニューヨークへ来ると、よくこの店に顔を出すよ。俺はあいつらのレコードを散々売ってきたから、そういう時は必ず奢ってもらうことにしている」

「ジャックマンの音楽をどう思う？　彼は、エルヴィスよりも『白い』と言われているけど」

「あんたみたいな白人と、音楽が白いとか黒いとか議論をしているのは、変な感じだな」ウィリスが苦笑した。

「俺はただ、音楽が好きなだけだ。白くても黒くても関係ない」

「そういう風に言うのは、だいたい白人だよな」ウィリスが皮肉っぽく言った。

「否定はしない」

「ジムは、いつも何か新しいことをやろうとしている。今流行っているロックンロールに止《とど》まらないで、自分だけの音楽を創造しようとしていたんだ。それが俺の好みに合うかどうかはともかく、そういう姿勢は立派だと思うね。俺の店でレコードをたくさん買ってくれる、最高の客なのは間違いないし」

「よく話していたんだな」

「彼は古いブルースの話を聞きたがっていたからね。聞きたい人間に話してやるのは、俺みたいな年寄りの義務だよ。経験を未来に残さないと」

「それ以外の個人的な話は？」

「うん？」ウィリスが葉巻の灰を床に落とした。

「家族のこととか、恋人のこととか」

「ああ」ウィリスが低く笑った。「彼は基本的に、まだ子どもだね。カンザスの家族の話をよくしていた。家族が恋しくてしょうがなかったんだろうな。まあ、まだ二十一歳だから、仕方ないだろうが」

「恋人は？」

「あー、そうだな。誰かいい人はいたと思う。一時――去年の暮れぐらいかな、珍しく妙にはしゃいでいたことがあったよ。普段は静かな男なんだけどね」

「いいことがあったと？」

「俺はそう見たね。二十一歳の男なんて、単純なものだよ。いい人ができれば、すぐに顔に出てしまう。ジムは、特に素直だしな」

ウィリスが言って、どこからか灰皿を取り出した。俺は、灰が崩れ落ちないように煙草の下に手を添えて、ゆっくりと灰皿に持って行った。灰を落とすと、そのまま煙草を押しつけて消す。

「彼はわかりやすい男だよ」

「恋人について直接訊いたことは？」

「あるよ。答えなかったけどね。シャイな男でもあるし」

「最近は来た？」

「一週間ぐらい前に来たよ。その時は何も買わなかったけどな。ちょっとぼうっとした感じでね。心ここにあらずというか、何か別のことを考えているようだった」

「何か？」

「たぶん。まあ、元々神経が細やかな子だから、仕事のことで悩んでいたのかな、と思ったけどね」

「女性問題ではなく？」

「それは訊かなかった。訊いても答えなかったんじゃないかな」

「その辺のことを話してくれそうな人は、誰かいるだろうか」

「ビアンカ、かな」

「何者だ？」

「ビアンカ・ルッソ」

「イタリア人？」

「イタリア系アメリカ人。リトル・イタリーにある『ボーノ』というイタリアン・レストランで働いている。俺も行ったことがあるけど、味は最高だぞ」

「ビアンカ・ルッソ……もしかしたら、その人がジャックマンの恋人なのか？」

「五十二歳の麗しき女性が？」

リトル・イタリーは、カナル・ストリート、ラファイエット・ストリート、ブルーム・ストリートなどに囲まれた、マンハッタン南部の一角である。南北に三ブロック、東西に四ブロック——一部は六ブロック——しかないのだが、その活気はマンハッタンの他のエスニックタウンに負けていない。毎年九月に開かれる「サン・ジェナーロ祭」は華やかで、俺も見物に行ったことがある。

この街に来て感じるのは、色彩の豊かさと飲食店の多さだ。建物自体は、マンハッタンの他の街と同じで、茶色や灰色が基調のビルなのだが、一階部分に入っている飲食店が赤や緑を華やかに使っているので、結果的に街全体に鮮やかな花が咲いたように見える。

イタリア語で「美味しい」を意味する「ボーノ」を店名につけるとは、非常にわかりやすい。それだけ味に自信があるのだろう。店はグランド・ストリートとマルベリー・ストリートの角にあった。ところどころにあしらわれた濃い緑が、ビルの赤茶色のレンガと綺麗な対比を見せている。

店はちょうど中休みの時間帯で、閑散としていた。ビアンカもいないかもしれないと思ったが、テーブルを拭いている女性に声をかけると、まさにビアンカ本人だった。どうやら今日の俺はついている。

「エスプレッソでもいかが？　私の奢りで」

「いただきます」

ビアンカは豊かな髪と豊かな胸、それに豊かな愛想の持ち主だった。俺は店の隅のテーブルにつき、彼女の動きを見守った。ほどなく、掌の中に隠れてしまいそうな小さなカップを二つ持って、テーブルにやって来る。

一口すると、口元が歪んでしまうぐらい苦い。俺の顔を見て、ビアンカが笑った。

「エスプレッソ、飲んだことないの？」

「そう言えば、初めてですね」

「イタリアの男は、これを朝昼晩と三回飲むのよ。習慣みたいなものね」

「イタリアの男はタフだ」

ビアンカが声を上げてまた笑った。イタリアの男は……と故郷を語るような口調で言っている割に、彼女の言葉にはまったく訛りがない。

「あなたは、いつアメリカに来たんですか？」

「私はニューヨーク生まれのニューヨーク育ちよ。祖父と祖母が、手に手を取って船に乗ったのは、もう七十五年も前。それ以来ずっと、四世代にわたってここに住んでるわ」

「あなたの子どもまで」

「もうすぐ五世代になるけど」

「お孫さん？」

「そう」

「それはおめでとうございます……しかし、アメリカ生まれなのに、イタリアのことに詳しいんですね」

「散々聞かされて育ってきたから。私は一度もイタリアに行ったことはないんだけどね。戦争もあったし……ねえ、エスプレッソには、途中で砂糖を入れて」ビアンカが砂糖のパックが入った容器を俺の方に押し出した。「最初の一口はそのまま、あとは砂糖をたっぷり加えて飲むのがイタリア流よ」

言われるままに、俺は砂糖を一袋加え、小さなスプーンでかき回した。普段、コーヒーに砂糖を入れることなどないのだが、エスプレッソはこれでちょうど具合がよくなる。いつも飲んでいるコーヒーがどれだけ薄いものか、よくわかった。ビアンカは砂糖も加えず、そのまま平然と飲んでいるが。

「こんなに苦いのに、砂糖抜きで平気なんですか？」

「女はいつも、ダイエットを考えないといけないのよ」ビアンカが朗らかに笑う。イタリアでいうところの「マンマ《お母さん》」という感じなのだろうか。一人故郷を離れて大都会に住むジャックマンは、彼女に母親の面影を見ていたのかもしれない。

「ジム・ジャックマンのことなんですが」

「そうだったわね」ビアンカがカップをそっとソーサーに置いた。

「よく来ていたんですか？」

「週に一回とは言わないけど、そうね、頻繁に来てたわね」

「一人で？」

「だいたい一人よ。最初は、プラネット・レコードのお偉いさんが連れてきたのよ。彼もイタリア系で、うちを贔屓にしてくれているの」

「ニューヨークの名店を案内していたんですかね」

「そうでしょうね」ビアンカが平然と言い切った。「うちは、リトル・イタリーで一番の店だから。今度は食べにきてみて。サービスするわよ」

ヴィクと一緒にこの店で食事を摂る場面を想像してみた。彼女もイタリア系だから、喜んでくれるかもしれない。もっとも今は無理だ。完全に安全が確保できない限り、彼女と一緒に街は歩けない。

「ジムもうちを気に入ってくれて、一人でも来てくれるようになったのよ。彼は、ちゃんとしたイタリア料理なんか食べたことがなかったと思うわ。せいぜいマッケンチーズぐらいじゃない？」

「あれをイタリア料理って言っていいんですかね」

「マカロニがイタリア生まれというだけの話だけど」ビアンカが笑う。「うちにもマカロニの料理はあるけど、クリームで作った濃厚なソースにチーズを何種類も入れるから、マッケンチーズとはまったく別物よ。私はマッケンチーズみたいに薄っぺらい料理なんか食べられないわ」

「ジャックマンにとっては、イタリア料理は驚異の世界でしょうね」

「パスタは数えきれないぐらいあるし、魚も肉も素材を活かして料理する――イタリア料理は、ヨーロッパの料理の原点にして頂点みたいなものだから。フランス料理だって、イタリア料理の真似なのよ……それは祖父母の受け売りだけどね。祖父母はイタリア至上主義者だったから、イタリア料理が世界一だと信じている。戦争の前に亡くなったのはラッキーだったと思うわ。あの戦争を目の当たりにしていたら、気持ちが引き裂かれて大変だったでしょうね」

「確かに……しかしジャックマンは、そんなに頻繁にここへ通って来て、騒ぎにならなかったんですか？　スターですよ」

「いつも隅の目立たない席を用意したし、この辺ではロックンロールを好きな人はあまりいないのよ。カンツォーネかオペラ以外は音楽だと思っていない人ばかり」

「あなたも？」

「そうね。私もロックンロールはちょっと苦手」ビアンカが苦笑した。「でも、ジムは好きよ。あんな派手な世界にいるのに、まだ純朴な感じがするのがいいじゃない。

守ってあげたい、という気になるのよ。向こうも私を慕ってくれているし」

「じゃあ、ここは彼にとって本当の家のようなものなんだ」

「そう思ってくれていたら、ありがたいけどね」ビアンカが柔らかく笑う。「どこへ行っても注目されて、気が休まる暇がないでしょう。だからここにいる時ぐらいは寛《くつろ》いで欲しいのよ」

「よく話をしましたか？」

「接客しながらだから、そんなには……でも、声はかけるようにしてたわ。いつも一人だったし」

「誰かと一緒に来たことはない？」

「私は見たことはないわね。私がいない時に、ガールフレンドぐらい連れて来ていたかもしれないけど」

「ガールフレンドがいるんですか？」

「そんな風には言ってたわよ」

初めて聞く、はっきりした情報かもしれない。俺はエスプレッソのカップを手の中で転がしながら、次の手を考えた。ビアンカは気さくに話してくれているから、途中でつまずかないようにしないと。

「どんな人かは、聞いてますか？」

「そこまでは……でも、自分と似たような、ニューヨークに出て来たばかりの娘《こ》だとは言ってたわよ。ジムは素朴なところがあるから、ニューヨーク生まれの女の子が相手だと安心できないかもしれない」

「あんなスターが？」

「そういうのはあまり関係ないんじゃないかしら。人間は、そんなに急には変わらないし……でも、もしかしたら最近別れたかもしれないわね」

「そうなんですか？」

「ちょっと元気がなかったし……『今度、彼女を連れて来なさいよ』って言ったら、寂しそうに笑うだけだったから。あの子をふるなんて、とんでもない女の子もいたものよね」

「ふられたんですか？」

「あなた、いい歳して、男と女のこともわからないの？」ビアンカが悪戯っぽく言った。「自分から別れ話を切り出したら、もっとサバサバしてるわよ。いかにも、ふられて落ちこんでいるみたいな感じだったわね」

「様子が変わったのはいつ頃ですか？」

「つい最近よ。この前来た時……だから、一週間ぐらい前だと思うけど」

一週間、あるいはそれより少し前に何かあったのだ。俺はさらに粘ってビアンカから話を聞き続けたが、それ以上の情報は得られなかった。これはまあ、仕方がない。ビアンカとジャックマンは、テーブルを囲んでじっくり話し合っていたわけではないのだから、情報が切れ切れになってしまうのは当然だろう。

礼を言って街を出る。リトル・イタリーはマンハッタンの他の地区に比べても華やかで賑やかな雰囲気なのだが、俺の気持ちはどうにも晴れなかった。

事務所に戻った瞬間、俺は異変に気づいた。

ドアの鍵が開いている。絶対に閉め忘れないから、誰かが忍びこんだのは間違いない。俺は懐に手を入れ、そっと拳銃を抜いた。隣の部屋を訪ねて「何かおかしなことはなかったか」と訊いてもよかったが、迷惑をかけるのは申し訳ない。

右手に拳銃を持ち、左手で一気にドアを開けて踏みこむ。

銃口の正面にハリーがいた。俺のデスクにつき、偉そうに腕を組んで両足をデスクに上げている。

「どこへ行ってたんだ」

「仕事だ」

「何の？」

「内容を言う必要はない。あんたこそ、人の部屋に勝手に入って問題ないと思ってるのか?」

「鍵が開いてたんでね」

嘘。しかしここで言い合いしても話は前に進まないだろう。

「で?」俺は拳銃をホルスターにしまった。「わざわざここに忍びこんで待っていたのはどうしてだ? 俺に何の用事がある?」

「十九分署まで来てもらおうか」

「どうして」

「訊きたいことがある」

「それならここで話せ」

「いやいや」ハリーが姿勢を正し、両手を広げた。「警察の用事は警察署で済ませる——それが基本だ。お前もよく知ってるだろう」

「あんた一人で俺を押さえられるのか?」

「必要なら、撃つ」

俺たちは無言で睨み合った。これほど強く出るのは何故だ? まったく身に覚えがないが故に、俺の中では不安がどんどん膨らんできた。

俺はハリーに気取られないように、鼻からゆっくりと息を吐いた。

「いいだろう」

「物わかりがいい坊やは好きだぜ」ニヤリと笑ってハリーが立ち上がる。「早速エスコートさせてもらうよ」

十九分署は、外観は普通のビルで、街に自然に溶けこんでいる。しかし中に入ると、途端に日常とは隔絶された雰囲気になる。俺はすぐに取調室に通されたが、そこには、さらに日常とは異質の空気が満ちている。悪と善が対峙する最前線。

椅子に座った途端、ぎしりという嫌な音が耳を刺激した。座面は硬く、非常に座り心地が悪い。ここに長時間座っているのが苦痛で、やってもいない犯行を白状してしまう人間もいるかもしれない。かすかな異臭……汗と尿、血の臭いもする。テーブルは所々が黒ずみ、傷だらけだった。

ハリーが窓を背に座る。この時間だと陽の光は射しこまないから、どこに座っても同じなのだが、刑事は習慣として窓を背にするものだ。逆光になって容疑者からは顔が見えにくくなり、威圧感を与えることができる。

「お前がウィリー・ネイマスを殺したのか？」

ハリーがいきなり、内角に速球を投げてきた。しかし俺は、のけぞるほどの衝撃は受けなかった。ここへ来るまでのパトカーの中で、ハリーは一切何も語らなかったが、用件については見当がついていたのだ。余計なことは言わないのが正解である。

「ノー」俺は短く答えた。

「ネイマスが殺された夜のアリバイを、もう一度喋ってもらおうか」

「もう喋った」

「同じ質問を何回も繰り返すのは、刑事の基本テクニックだ」ハリーが口を歪めるように笑った。「嘘をついている相手は、ボロを出すかもしれない」

「俺が喋ったことの裏取りをしたのか？　ちゃんと仕事をしていたら、こんな質問をする必要はない」

「あのな」ハリーがテーブルの上に身を乗り出した。「お前の証言は、穴だらけなんだよ。フライドチキンとワッフルを買いに行った——その件は裏が取れた。だけど、店にいたのは五分かそこらだった。その後はどうしてた？」

「寝てたよ。いい酒を吞んだんでね」

「もっと上手い言い訳はないのか？」

「これが真実だから。俺は、言い訳を並べてるわけじゃなくて、ちゃんと説明しているだけだ」

「一切裏が取れないな」

「アリバイが確認できないだけで逮捕するのか？」

ハリーが胸を反らし、テーブルから少し距離を置いた。腕組みして目を細め、俺をじっと睨みつける。

捜査は完全に行き詰まっているのだろうと俺は想像した。わずかな細い線を伝って、俺に罪を押しつけようとしている——無理だ。警察と関わり合いのない人間だったら、密室での対決で次第に押しこまれて弱気になっていくかもしれないが、俺はかつて、ハリーが座っていた場所に何度も座って容疑者と対峙している。刑事がどう考え、どんな手段で容疑者に接するか、よくわかっている。当時の先輩刑事が「相手が容疑を認め始めたら一歩引け」と忠告していたのを思い出した。特に容疑者が「歴戦の強者」ではなく、初めて警察署に足を踏み入れるような人間の場合は。追い詰められ、この密室から脱出するために、嘘でもいいから刑事が望むことを全て喋ってしまおう、という心境になるというのだ。だからこそ、引く必要もある。

さて、ハリーはどう出るだろう。この男は何かと乱暴で、すぐに決めつける悪癖があるのだが、取り調べのテクニックは大したことがないとわかっている。初球に投げたベストのストレートをファウルされて、後が続かない。他に決め球はない、と見た。

「どうして俺をここへ呼んだ？　新しい事実が出てきたわけじゃないだろう」

「物証はない」ハリーがあっさり認めた。

「タレこみだな？」ピンときて俺は指摘した。「誰かが、俺がやったと電話してきた。それがあんたの耳に入り、いいチャンスだからと俺を引っ張って来た——そういうことだろう」

ハリーが黙りこむ。当たりだ。確度の低いタレこみに頼らざるを得ないほど追いこまれているのだ、と俺はハリーに——捜査本部にかすかに同情した。

「だったら、帰らせてもらう」俺はいきなり席を立った。

「ああ？」ハリーが目を細める。

「これは任意の調べだろう？」俺はハリーを見下ろしながら言った。「俺を勾留する理由は一切ないはずだ。こんなことを続けていたら、後々問題になるぞ」

「刑事を脅迫するつもりか？」

「警察内部の情報に多少詳しい人間として、忠告しているだけだ。巨額の損害賠償でもふっかけられたら、あんたのキャリアはここで終わるよ。出世できなくなるどころか、市警にもいられなくなるだろう。困って探偵にでも転職しようとしたら、俺は全力で妨害する。俺だけじゃない。ニューヨーク中の探偵が、あんたに嫌がらせをするよ。せいぜい、ドアマンになれるぐらいだな」

ハリーが唇を引き結んだ。打つ手なしか……市警の捜査本部はこんなに無能なのかと俺は呆れたが、ふと気づいて椅子を引き、もう一度腰を下ろした。

「イーストリバー・キラーを追え」

「ああ？　追ってるじゃないか。何で当たり前のことを言ってるんだ？」

「俺に関する情報をタレこんだのは、イーストリバー・キラー本人だと思わないか？」

「何言ってるんだ、お前」ハリーが呆れ顔で両手を広げた。「何でイーストリバー・キラーがそんなことを？」

「目眩《めくらま》しだよ。自分の犯行を他人に押しつけようとした」

「意味がわからん」

「俺は一度、間違いなくイーストリバー・キラーに狙われた。そのことをどう考えてるんだ？」

ハリーがまた黙りこむ。捜査本部でも、この件に関しては判断保留、ということなのだろう。今のところ、イーストリバー・キラーはアトランダムに犠牲者を選んでいる。しかし俺の場合は――ニューヨーク市に住む何百万人もの中から、偶然に選ばれたとは思えなかった。

「俺は無意識のうちに、イーストリバー・キラーの尻尾を踏んだのかもしれない。正体がバレると思って、奴は慌てて俺を殺そうとしたんじゃないか？　そして慌てていたからこそ、失敗した」

「心当たり、あるのか？」

俺は無視して思考が漂うに任せた。

「ない」

ハリーが「ふざけるな！」と怒鳴りつけたが、俺は無視して思考が漂うに任せた。

ウィリーが殺されて以来、俺はずっとイーストリバー・キラーの存在を気にしながら、きちんと捜査はしていなかった。だから、イーストリバー・キラーの尻尾を踏んだ可能性は極めて低い。あるいはそれ以前——ウィリーが殺される前に、自覚しないままイーストリバー・キラーと接触していたのだろうか。もしも奴が、正体を隠す術に長けているなら、そういうこともあり得る。

一時は、ニューヨークの地下世界に巣くうマフィアの犯行ではないかと想像もしていた。連中は、いつでも使える拳銃をいくらでも持っている。しかし自分の性癖と欲望に従って人を殺して回るような人間は、極悪のマフィアたちにとっても危険因子になる。仮にそういう人間を見つけたら、さっさと組織から追い出すか、射殺して川に沈めてしまうだろう。

「ウィリーの方はどうなんだ？」

「どうなんだとは、何が？」

「あいつがイーストリバー・キラーに接近していて、そのせいで殺されたとは考えられないか？　あいつがやっていた調査についても調べたんだろう？」

「ケチくさい浮気調査とか、そんなことばかりだよ、覗き屋」探偵に対する定番の揶《や》揄《ゆ》だが、皮肉がまったく効いていない。

「危険なところに首は突っこんでなかったのか？」

「俺が知る限りではな。浮気を調べられている旦那が逆上したことはあるかもしれないが、それぐらいで殺したりはしないだろう。ましてや、そいつがたまたまイーストリバー・キラーだったとは考えられない」

「奥さんは何と言ってる？」ウィリーは、家に仕事の話を持ちこまない主義だった。しかし話さずとも、雰囲気で様々なことがわかるのが夫婦というものだろう。それにウィリーも、追いこまれて精神状態が悪くなっていれば、ケイリーに打ち明けていたかもしれない。ケイリーもウィリーの落ちこみに気づいていたし。

「何も。だいたいあの夫婦も、上手くいってなかったみたいだな。浮気調査をする探偵の家庭がギスギスしてるってのは、えらい皮肉じゃないか。ええ？」

「あんたの皮肉は調子が出ないな」

俺が指摘すると、ハリーの顔が引き攣《つ》った。あまり怒らせてもまずい……この男をイライラさせるのは本意ではないのだ。そんなことをしている暇はないし、追いこまれたら、ハリーも今以上に強引な手に出る恐れもある。何も、自ら窮地を作り出すことはない。

「家のことは関係ないだろう。いくら何でも、女房があんな手段で旦那を殺すとは思えない」

「当たり前だ」俺は声を荒《あら》らげた。「ケイリーがそんなことをするはずがない」

「お前が、ウィリーの女房とできていて、それに嫉妬《しっと》したウィリーが——」

「ふざけるな！」俺は一瞬だけ怒鳴り上げたが、すぐに情けない気分になった。壁にぶつかって、ハリーはとんでもないことを言い出しているだけなのだ。想像力も推理力も低い刑事の話は、往々にして訳のわからない方向に走ってしまう。

「俺は確かに撃たれた。その時ウィリーはもう死んでいた。あんたは、頭に浮かんだことを適当に喋ってるだけなんだよ。もう少し整理して話せ」

「お前は、黒人連中と仲がいいじゃないか。何かあってもおかしくない」

「その『何か』は何だ？」

突っこむと、ハリーが黙りこんだ。この辺が潮時か……無駄な時間だったと思い知ってもらおう。

「俺を呼ぶなら、もっときちんと調べてからにしろ。お互いに時間の無駄だ」

「忠告しておく。街を出るなよ」

俺は思わず声を上げて笑ってしまった。容疑者への忠告としては一般的な台詞だが、そもそも俺は容疑者ではない。立ち上がり、ハリーを思い切り見下ろす。彼は睨みつけてきたが、迫力はまったくなかった。

「あんたが勝手に事務所に入りこんだことは、後で絶対に問題にする。監察に呼ばれることは覚悟しておけよ」

「一人でやっている探偵さんが、警察に頼るのか」

「俺は、使えるものは何でも使う」

宣言して、俺は取調室を出た。ハリーの視線が、いつまでも背中に突き刺さってくるようだった。


署を出て、東六十七丁目の歩道に立つと、ようやく一息ついた。慣れ親しんだ、埃と排気ガスの臭いが気持ちを落ち着かせてくれる。俺は煙草に火を点け、深々と煙を吸いこんだ。署の前にはパトロール警官がたむろしているが、誰もこちらに注意を向けない。ということは、俺は署全体の「要注意人物」になったわけではないのか……。

「ジョー」

声をかけられ振り向くと、署の前の短い階段を、リキが急ぎ足で降りてくるところだった。

「勘弁してくれ」俺は煙草を歩道に投げ捨てた。「何なんだ、ハリーの野郎は」

「ちょっとコーヒーでも飲まないか」リキが申し訳なさそうに言った。

「いいけど、お前の奢りだぞ」俺はリキに人差し指を向けた。

「わかってるよ」

リキは先に立って歩き始めた。レキシントン・アベニューに出て南へ向かう。三ブロック歩いて——署から十分離れた場所だ——ビルの一階にあるダイナーに入った。店の一番奥のボックス席に落ち着くと、リキがすぐにコーヒーを二つ、頼んだ。

「申し訳ないな」本当に申し訳なさそうな表情を浮かべ、リキが謝罪した。

「ハリーは、どうしてあんなに焦ってるんだ？　俺を引っ張っても、自供するはずがない——何もやってないんだから」

「圧力がすごいんだ。市長が新しい声明を発表したの、見たか？」

「いや」

「新聞ぐらい読め。市長は本気だぞ」

「俺には関係ない」

「俺たちには大ありなんだ」リキが力なく首を振った。「特に捜査本部は、大変なプレッシャーを受けている。さっさと犯人を逮捕しないと、全員の首が飛ぶかもしれない」

「そんなことはあり得ない——それはお前らにもわかってるだろう。捜査本部の刑事を全員馘《くび》にしたら、捜査は一からやり直しだ。それはどう考えても時間と労力の無駄じゃないか」

「それはそうなんだが……」リキは歯切れが悪かった。「とにかく、少しでも手がかりがあったらそこに食いついていくしかないんだ」

「俺は手がかりじゃないぞ」俺は言い切った。「見立てが悪いにもほどがある。ハリーはそもそも、刑事をやってる資格はない」

コーヒーが運ばれてきたので、俺たちは一瞬口をつぐんだ。ウェイトレスが去ると、リキはコーヒーに砂糖とミルクをたっぷり加えた。俺はブラックのまま飲む。「ボーノ」で飲んだエスプレッソの濃厚さがまだ舌に残っている感じで、ここのコーヒーは何とも頼りなかった。

「とにかく、焦ってもしょうがないだろう」

「焦るさ」リキが反論した。「新聞やテレビの攻撃も激しいんだ」

「そんなもの、見なければ存在しないも同じだ」

「刑事をやってると、どうしたってニュースはチェックしないといけない」

「まあな」俺は顔を擦ってから、両手を広げて見た。取調室にいた短い時間に、体が汚れてしまった感じがする。さっさとシャワーを浴びたかった。

「最近の捜査はどうなんだ？　まだ目撃者探しをしてるのか」

「ああ。今のところ、それ以外に有効な手はない」

「凶器の刃物は？」

「あれの捜査は行き詰まりだ。大量生産のナイフや包丁を追いかけるには限界がある」

「この街はでか過ぎるんだよ。よほど変わったものでないと、追跡なんかできないだろう」

「そうなんだ」リキがうなずく。「そこで弱気になっちゃいけないけど、どうしても、な……刑事の数には限りがあるし、市民も全面協力してくれるわけじゃない」

「こんなに被害が出てるのに？」

「誰も、自分が被害者になるとは思ってないからさ」

「そうやって、どんどん犠牲者が増えていくわけだ」

リキが重々しい表情でうなずいた。この辺は、一介の刑事であるリキには如何ともしがたいことだろう。

「焦るな、とハリーに伝えて――忠告しておいてくれ」

「伝えることは伝えるけど、あいつが俺の言うことを聞くとは思えない。向こうだって俺を嫌ってるんだ」

「それだけ、周りの状況が見えなくなっているということか……まあ、多少は同情するよ。ただし、今回の件は許さないけどな。一段落したら、絶対にあいつをひどい目に遭わせてやる」

「よせよ」リキが首を横に振った。「市警とトラブルを起こすな。お前の方に理《ことわり》があっても、わざわざ状況をややこしくする必要はない。俺の謝罪だけで収めてくれないか」

「お前にそう言われると、理性では納得できるんだが……感情的には無理だな」

「俺は何度でも謝るよ。とにかく、お前が暴走し過ぎると庇いきれなくなるからな」

リキがしつこく忠告する。

「わかってるよ」俺はコーヒーをぐっと半分ほど飲んで立ち上がり、念押しした。「お前の奢りでいいな？」

「ああ」

「このままだと、お前の方に負債が増える一方だぞ。いい加減、イーストリバー・キラーの事件にはケリをつけろ」

「できるものなら、とっくにそうしてるさ」

リキの言葉には、まったく力がなかった。

ニューヨークは、急速に夏に向かいつつあった。今は上着を着ていてちょうどいい陽気なのだが、六月に入ると一気に気温が上がり、最高気温が九十度（摂氏32度）程度になる日も珍しくなくなる。探偵にとっては受難の季節だ。拳銃をホルスターに入れて持ち歩くためには、上着を着て隠さなければならないのだが、その上着が邪魔になる。

今が一番いい時期だ。特に夕方、太陽が摩天楼の間に消えて、完全に暗闇になる直前の心地好さは何とも言えない。今日は麻の薄いジャケットを着ていてちょうどいい。このジャケットに合わせて、財布も薄いものにした。

俺は再び、ジャックマンのコンドミニアムに来ていた。ジャックマンは、夕方からラジオに出演中。その隙を利用して、先日とは別のドアマンに話を聴くのが目的だった。

また一ドルが手から手に渡る。今日のドアマンはひょろりと背が高く手の長い白人で、バスケットボールの選手のようだった。このコンドミニアムは、身長を基準にドアマンを選んでいるのかもしれない。

「そういう女なら、見たことがある」

「ジャックマンの恋人か？」

「恋人かどうかはわからない。しかし、売春婦じゃないだろう。そういう感じじゃなかった。そもそもこのコンドミニアムには、売春婦は入れない。入れないように、俺たちが雇われているんだから」

「しかし、住人と一緒に入っていったら、止めようがないんじゃないか？」

「まあな」ドアマンが顔をしかめる。「しかし、ジャックマンが連れて来たのは、絶対に売春婦じゃないよ。雰囲気でわかる」

「そうか……」

「売春婦どころか、まだ子どもみたいな感じだった。俺の目から見て、だけど」

「あんた、何歳なんだ？」

「四十一」

四十一歳の男から見て「子ども」は何歳ぐらいなのだろう？　ローティーン？　ハイティーンまで入るのだろうか。

「そんな若い子を連れて来たら、それはそれで問題だと思うが」

「ただし、俺としては口出しはできないよ。何しろここの住民は……」

「金持ちが多いからな」

俺が言葉を継ぐと、ドアマンが苦笑した。売春婦は入れないと言っていたが、実際にはそういうことはないだろう。ヒューストンも、有名人専門の売春婦がいると言っていた。ニューヨークでは――アメリカでは、金があればできないことはない。

「その子を何回見た？」

「一回――二回かな？　このコンドミニアムには、そういう年頃の子が住んでいないから、よく覚えているよ」

「実際、何歳ぐらいだったんだ？」俺は具体的な説明を求めた。

「二十歳——どうかな。まだティーンエイジャーだったかもしれない。ミスタ・ジャックマンと一緒にいると、恋人というか兄妹みたいな感じだったよ」

「本当に兄妹だったのでは？」俺が得ている情報では、実際、ジャックマンには妹がいる。ただしまだ十五歳で、カンザスのハイスクールに通っているのだが。

「兄妹だったら、腕を絡めたりしないだろう。あれはいかにも、恋人同士だな」どうだ、といわんばかりにドアマンが胸を張った。

「最近は見たかい？」

「いや、見てないな。そういうことがあったのは、三ヵ月ばかり前だ」

「なるほど……顔を見ればわかるか？」

「わかるよ。俺は、記憶力には自信があるんだ」ドアマンが右耳の上を突いた。「そうじゃなければ、ドアマンはやっていられない」

「危険な人間を排除しないといけないからな」

「そういうことだ。しかしあんたも大変だな。ジャックマンみたいな人気者の護衛をするのは大変だろう」

「まあな」護衛ではないのだが、俺は訂正しないでおいた。レコード会社の方からはきちんと連絡が入っているはずだが、このドアマンは何か勘違いしているようだ。しかし、一々説明していると話が長くなる。

「ミスタ・ジャックマンも、いつまで経ってもスターの雰囲気が出ないな」

「まさか」俺は即座に否定した。「あれだけヒット曲を出してるのに？」

「田舎出身の人間が、ニューヨーカーの雰囲気を身につけるには、やっぱり時間がかかるんだろう。まあ、いずれはこの街の雰囲気に染まっていくんだろうが」ドアマンが右足から左足に体重を移した。

「彼は、ニューヨーカーにはならない——なれないかもしれない」

「ああ？」

「オール・アメリカン・ボーイだよ。そんな感じじゃないか？」

「確かにな」ドアマンが素直にうなずいた。「アメリカ代表のスターってことか」

「ああ」

「だったら、もっとスターっぽく振る舞えばいいのにな。高いレストランで上流階級の人間と交流するとかさ……でも、ああいう若者向けの音楽をやってる人は、そういう世界には縁がないのかな」

確かに……尾行していた時も、ジャックマンが足を運んだのはごく普通のダイナーだった。彼ほど稼いでいれば、気取ったフランス料理の店で毎晩ワインを傾けられるし、そういう店に集う映画スターや野球選手と親交を深めることもできるはずだ。しかし彼は基本的に、食事や社交にはあまり拘っていない感じがする。プラネット・レコードのボブ・サイモンも、苦笑しながら認めていた。

「若い連中が遊び回るのを抑えるのが大変なのに、ジャックマンの場合は逆だ」品行方正──それ故、最近様子がおかしいのが気になるわけだ。

「まあ、彼が行く限界は、シアタークラブぐらいじゃないかな。あそこにも有名人は集まるけど、そんなに高級な店じゃないだろう」

「彼はシアタークラブに通っていたのか？」

「頻繁に通っていたかどうかはわからないが、行っていたのは間違いないね」

「どうしてわかるんだ？」ドアマンは、コンドミニアムの入り口に陣取って、人の出入りを見ているだけのはずだが。

「何度か、ドギーバッグをもらったんだよ」ドアマンが微笑む。「ミスタ・ジャックマンは気さくな人だからね。ドギーバッグをもらっても、何だか馬鹿にされたような気になるけど、彼が申し訳なさそうに『よかったら』と言うと、悪い気はしないんだな。それに、シアタークラブの飯は何でも美味い」

その時、俺の中で警報が鳴り響いた。シアタークラブでは、シャーロットも働いていた。三ヵ月前に辞めたのだが、そこでジャックマンと出会っていた可能性はないとは言えない。

「彼は頻繁にシアタークラブに出入りしていたのか？」

「その辺でドギーバッグを拾ってくるはずはないだろう」

シャーロットがジャックマンの恋人だった？　だとしたら、最近の彼の落ちこみようは理解できる。恋人をイーストリバー・キラーに殺されて、平然としていられる男はいないだろう。ましてや彼は、何らかの理由でシャーロットの存在を周りに打ち明けていなかった。つまり、悩みを相談できる相手もいなかったわけだ。この情報を明かせば、警察がしつこく迫ってくるかもしれないと恐れたのかもしれない。何しろ警察は今、躍起《やっき》になってイーストリバー・キラーを追っている。たとえ売り出し中の人気ロックンローラーが相手でも、容赦はしないだろう。彼が手錠をかけられ、十九分署に連行されていく場面さえ、容易に想像できた。

俺は失敗に気づいた。財布を交換した時に、シャーロットの写真を入れ忘れたのだ。それをドアマンに見せれば、すぐ確認できたかもしれないのに。

しかし、この件は調べられる。俺にはヴィクという格好のネタ元がいるのだ。しかし、彼女の家で会うわけにはいかない。

俺は遅い夕食を摂るために、シアタークラブに向かった。

ちょうど夜の芝居がはねた時間で、シアタークラブはほぼ満席だった。案内されたのは、トイレに近い、狭い席。一人でそこに腰かけていると、窮屈で肩が凝《こ》ってくる。しかも、トイレに出入りする人が多いので落ち着かない。

俺はハンバーガーとビールを頼み、ヴィクの姿を探した。事前に連絡が取れなかったから、店にいるかいないかはわからない。しかしほどなく、彼女の方で俺を見つけ出してくれた。

「ハイ」

明るい声に明るい表情。自分を思ってくれる人がいると思うだけでほっとする。

「今夜はどうしたの？　ただの食事？」

「いや、君と話したいと思って」

「このテーブル、私の受け持ちじゃないのよ」ヴィクが残念そうな表情を浮かべる。

「わかってる。後でちょっとサボって来てくれないか」

「いいわよ」

ヴィクが去るのと入れ替わりに、ハンバーガーが到着した。ここのハンバーガーはとにかく巨大で、両手でも持て余してしまう。途中でハンバーガーを分解させずに食べ切るのは至難の業で、俺は仕方なくナイフで真っ二つにした。これだとずっと食べやすくなるが、両手でがっちり摑んでハンバーガーを食べている満足感には乏しい。

ピクルスで口中の脂っこさを洗い流し、フレンチフライで腹を膨らませる。ハンバーガーを食べ終えると同時にビールも飲み干し、俺は食後のコーヒーを頼んだ。ちらりとメニューを見たが、ここにはエスプレッソはないのか……あれはイタリア料理店の専門なのだろう。

ヴィクがコーヒーを運んできてくれた。俺の向かいの席に滑りこむと、また笑みを浮かべる。その笑顔には、薄暗い店内を一気に明るくするぐらいの威力があった。

「話したいって言われるのは嬉しいけど、ちょっと窮屈ね」

「今は仕事中だから……話したいというか、君に訊きたいことがあるんだ」

「探偵仕事？」ヴィクの顔に少しだけ暗い影が差した。

「ああ――ジム・ジャックマン」

「ジャックマンがどうかしたの？」

「彼は、この店に来たことはある？」

「前も言ったけど、あるわよ」ヴィクがあっさり認めた。「若い子なんか、騒いじゃって大変だったんだから」

「君だって若い」俺は苦笑した。

「私の好みじゃないから。彼のサインがあるけど、見る？」

ヴィクに誘われるまま、俺は立ち上がった。この店は、入って左側の壁の一角に、有名人がサインしていくのが恒例なのだ。壁に直にサインするので、古いものは順番に消されてしまうのだが。その辺りは人気の席で、見物のために客が集まっていたが、ヴィクはテーブルの合間を縫うように案内してくれた。

「これよ」

「なるほど」

サインを見ただけではとてもジャックマンとは読めないのだが、誰かが説明板《プラーク》よろしく、丁寧な字で「ジム・ジャックマン」と書き加えていた。

「ここ、勝手にサインしていいのか？」

「まさか」ヴィクが笑った。「売れない役者が調子に乗ってサインしてたら、あっという間に壁が真っ黒になるでしょう。マンハッタンでは、役者はイエローキャブの運転手と同じぐらいいるんだから」

本当かね、と言おうとして俺は言葉を呑みこんだ。何となく、彼女の言い分が正しい気がしている。夢を叶えたい若者がまず目指すのがニューヨーク。そして、ニューヨークで手っ取り早く金を稼ぐならタクシーの運転手。夢と現実、相反する思いの商売だが、従事する人の数は確かに同じぐらいかもしれない。

「有名人が初めて来ると、ここにサインしてもらうの。ジャックマンは渋々だったけど。スターの自覚がないのかもね」

自分の席に戻り、薄いコーヒーを飲みながら俺は訊ねた。

「彼は、ここへは頻繁に来ていた？」

「どうかしら。わかってると思うけど、私は二十四時間三百六十五日、ここに張りついてるわけじゃないから。でも、二回か三回は見たわね」

「一人？」

「いかにもレコード会社の重役みたいな、高そうなスーツを着た人と一緒だったこともあるわ」

「そういう人の紹介がないと、ここには出入りできないわけか」

「まさか」ヴィクが声を上げて笑い、馬鹿にするように言った。「うちは気取った高級店じゃないわよ。お上りさんだってたくさんいるでしょう」

「有名人に会えるんじゃないかと思って、客が集まるわけだ」俺は煙草に火を点けた。

「店だって、そういうイメージは上手く利用するわよ。だから壁にサインなんかさせてるんだし」

「一番の大物は？」

「シナトラ」

「だろうね」

俺たちは笑いを交換した。ヴィクは……最近出会った女の中では最高だ。気さくで頭の回転が早く、何より俺に思いを寄せてくれている。

「シャーロットは、ジャックマンと知り合いだっただろうか」そもそもシャーロットは、カンザスでジャックマンのコンサートを観ていた。もしかしたら、以前からファンだったのかもしれない。それが、ニューヨークに出て来て本物と出会ったら……。

「何言い出すの」ヴィクが目を見開いた。

「客とウェイトレスが話すのは普通じゃないか。それがきっかけで親しくなることも珍しくない——俺と君みたいに」

「どうかしら……シャーロットは、ガードが固い子だと思うけど」

「ジャックマンとは同郷じゃないか」

「ああ」ヴィクがうなずく。「確かにそうね。カンザス出身の二人が、ニューヨークのど真ん中にあるこの店で出会って恋に落ちて……あり得ない話じゃないけど、私が映画のプロデューサーだったら、この話は買わないわね。偶然過ぎない？」

「世の中、意外に偶然は多いんだ」俺は耳の上を指で突いた。

「調べてみるわ。私は、二人が話しているところを見たことはないけど、誰かが見ているかもしれない」

「頼めるか？」

「もちろん」ヴィクが俺の手の甲に指を這わせた。「あなたの頼みなら。でも、どうするの？　外では会わない方がいいんでしょう？」

「暇がある限り、これから夕飯はこの店で摂るようにする。無理なら電話するよ」

「じゃあ」ヴィクがエプロンのポケットからオーダー用紙と鉛筆を取り出し、素早く何か書きつけてから俺に渡した。「これから一週間の私の勤務ダイヤ」

「これに合わせるよ」俺は紙を折り畳んで、ジャケットの胸ポケットに入れた。

「早く犯人を捕まえてね。そうしないと私、他の人のところへ行っちゃうかもしれないわよ」

「この浮気娘が」

俺はヴィクの手をぴしゃりと叩いた。それを潮時に、ヴィクが席を立つ。彼女の言葉は、必ずしも冗談というわけではあるまい。店の様子を確認していると、ヴィクは客との会話が多いウェイトレスなのだ。愛想がいいのは間違いなく、チップは弾んでもらえるだろう。その愛想の良さがきっかけになって、客といい仲になったことも一度や二度ではないのではないか。

彼女の背中を目で追いながら、俺はコーヒーを飲み干した。一文の得にもならない想像はここまで。俺には今すぐやることがある。まずは家に戻って、シャーロットの写真を持ってくることだ。

予想通り、シャーロットだった。

今夜話を聴いたドアマンは、彼女の写真を見ると、あっさり「この人だよ」と言い切ったのだ。時間の無駄になったが、まあ、シアタークラブでヴィクに会えたからよしとしなければ。

それにしても迂闊《うかつ》だった。エミリー・スプリングの話を冗談だと思わず、きっちり調べていたら、もっと早くこの事実に辿り着けたのに。

「間違いない？」俺はドアマンに念押しした。

「ああ」ドアマンが写真を俺に返しながら認めた。「この子、何歳だ？」

「十九」

「じゃあ、やっぱり子どもだね。うちの娘と同い年だけど……うちの娘の方がよほど大人っぽい」

「生粋のニューヨーカーと、カンザスの田舎娘じゃ、育ち方が全然違うんだろうな」

「うちの娘は、都会の荒波に揉まれてるからな」ドアマンが声を上げて笑った。「そうか、この子が……殺されたんだって？」

「残念ながら」

「イーストリバー・キラーか」ドアマンが溜息をついた。「夢を抱いてカンザスからニューヨークに出て来てこの始末……可哀想としか言いようがないね」

「ご協力、どうも」少し皺が寄ってしまった写真を、俺はまた財布にしまいこんだ。この事件が一段落するまで、自分への戒《いまし》めとして肌身離さず持っていよう。

「今夜も徹夜かい？」

「おそらく」

「大変なこったな。どれだけ儲かるか知らないけど、俺だったら、探偵仕事なんて願い下げだね」

「あんたたちも深夜勤があるじゃないか」

「俺たちは、徹夜したらその後は必ず休める。勤務時間は長いけど、案外楽な仕事なんだよ」

「金も悪くない」

「まあな。娘をちゃんと大学へやれるぐらいには儲けてる」

「大したもんだ……今夜もここに車が停まってるけど、見過ごしてくれよ」

ドアマンがニヤリと笑い、親指を立てて見せた。その時、ちょうどいいタイミングでヒューストンのベル・エアーがコンドミニアムの少し先で停まった。俺は後部座席のドアを開けて車に乗りこんだ。

「何だよ、そこに座られると、俺はただの運転手みたいじゃないか」振り返ったヒューストンが、唇を尖らせて文句を言う。

「助手席からは、よく見えないんだ」助手席にいると、ベル・エアーの太いピラーがちょうど死角を作ってしまう。俺は体を捻り、ベル・エアーのリアウィンドウからコンドミニアムを見上げた。後部座席からなら、出入り口を確実に観察できる。

「何か新しい話は出てきたのか？」ヒューストンが訊ねる。

ジャックマンとシャーロットの件は……伏せておくことにした。俺には俺なりの推測があるが、それをヒューストンと共有したくない。彼はあくまで助っ人で、相棒ではない。

「俺がイーストリバー・キラーだと疑われたよ」

「ああ？」ヒューストンが振り向く。「お前がやったのか？」

「まさか」

「じゃあ、どうして？　警察に引っ張られたのか？」

「すぐに解放されたけどな。やってないんだから当たり前だ」

「お前は人相が悪いから、警察に嫌われてるんだよ」

「そうか？　若い頃のスペンサー・トレイシー（一九〇〇年～一九六七年。アメリカの俳優。『我は海の子』『少年の町』で、二年連続アカデミー主演男優賞を受賞）に似てるって言われるけど」

「『ジキル博士とハイド氏』のトレイシーは、相当悪い顔をしてたよな」

「そういう顔が気に食わない人間もいるんだろう。俺を名指しして、イーストリバー・キラーだとタレこんできた人間がいたらしい」

「そいつはとんだ災難だな」ヒューストンが肩をすくめる。「しかし、警察もだいぶ焦ってるようじゃないか」

「ああ」

「さっさと犯人を捕まえろよ。お前も被害者みたいなものだろうが」

「みたいなもの、じゃなくて完全に被害者だ」

「だったらなおさら――それとも、金にならない仕事はしないか？　依頼人がいるわけじゃないし」

「金だけで動いてたら、この仕事はつまらないよ」

「俺は、もっと簡単に割り切ってる。基準は金になるかならないか、それだけだ。物事をシンプルにすると、悩む必要はなくなるんだよ」

「だろうな」

その時、俺の視界の片隅で動きがあった。ベル・エアーの数十フィート後ろに一台の車が停まり、ジャックマンが降りてきたのだ。どうやら今夜の仕事も無事に終わったらしい。しかし距離があるし暗いので、彼の様子はよくわからなかった。

「今夜も出かけると思うか？」ヒューストンが訊ねる。

「可能性はあるな」

「またあのダイナーじゃないだろうな」

「彼は、気取った店が嫌いなんだと思う。たぶん、ママの味が恋しいんだろう」

「子どもだな」ヒューストンが鼻を鳴らす。

ふいに今後の計画が固まり、俺はヒューストンに持ちかけた。

「今晩、お前一人に任せていいか？」

「いいけど、何かあるのか」

「電話で話したい相手がいる。長距離なんだ。それに明日、ジャックマンは一日オフになっている。丸一日監視したいから、今日は少し休んでおきたい」

「ＯＫ」ヒューストンが簡単に請け合った。

「一応、ドアマンには声をかけておく。彼は協力してくれるから、万が一お前が居眠りしても、ジャックマンが出てきたら教えてくれるよ」

「どうやって丸めこんだんだ？　ドアマンなんて、住人のプライバシーを守るために雇われてるんじゃないか」

「ジャックマンのプライバシーは、レコード会社の利益よりはずっと小さいんだ」

「金は怖いねえ」

お前が言うなと思いながら、俺はベル・エアーを降りた。ドアマンに二ドルを手渡し、ヒューストンの件を頼みこむ。この件で俺は、気前よくドルをばら撒いているのだが、この金をプラネット・レコードはちゃんと経費として認めてくれるだろうか。ドアマンたちには、レコード会社の方からきちんと協力依頼があったはずで、こういう「報酬」に関しては経費として認めないかもしれない。音楽業界は、映画やテレビの業界と同じく、無から金が湧いて出るような世界だが、それでもケチな人間はいるものだ。

自宅へ戻って十一時過ぎ。カンザスのエマの家とは二時間の時差があるから、この時間でも電話して大丈夫だろうと判断する。

エマがすぐに電話に出た。

「どうかしたんですか？」不安そうな声。

「確認したいことがあったんです」

「何でしょう」

「シャーロットとジム・ジャックマンが交際していた可能性はないですか」

「……何を言い出すんですか、いきなり。ジャックマンはスターですよ」

「二人が一緒にいるところを見た、という人がいるんです。シャーロットが働いていたシアタークラブには、ジャックマンも頻繁に通っていた。だから、接点がないとは言えない。同郷ですし」

「でも、そんなことがあるのかしら」エマが疑わしげに言った。「向こうは大スターよ？　シャーロットはただの女優の卵。店で会ったとしても、それだけで……」

「そちらにいる頃からファンだったのでは？」

「それはそうですけど、そんなこと、あり得ないでしょう」

「何でも起きるのがニューヨークなんです。何か聞いていませんか？」

「私は何も……」

「例えばですけど、シャーロットには親しい友人がいませんでしたか？　ハイスクール時代の友だちとか」

「それはいますけど……」

「そういう人に話を聞いてもらうことはできませんか？　あなたには話さなくても、友だちには打ち明けていたかもしれない」

「そんなことを言ったら、私が馬鹿にされそうですね。シャーロットとジム・ジャックマンの組み合わせなんて」

「ニューヨークでは、どんなことでも起こり得ます」俺は繰り返した。「お願いします。これは重要な手がかりになるかもしれない」

「あなた、まさか――」

「お願いします」

慌てて繰り返して、俺はすぐに電話を切った。エマが何を懸念しているかは簡単に想像できる。ジャックマンがシャーロットを殺したのか？　女性が犠牲になる場合、最初に疑われるのは恋人や夫だ。警察はまだシャーロットの恋愛関係を割り出してはいないはず……わかっていれば、とっくにジャックマンに捜査の手を伸ばしているはずだ。

念のため、俺はリキに電話を入れた。署では摑まらなかったので、自宅に電話を入れる。家族を大事にするリキは、基本的に寄り道はせず、家と署を往復する毎日だ。

「殺されたシャーロット・コールに男はいなかったのか？」

「何だ、いきなり」自宅で遅い夕食を食べていたらしいリキの口調は、不明瞭《ふめいりょう》だった。「お前、何か情報を摑んだのか？」

「まだわからない」

「捜査本部としては、その線は摑んでいないはずだ」

「彼女が住んでいた家——そもそもおかしくないか？　働いてもいなかったのに、あんな場所に高級コンドミニアムを借りられるとは思えない」

「しかし、彼女の名義で借りているんだぞ」リキが反論した。

「誰かが金を出したに決まってる。それが誰か、わからないのか？」

「彼女の銀行口座は確認したが、大きな金の出入りはない。もしもスポンサーがいたとしても、現金で手渡ししていたんだろうな」リキの話し方は、もう普通に戻っていた。「ただこの件は、俺は調べていないから何とも言えない」

「そうか。調べてみたらどうだ？　それなりに大きい金が動いたはずだから、何か証拠は摑めるんじゃないかな」

「お前、本当は何か知ってるんじゃないか？」リキが疑義を呈する。

「想像だよ、想像」俺は否定した。「あれこれ考えていて、ふっと思いついたんだ。シャーロットは田舎出の役者志望の娘で、ニューヨークに知り合いがたくさんいたわけじゃない。でも、友だちはできなくても、恋人はいたかもしれない」

「その話は前にもしたな。だけど今のところは何とも言えないんだ」リキが繰り返した。「一応、頭の隅には入れておくよ。俺が捜査するわけじゃないから、彼女の恋愛関係を調べることについては、誰かに具申しないといけないが」

「ハリーだけはやめておけ」俺はすかさず忠告した。「あいつは、刑事の資質に欠けてる。暴走されたら、捜査が滅茶苦茶になるぞ」

「わかってるよ」リキが苦笑した。「然るべき人間に話しておく。お前は心配するな」

　明日のためにさっさと寝ようとベッドに潜りこんだのだが、なかなか眠れなかった。ジャックマンがシャーロットを殺した——そう想定すると、もう一つの可能性が浮上してくる。

ジャックマンこそが、イーストリバー・キラーなのではないか？

イーストリバー・キラーが活動を始めたのは一年前――ジャックマンがニューヨークへ出て来てからだ。そしてシャーロットを殺したのは、間違いなくイーストリバー・キラーだ。イーストリバー・キラーと食事を共にし、一緒に寝るのはどんな気分だろう。ベッドの中では、普通の人間のように振る舞っていたのか。

シャーロットがジャックマンに「囲われて」いた可能性は否定できない。家を用意してもらい、生活費をもらっていれば、日々の暮らしには困らないだろう。実際シャーロットは、オーディションを一回すっぽかしているし、その後女優として活動していた形跡もない。子どもの頃からの夢だった女優になるよりも、これからスターダムにのし上がっていく男を支えたい、と方向転換するのも不自然ではあるまい。

想像は次第に、嫌な方向へ流れていく。ジャックマンがイーストリバー・キラーだったら、ウィリーを殺したのも彼ということになる。俺にとっては、友人、それに捜索すべき対象の二人を殺した仇になるわけだ。

そして俺は、既にジャックマンに存在を知られているのではないか？　だからこそ狙われた。一度は銃弾で、一度は偽の情報で。

ジャックマンはどういう男なのだろう。故郷のカンザスでも同じように人を殺していたのか、あるいはニューヨークという街が彼を変えてしまったのか。

彼の過去を知る必要がある。それについては、何とかなるだろう。ボブ・サイモンなら、カンザスの音楽業界にも伝手があるはずだ。報告がてら、明日は会ってみよう。

ただし、今自分が想像していることは告げられない。サイモンが信じるとは思えないし、実際、証拠は一つもないのだ。

これからその証拠を探していくことになるのだろうか。だとしたら、これから俺は闇の底へ降りていかねばならない。


ニューヨークの朝は早い。ダイナーはだいたい朝六時過ぎには店を開け、地下鉄の駅からは次々に人が吐き出されてくる。午前中にできるだけ仕事を詰めこんで、夕方はさっさと引き上げるのが、ニューヨーク流の仕事術だ。

俺はコロンバス・サークルの近くにあるダイナーで、卵のサンドウィッチと持ち帰り用のコーヒーを買って、ジャックマンのコンドミニアムに向かった。ベル・エアーは、昨夜と同じ場所に停まっている。ヒューストンは外に出て、雨の中、何やら柔軟体操らしき動きをしていた。

「朝飯だ」俺が紙袋を差し出すと、ヒューストンが笑みを浮かべて受け取る。

「早いな。まだ七時だぞ」

「今日は何があるかわからないからな」

ヒューストンがさっそく、傘をさして器用にサンドウィッチを食べ始める。中身の卵がぼろぼろと歩道に落ちた。

「何か動きは？」

「昨夜は何もなかった。奴は、家でサンドウィッチでも作って食べてたんじゃないか？」

「そうかもしれない。お前がそいつを食い終わったら交代しよう」

「張り込みは無駄なもんだな。何かやってるならともかく、ただ見ているだけで、一晩中何もしてないっていうのは……」

「だけど、この仕事は探偵の基本だろう」

「そりゃそうだけどさ」

ヒューストンはあっという間にサンドウィッチを食べ終え、去って行った。俺は腕時計を確認した。まだ七時十分……今日は長い一日になりそうだ。

午前八時にドアマンが交代したので、俺は初顔のドアマンにシャーロットの写真を提示して確認してみたが、彼はここでは一度も見たことがないと明言した。先日のドアマンが、たまたま二回、目撃しただけなのか……シャーロットが本当に部屋を与えられていたとしたら、二人の密会場所はそちらだったと考える方が自然である。

その後は十時過ぎまで、まったく動きがなかった。足元で、煙草の吸い殻だけが増えていく。喉が渇き、水分が欲しくなったが、これは仕方がない。それよりきついのは雨である。朝から小雨がずっと降り続く中、傘の下でひたすら立ち続けるのは、自分に対する罰のような気がしてきた。しかも、傘の下でただ立ち尽くしていると、晴れの日よりも目立つ。実際、コンドミニアムの前を通り過ぎる人たちから、何度か不審げな視線を向けられた。

それにしてもジャックマンは、今日はどうするつもりだろう。マネージャーのウィルキンソンは、「寝ていなければレコード屋か楽器屋にいる」と言っていたが。

十一時、ジャックマンが姿を現した。今日はジーンズにTシャツ、さらに映画の中でジェームズ・ディーンが羽織りそうな真っ赤なスウィングトップという派手な格好で、やはりサングラスをかけている。

ジャックマンがウエスト・エンド・アベニューに出て、北へ向かって歩き始めた。ゆっくりとした歩きぶりを見ていると、特に目的があるようには見えない。散歩？しかし、何もこんな雨の降る日に散歩しなくてもいいだろう。ほどなく、小さな公園の横を通り過ぎる。マンハッタンの中心部は高層ビルに埋め尽くされているが、意外に緑も多く、広大なセントラル・パークを始め、随所に小さな公園がある。この街に住む人たちの憩いの場なのだが、ジャックマンはここで故郷の豊かな緑に想いを馳せるのだろうか。

しかしジャックマンは、公園には入らずにあっさり通り過ぎた。ほどなく俺は、ジャックマンの行き先を悟った。おそらく、シャーロットの家だ。同じアッパー・ウェストサイドにあるから、歩いたらおそらく十五分ほどだろう。彼が、人通りの少なくなった深夜、恋人に会うためにこの道をいそいそと歩く様を想像してみた。違和感はない。

予想通り、ジャックマンはシャーロットのコンドミニアムに入って行った。おそらく鍵を持っているのだろう、ドアマンにも見咎められない。後でドアマンに訊いて、彼の普段の出入りを確認してみよう。ただし、プラネット・レコードの威光はこのコンドミニアムには届いていないようなので、ドアマンに喋らせるにはテクニック、それに何ドルかが必要になる。

俺は、西七十丁目を渡って、向かい側からコンドミニアムの様子を確認した。警察はもうここを調べ終えているから、ジャックマンが部屋に入ってもばれることはないだろう。それよりも、まだエマたちが部屋の契約を解除していないことに俺は驚いた。いや、もしかしたらジャックマンは、このコンドミニアムに自分でも部屋を借りているのかもしれない。誰にも見咎められずにシャーロットと会えるように……。

三十分ほど待っていると、左腕に紙袋を抱えてジャックマンが出て来た。スーパーでもらう買い物袋のようだが、部屋に置いていた荷物をまとめて持ってきたのだろうか？　例えば、自分の持ち物から身元がばれることを恐れて、証拠隠滅に走ったとか。しかし今のところ警察は、この部屋から犯人——居住者以外の人間に直接つながる材料を見つけていないはずだ。

ジャックマンはもう一度ウェスト・エンド・アベニューに出て、さらに北に向かって進んだ。西七十二丁目に入るとすぐに、一軒のダイナーに足を踏み入れる。またこういう店か……もちろん、ダイナーはニューヨークを代表するような存在で、一ブロックごとに必ず一軒あるぐらいだが、いくら何でもこんなに頻繁に通わなくてもいいのではないか？　本当にこういう店が好きなのか、あるいは、実際にはさほど儲けていないのか。

この店は奥に向かって細長い造りで、右側に長いカウンター、左側の狭いスペースにはテーブル席が整然と並んでいる。カウンターは大理石なのに、テーブルには全て赤白チェックのテーブルクロスがかかっているので、何だかアンバランスな雰囲気だった。

店内は空いていて、ジャックマンはカウンターの一番奥の席についた。店内でもサングラスは外さない。この色眼鏡を、変装の唯一の手段として頼り切っている感じだった。カウンターは相当長いが、どれだけ離れていても、横並びで座るとバレてしまいそうな気がしたので、俺は入り口に近いテーブル席に陣取った。メニューをさっと眺めて、ポットローストを選ぶ。今日は雨で少し肌寒いから、温かい物が食べたかったし、ポットローストは煮こんであるのを温めて出すだけだから時間がかからない。

ジャックマンは、どことなくぎこちない様子で料理を注文していた。カウンターの向こうにいるウェイターは、目の前の男がジャックマンだとはまったく気づいていない様子だった。カウンターにコーラのボトルを置くと、そのままジャックマンを放置する。

俺のポットローストは、予想通りすぐに出てきた。深い皿に盛られた肉は、フォークで突いただけで崩れそうなほどしっかり煮こまれている。つけ合わせは、人参と大量のマッシュドポテト。口に入れると、肉はすぐにほろほろと崩れてしまう。なかなか丁寧な仕事をしているな、と俺は一人ほくそ笑んだ。肉を食べ、合間に野菜を口に運び、コーヒーで流しこむ。

ジャックマンはハンバーガーを選んだようだった。俺の座る席からははっきり見えないのだが、味を楽しんでいるというよりも、ただ昼飯の時間がきたから義務的に詰めこんでいる感じだった。相変わらず、心ここにあらず、という感じ……。

恋人を亡くしたからか？

恋人を殺されたら、その衝撃は計り知れないだろう。二度と立ち上がれないぐらいのショックを受けてもおかしくはない。それが一種の奇行ややる気のなさにつながってしまっても、責めることはできない。不思議なのは、彼が誰にも事情を打ち明けていないことだ。レコード会社の人間やバンドメンバーもあくまで「他人」であり、深い話はできないということか。相談できる相手が近くにいない人生は、辛いものがある。

いや、やはり彼自身がイーストリバー・キラーなのかもしれない。カンザス出身の純朴な青年が、ニューヨークの闇に毒されて連続殺人犯になってしまった……絶対に誰にも相談できないだろう。

もしも彼が本当にイーストリバー・キラーだったら、サイモンたちはどう対処するだろう。正体を隠し、精神科医に任せて犯行を抑えこみ、あくまでスターとして育てていく？　あり得ない。正体を誰かに知られたら、ジャックマンは今以上の変調を来すだろう。これまでと同じように曲を作り、人前で歌う——そんなことができるはずもない。それに、レコード会社がどんなに力を持っていても、これだけ世間を騒がせている犯行を隠蔽するのは、不可能ではないだろうか。

考えながら機械的にポットローストを食べ、時折カウンターを見遣る。ジャックマンはまったく姿勢を崩さず、同じペースで食べ続けていた。皿を空にし、コーラを飲み干し、ウェイターを呼んで一言二言話す。カウンターに小銭を置くと席を立った。勘定を済ませてさっさと立ち去るつもりかと思ったが、店の奥に向かう。おそらくトイレだろう。

俺は、テーブルに誰かが残していった『ニューヨーク・タイムズ』を手に取った。昨日のヤンキースの試合結果を確認しながら、ジャックマンがトイレから戻るのを待つ。トイレのドアが開いたら、すぐに新聞を顔の前で広げて、顔を隠さないと。

戻って来ない。

五分経ってもドアが開かないので、俺の頭の中で非常警報が鳴り始めた。カウンターの内側にいたバーテンがトイレに向かい、ドアを開ける。使っているのではないのか？　俺は慌てて立ち上がり、トイレのドアをノックした。

ドアが開き、怪訝そうな表情を浮かべたバーテンが姿を現す。

「トイレか？」

「いや」

ドアの正面、それに左側にドアがあって、それぞれが男女のトイレになっている。しかし右側には、細い通路が続いていた。また逃げられたか？

「さっき、ここに若い男が入って来たはずだ」俺はバーテンに詰め寄った。

「ああ」

「トイレじゃなかったのか？」

「いや。裏口から出るからって、会計は済ませていったよ」

やられた。こんなにあっさり尾行をまかれるとは。こちらの顔もバレていると考えた方がいいだろう。

今後、監視は極めてやりにくくなる。


その夜のサイモンとの会合は、極めて居心地の悪いものになった。高級レストランだったら、とても味を楽しめるような雰囲気ではなかった。会合場所がプラネット・レコードの事務所の一つ――サイモンのニューヨークのオフィスであることだけが救いと言えた。

サイモンは、俺が「まかれた」と打ち明けると、途端に渋い表情を浮かべた。

「顔がばれたということは、今後あなたに調査を任せるのはまずいかもしれない」

「失敗は認めます」俺は素直に言った。「彼は、異様に神経が鋭いのかもしれない。普通の人は、私が尾行しても絶対に気づきません」

「絶対ということはないのでは？」

「一週間尾行しても、たぶんあなたにはまったくわからない」

「まさか」

俺はそれ以上の説明を避けた。警察官時代から尾行は得意で、実際、これが生まれて初めての失敗だった。それで、ジャックマンがイーストリバー・キラーだという確信がさらに強くなる。犯罪者というのは、とかく神経が鋭くなりがちなのだ。常に「追われているかもしれない」と疑っているから、歩いている時も前後左右に気をつけるようになる。ジャックマンは、そういう素振りを一切見せなかったのだが……。

「どうしますか？　この時点で私を馘にしても構いません。探偵はいくらでもいるし、紹介しましょうか」しかし、仮にここで契約を切られても、俺はジャックマンの追跡を止めるつもりはなかった。イーストリバー・キラーは、俺にも関係する犯罪者なのだ。

「うむ……」サイモンが黙りこみ、葉巻の端をシガーカッターで綺麗に切った。ほどなく、狭い部屋が葉巻の煙で白く染まる。

「ジャックマンには恋人がいたようですね」

「そうなのか？」サイモンが身を乗り出した。「初耳だ。まずい相手なのか？」

「そういうわけではないようですが、彼も自分の立場は弁《わきま》えていたのかもしれません」

「確かに、これからという若いスターに恋人がいるのがばれたら、女性人気はガタ落ちだろうな」

「彼がその件を打ち明けたら、どうしました？　別れさせますか？」

「いや、そこまでは……」サイモンが渋い表情を浮かべる。「ただ、バレないように細心の注意を払ってもらう――そのためにこっちもサポートするだろうな。それで、どうなんだ？　今もつき合っているのか？」

「いいえ」シャーロットが恋人だったら――彼女は既に死んでいる。

「何だ」サイモンが両手を広げる。「だったら問題ないじゃないか。それとも、まだ何か問題が？」

「あります」

「どんな？」

「それは言えない」

「おいおい」サイモンが目を細める。「わかっているなら、きちんと報告してくれたまえ。探偵の仕事とはそういうものだろう」

「それは、通常の仕事の場合です」

「これは通常じゃないのか？　調査対象に恋人がいたことを突き止める――ごく普通の調査だと思うが」

「犯罪が関係しているとしたら、話は別です」

「ジムが犯罪に絡んでいるとでも？」

「はっきりしたことはまだわかりませんが」

サイモンが、葉巻をきつく噛み締める。食いしばった歯の隙間から「あり得んだろう」と否定の台詞を吐き出した。

「どうしてあり得ないと言えるんですか？」俺は追及した。

「彼は、カンザスの田舎出身のオール・アメリカン・ボーイだ。今は音楽のことしか頭にない。せっかくニューヨークにいるのに、有名人たちとのつき合いを楽しもうともしないしな。普通、ああいう立場になって懐に金が入ってくれば、贅沢をするようになるものだ。つき合いも増えてくる。しかし彼は、そういう社交生活には一切興味がない」

「そのようですね。食事をする時も、一人でごく普通のダイナーを利用することが多い。ニューヨークで一人で暮らしている若者の、平均的な生活ですよ」

「そうか……」

「彼は、十分儲けているんでしょう？」

「詳細は言えない——そもそも私はレコード関係のことしかわからないが、彼の場合は自分で曲を作って自分で歌うから、印税は全て彼の懐に入る。ビルボード一位のヒットはまだないが、コンスタントに稼いでいるよ」

「それ以外は？」

「テレビやラジオの出演料もあるし、コンサートのギャラも少なくない」

ということは、シャーロットのために家を借りてやり、生活費を出すぐらいは、大した負担にならなかったのだろう。

「彼の恋人は誰なんだ？」サイモンが迫る。

「今は言えません。確証があるわけではないので」

「恋人と別れて、精神状態が悪化したというのか？」

「それだけ純朴な青年ということでしょう。別れ方が悲惨ならば、ショックも大きかったはずです」

「だったら、話は難しくないな。こちらできちんとケアしてやれば済むじゃないか。何だったら、別の女をあてがってもいい」

「今はまだ、何も言わない方がいいと思います」誰かから指摘されたら、ジャックマンがどういう行動に出るかわからない。

「どうして」

「情報がはっきりしない状態で話を持ち出したら、彼も困るでしょう。それに、彼があなたたちに心を開いているとは思えない」

「彼は、我々のスターだよ」

「つまり、あなたたちの金蔓、ということですよね？」

俺の指摘に黙りこんで、サイモンがしきりに葉巻をふかす。しかしほどなく口を開くと、「互いに利益は一致しているんだ」と低い声で言った。

「あなたたちは彼を使って金を儲けられる。ジャックマンは自分の曲をリリースして、たくさんの人に聴いてもらえる——そういうことですか」

「ああ」

「つまり、あくまでビジネス上の関係だ。そこに友情はない。ニューヨークに、彼の友だちと言える人間はいないんですか？」

「アランは、仕事の時は必ずジムと一緒にいる」

「ミスタ・ウィルキンソンも、あくまで仕事のパートナーです。彼自身、ジャックマンとの間には薄い壁があるのを意識している。それがジャックマンのせいなのか、周りのせいなのかはわかりませんが」

「ジムはそういう男なんだ。シャイで、人との関係を築くのが苦手だ」

「そういう若者が、大勢の人の前で演奏するのが信じられませんね」

「それが、彼の子どもの頃の夢だったからね。ステージの上の彼と普段の彼は別人だ。実際、スターと呼ばれる人の中には、そういうタイプの人間も少なくない」

「なるほど……彼には、本当に友人と言える人間はいないんですか？」俺は質問を繰り返した。

「私が知る限りでは」

「私がこれまで調査した中でも、孤独な生活をしているとわかりました。親しくしているのは、レコード屋の店主や行きつけのレストランのウェイトレスぐらいですよ」

「そのウェイトレスが恋人なのか？」サイモンが身を乗り出す。

「いや、その人は彼の母親ぐらいの年齢です。故郷の家族を思い出させる存在ということですよ」

「だったら彼の恋人は誰なんだ？」サイモンが首を捻る。

「もう少し調べさせて下さい。もしも私を馘にしないのだったら」

「……わかった」サイモンがあっさり言った。「あと一週間、ジムの観察を継続してくれないか？　それである程度の結論を出して、どうするかを決めたい」

「わかりました。彼の予定はまた、ミスタ・ウィルキンソンに確認します」

「わかった。しかし、困るな」サイモンが渋い表情を浮かべた。「レコーディングが滞っているんだ」

「先日、アレンジャーと揉めた一件が原因ですか？」

「ああ」サイモンがうなずく。「あのアレンジャーは、激怒して降りた。別の人間を探して、明日にはスタジオで顔合わせの予定だ。それで一からやり直しだよ」

「リリースのスケジュールは大丈夫なんですか？　来月ですよね」

「まあ……」サイモンが顔を歪める。「それを何とかするのが私の仕事だからね」

「協力させてもらいますよ——ジャックマンの一ファンとして」

イーストリバー・キラーかもしれない男のファンと自称するのは、極めて妙な気分だったが。


翌日、俺はスタジオに赴《おもむ》くことにした。ジャックマンに顔を見られる恐れはある——すぐ近くにいたら、彼がどういう反応を見せるか心配だった——が、一度間近で彼の様子を見てみたかった。それに尾行には「わざと姿を見せる尾行」というのもある。相手に「マークされている」と悟らせ、プレッシャーをかけるやり方だ。それで焦ってミスする犯人もいる。

レコーディングには、ウィルキンソンが立ち会う。とはいえ彼はミュージシャンではないので、やることもない。スタジオ手前にあるコントロールルームの片隅でソファに腰かけ、つまらなそうに『タイム』を読んでいた。

大きな窓の向こうがレコーディングスタジオで、今そこに入っているのは、ジャックマンも含めた「ザ・ハイランダーズ」の五人と、頭が禿《は》げ上がった小柄な男だった。それが新しいアレンジャーだと、ウィルキンソンが教えてくれた。

俺は窓には近づかず、ウィルキンソンの近くで、立ったまま中を観察し続けた。演奏は始まらず、話し合いが延々と続いている——主にジャックマンとアレンジャーの間で。ギタリストのビル・ジョーンズは欠伸を噛み殺していた。出番はまだまだ先……ジャックマンとアレンジャーの話し合いがまとまらないと、とてもレコーディングは始まりそうにない。

「何を揉めてるんだろう」俺はウィルキンソンに訊ねた。

「さあ……私はレコーディングの内容には口を出さないから、わからないな。でも、よくあることだ」

「先日の、弦を入れるという話は？」

「あの曲は、しばらく棚上げになった。ジムが、『なかったことにする』と言い出してね」

「自分で作った曲をお蔵入りさせる？　もったいない話だな」

「その辺の考えは、私には理解できない」ウィルキンソンは、雑誌から顔を上げようともしなかった。

見ているうちに、スタジオの中の雰囲気が急に険悪になり始めた。声は聞こえないが、ジャックマンとアレンジャーの距離が縮まっている。ジャックマンが一方的に詰め寄っている感じだった。アレンジャーの顔面は蒼白になっている。

「まずいな」

俺がぽつりとつぶやくと、ウィルキンソンがようやく顔を上げた。立ち上がり、スタジオの中を覗きこむ。

「ああ、まずい」ウィルキンソンがスタジオのドアに向かった。コントロールルームで演奏の始まりを待っていた技術者二人も立ち上がっている。

ウィルキンソンがスタジオのドアを開けた瞬間、ジャックマンの怒声が鳴り響く。考えてみれば、彼の生の声を聞くのは初めてだった。

「ふざけるな！」予想よりも甲高く、怒りと焦りが滲んだ声。

「ジム！」ウィルキンソンが叫んだが、その声は届かなかったようで、ジャックマンがアレンジャーに摑みかかった。

俺はスタジオに飛びこみ、ウィルキンソンの脇をすり抜けてジャックマンに迫った。アレンジャーに殴りかかろうとしたジャックマンの右腕を背後から押さえ、さらに羽交締《はがいじ》めにする。身長は俺とさほど変わらないが、体重は俺の方がずっと重い——ジャックマンが体を揺すって抵抗したが、俺は何とか彼を押さえこんだ。その瞬間、ジョーンズと目が合う。彼は私のことを覚えていたようで、ニヤリと笑った。まるで「よくやってくれた」とでも言うように。

「何だ、お前は！」

前を向いたまま、ジャックマンが叫ぶ。俺は彼の耳元で「セキュリティだ」とささやいた。後ろを振り向けないから、ジャックマンは俺の顔を見ることはない——この件に絡んでいることは、やはり知られたくなかった。

「騒がないでくれ」

「ああ、わかった——わかったよ」

ジャックマンが素直に言ったので、俺は羽交締めを解いた。ジャックマンが素早く身を翻し、俺に殴りかかってくる。大振りの、右のテレフォンパンチ——ウィリーだったら、ニヤニヤしながらカウンターのＫＯパンチを見舞うだろう。俺は当然、ウィリーのように素早くは動けないが、彼に顔を見られないようにすっと身を沈め、左腕を上げてパンチをブロックし、右の拳を彼の鳩尾《みぞおち》に叩きこんだ。ジャックマンがよろめき、二、三歩後ずさる。ウィルキンソンが慌てて支えたが、ジャックマンは体を折り曲げたまま、激しく咳《せ》きこみ始めた。

「今日は終わりだ！」ジャックマンが叫び、ふらふらした足取りでスタジオを出て行く。残されたアレンジャーは恐怖の表情を浮かべていたが、ジョーンズたちは平然としている——いや、さすがに呆れているようではあったが、驚いてはいなかった。

「いい仕事でしたね」ジョーンズが小声で言って、俺に向かって親指を立てて見せた。肩から提げていたギターを外す。「しかし、俺たちは今日も仕事にあぶれたな」

「あれが普通なのか？」

「人を殴ろうとしたのは初めてだけど……ま、我らがボスのご機嫌は、さっぱりわかりませんよ。おい、今日は解散しようぜ」

バンドメンバーに声をかけると、他のメンバーもさっさと楽器を片づけ始めた。こんなことは慣れっこで、大した問題ではないとでも言うように。

コントロールルームに戻ると、ジャックマンの姿はなかった。

「彼は？」

「トイレだ」ウィルキンソンが答える。

吐くほど強く殴った覚えはないが……ウィルキンソンが平然とした表情だったので、大したことはないだろうと判断する。

「これからどうするんだろう？」

「さあ……これで予定がポッカリ空いてしまった」

「俺は一緒に行けない。ここで待機しているから、次の動きがあったら教えてくれないか？」

「わかった」

「しかし……あなたの仕事も大変だ。ベビーシッターみたいだな」

「慣れてるよ」ウィルキンソンが肩をすくめたが、その顔に疲れた表情が浮かんでいるのを俺は見逃さなかった。

ジャックマンに見られないために、俺はもう一度スタジオに入った。見ていると、ジャックマンはフラフラした足取りでコントロールルームに戻って来て、ウィルキンソンに一声かけてさっさと出て行った。ウィルキンソンが後を追ったが、背中を見た限りでも疲れてみえた。

自棄酒でも呑むのだろうか。あまり酒を呑まない人間にとって、酒はストレス解消の役には立たないのだが。翌日には二日酔いのストレスを抱えこむことになる。

第五章　秘密

スタジオの近くにある「ビート・マニア」という店の壁は映画スターやミュージシャンなどのポスターで埋まり、壁の一角は本棚になって、ずらりと本が並んでいた。席は長いカウンターだけで、その一番奥にジャックマンとウィルキンソンが並んで座っている。ただしウィルキンソンは、椅子一つ分、間隔を空けていた。殴りかかられても拳が届かない——賢明な判断だ。ウィルキンソンは、頼りなさそうに見えて場馴れしているようだ。

俺は入り口に近い席に腰を下ろした。カウンターの中にいた男は、とてもここの店員には見えない。あちこちにパッチが当たったシャツを着ているのはともかく、長髪なのだ。それを後ろで一本に結び、歩く度に揺らしている。こんなに髪が長い男を、俺は初めて見た。

「コーヒーを」

「コーヒー？」男が咎めるように言った。

「ビールには早過ぎる」

「ビールなんか、酒のうちに入らないよ。ありゃあ、水みたいなもんだ」

そう言う男の鼻には、毛細血管の複雑な模様が浮き出ていた。何歳なのかまったく見当がつかないが、成人してからの人生を、ビールよりずっと強い酒を相棒にして生きてきたのは間違いないだろう。

ジャックマンとウィルキンソンは、話し合っているわけではないようだった。ひたすらジャックマンが酒を呷り、その横でウィルキンソンは、自分のグラスを両手で包んで温め続けている。マネージャーというのは、実に因果な商売だ。機嫌を損ねたスターの世話をするのは、この世で最悪の仕事だろう。しかしジャックマンは、あんな勢いで呑んで大丈夫なのだろうか。酒はあまり呑まないはずだが……。

コーヒーが来た。一口飲んで俺は驚いた。これまで飲んだコーヒーの中で一番美味い。急いで男の顔を見ると、平然としている。

「ここは、酒を出す店なんだよな」俺はつい確かめた。

「見ての通りだよ」男が自分の背後の棚に向かって手を振った。ありとあらゆる種類のウィスキーやバーボンが、ずらりと並んでいる。

「だったら、どうしてこんなにコーヒーが美味いんだ?」

「腕だよ、腕」男が髭面を歪ませるように笑い、太い右の二の腕を左手で叩く。

俺は煙草に火を点け、前方に並ぶ酒瓶を見つめて時間を潰そうとした。とにかく時間が過ぎるのが遅い。とはいえ、外で待つのは危険だ。先日まかれた時の嫌な記憶が蘇ってくる。

煙草を二本灰にしたところで、店のドアが開く。こんな穴蔵のような店に、昼間から客が入って来るとは——しかし、店に入って来たのは、この店にはいかにも不釣り合いなティーンエイジャーの女の子三人組だった。カウンターの中にいた男と俺の目が合う。彼も戸惑っていた。珍客乱入という感じなのだろう。

三人組の目的はすぐにわかった。カウンターにつくでもなく、店の奥を見てはひそひそと話し合っている。お目当てはジャックマンか……しかし、この状況はいかにもまずい。それほど酒が強くないジャックマンは、相変わらずウィスキーを喉に放りこむように呑んでいる。泥酔している姿をファンに見せるわけにはいかないし、酔っ払えば不測の事態が起きるかもしれない。

ウィルキンソンもいち早く、三人の存在に気づいた。俺と目を合わせると、静かにうなずきかけ、女の子たちに向かって顎をしゃくる。排除してくれ、か。仕方ない。正式なセキュリティではないが、ジャックマンの安全を守るのも俺の仕事だ。守る相手はロックンロール・スターではなく、イーストリバー・キラーかもしれないが。

俺は椅子を離れ、女の子たちのところへ歩み寄った。体のでかい、しかもハンサムとは言い難い男が圧をかけているのに、まったく平然とした様子である。

「君たち、ミスタ・ジャックマンに会いに来たのか？」

「そう！」先頭にいる女の子が、興奮した声を上げた。「スタジオの前で待ってたのよ。ここに入るのは怖かったけど……」

「思い切って入ってみた、か」

俺は後ろを向き、カウンターの内側にいる男に目配せした。小娘たちに「怖い店」と言われ、困ったように目をぐるりと回して見せる。

「中に入れてよ」俺が狭い通路を塞《ふさ》いでいるのが気に食わないのか、少女たちがぐっと前に出て来る。

「悪いけど、今、ミスタ・ジャックマンはプライベートな時間なんだ」俺は両手を広げてストップをかけた。

「あなた、誰よ」

「セキュリティ」

しかし、その言葉は何の効果も発揮しなかった。三人はぐんぐん間を詰めてくる。先頭の小柄な女性の胸が、俺の腹にくっつきそうになった。

「ミスタ・ジャックマンにも静かな時間が必要なんだ。一人にしておいてくれないかな」

「だって……」

「君たちにも、一人の時間は必要だろう？　ミスタ・ジャックマンだって同じだよ。特に彼は、いつも人に見られてストレスが溜まっているんだから」

しばらく押し問答を続けて、結局俺は三人を追い出すのに成功した。ほっとして振り返ると、全身に酒が回ったらしいジャックマンが、椅子から転げ落ちるところだった。


体のでかい酔っ払いほど手に負えないものはない。俺とウィルキンソンは、二人がかりでジャックマンを何とかタクシーに押しこんだ。俺は助手席に落ち着いたが、額を流れる汗が止まらない。

ウィルキンソンが「西六十丁目とフリーダム・プレイス・サウスの角まで」と告げる。無愛想な運転手は、後部座席で半ば気を失っているのがスーパースター候補だとは気づきもしない様子で、無言で車を出した。

「彼がこんな風に呑むことは？」俺は前を向いたままウィルキンソンに訊ねた。

「初めてだ」

「今日は、そんなに腹に据えかねたのかな」

「そうかもしれない。これだけ酔ってたら、本人が覚えているかどうか怪しいけど」

「あんたも大変だ」

「慣れてるよ」

それからは無言。二十分ほどで、タクシーはジャックマンのコンドミニアムの前に到着した。酔っ払いの面倒を見る厄介な仕事が終わってほっとする。

しかし、これはチャンスだ。彼が酔っ払って寝ている間に、部屋の中を調べてみるのもいいだろう。何か見つかれば——例えば拳銃とか——捜査は一気に進む。

今日のドアマンは、俺がこのコンドミニアムで最初に会った黒人だった。両脇を二人に支えられたジャックマンを見て、ドアマンは一瞬目を細めたが、すぐに鍵を開けてくれた。こういうことにも慣れっこという感じである。

ウィルキンソンは、部屋の合鍵を持っていた。ドアを開けると、二人がかりで何とかジャックマンをソファに寝かせる。俺はワイシャツの袖で額の汗を拭った。小柄なウィルキンソンは息も絶え絶えに、一人がけのソファにへたりこんでしまう。

「何か飲むか？」俺は体力の限界に達したらしいウィルキンソンに声をかけた。

「ああ……何でもいいから、アルコールの入ってない、冷たいものを。冷蔵庫に何か飲み物があるはずだ」

確かに。冷蔵庫を開けると、食品も飲み物も大量にあった。ここで一人、ジャックマンがピーナツバターとバナナ、ベーコンのサンドウィッチを作って侘《わび》しく食べているのは本当だろう。飲み物はジュースや水……アルコールはビールが三本入っているだけで、彼が普段は酒とあまり縁のない生活を送っているのはわかった。

俺はコーラを二本取り出し、栓を開けて、一本をウィルキンソンに渡した。自分も口をつける。よく冷えたコーラのおかげで、一気に汗が引いていくようだった。

「まめに買い出ししてるようだな。冷蔵庫は一杯だ」

「いや、定期的に食材を運ぶようにしているんだ」ウィルキンソンが説明した。

「買い物も自由にできないわけか……しかし、夜中に一人で出かける時もある」

「それはまったく知らなかったよ。しかし、何も一人でダイナーに通わなくてもいいのに。何か問題が起きたら困る」ウィルキンソンが顔をしかめる。

「通ってるわけじゃない。単に飯を食べに行ってるだけだ」

「わからないなあ」ウィルキンソンが肩をすくめる。「私はたくさんの歌手のマネージャーをやってきたけど、あいつらの遊びをコントロールするのは大変だった。ジムは逆だ」

「だったら扱いやすいのでは？」

「最初の頃はそう思った。ただ、今はちょっときついな。大人しい真面目な音楽青年が、急に変わってしまったわけだから」

溜息をつきながら、ウィルキンソンがジャックマンを見やった。マネージャーの心配に気づく様子もなく、軽い寝息を立てている。

「今まで、スタジオで騒ぎを起こしたことは？」

「今日みたいなことは一度もなかった。完璧主義者だから、バンドの連中やアレンジャーと真剣に遣り合うことはあったけど、あくまで作品を仕上げるための前向きの話し合いだからね。感情的になって相手に殴りかかるようなことは……これが初めてだ」ウィルキンソンが急に声をひそめた。「やっぱり、女のせいなのか？」

俺は唇の前で人差し指を立てた。ジャックマンは狸寝入りをしているだけで、こちらの話に耳を傾けているかもしれない。

「ミスタ・サイモンからは、あと一週間、監視を続けるように言われている。彼の今後の予定は？」

ウィルキンソンが背広のポケットから手帳を取り出した。明日から三日間、西海岸へ行くことになっているという。サイモンはレコーディングの遅延を心配していたが、大丈夫なのだろうか。

「西海岸行きの目的は？」

「映画の出演予定があるんだ」

「エルヴィスと同じ路線でいくわけか」

「全国の人にお披露目するには、映画が一番だからね。今回は、その打ち合わせだ」

「撮影は？」

「今のところの予定では、八月ぐらいからクランクインだ」

「そうすると、しばらくニューヨークを離れることになるな」

「まだはっきり決まっていないが、二週間ぐらいだと思う」

今の状態で、演技などできるのだろうか。そもそも彼は演技ができるのか？　その辺は俺にはわからないが、まあ、プロがやることだから何とかなるだろう。エルヴィスの映画だって、観られたものではないだろうと言われていたのに、客は映画館に押しかけている。スターが銀幕の上で動いていれば、それで満足というファンも多いわけだ。

「向こうへは誰が？」

「私が同行する」

「一人で大丈夫か？」

「向こうで、嫌というほどたくさんの人間が出迎えてくれるさ」

「飛行機の中で呑ませないように気をつけないと」俺はジャックマンをちらりと見た。声をひそめ、「今まで、あんなに酔ったことはないんだな？」と確認する。

「ああ」俺に合わせて、ウィルキンソンも声を低くした。「少なくとも私は見たことがない。そもそも、喉を気にしてあまり呑まないし」

「相当ストレスが溜まっているようだな。あんた一人で本当に大丈夫か？」

「西海岸まであなたについてきてもらってもいいけど……ミスタ・サイモンもそれぐらいの金は出すだろう。心配か？」

「心配は心配だけど、遠慮しよう」三日間は貴重だ。本人がいない間に、この家を調べられれば、何か出てくるかもしれない。「俺は、彼には顔を晒したくない。少なくとも、この段階では」向こうが、今日俺の存在を認識していたかどうかはわからない。確かめることもできない。

「誰か、アシスタントを連れていくよ」ウィルキンソンが溜息をついた。

「そうしてくれ。俺は飛行機には乗ったこともないし、狭い場所は苦手なんだ」ウィルキンソンが低く声を上げて笑った。あまり楽しそうな笑い声ではなく、目は笑っていない。

「恋人の話なんだけど……誰なんだ？」ウィルキンソンが真顔に戻って訊ねた。

「今はまだ言えない」

「言えない事情でも？」

「はっきりしないから。曖昧なことは言いたくないんだ」

「なるほど……」

「ちょっと、いいか？」

俺は彼を促《うなが》して、玄関の方へ向かった。ウィルキンソンが不思議そうな表情で付いて来る。ジャックマンが眠るソファから十分に離れたと判断したところで、俺は小声で切り出した。

「あんたは、この家の合鍵を持っている」

「ああ。念のために」

「西海岸へ行っている間、その鍵を借りることはできないだろうか」

「どうして」ウィルキンソンが顔をしかめた。「何をするつもりなんだ？」

「この部屋を調べたい」

「調べるって……いったい何が知りたいんだ？」

「わからない」俺は首を横に振った。「ただ、調査を依頼された以上、彼については全てを知りたいんだ。暮らしている部屋の様子を把握するのは、基本中の基本だから」

「まるで犯人扱いじゃないか」ウィルキンソンが抗議する。

「そういうわけじゃない。とにかく、自宅は情報の宝庫なんだ」

「あなたは、何を疑ってるんだ？」

「麻薬の可能性も、まだ否定できない。今日の急に激昂した様子を見ると、何かおかしな薬を常用していてもおかしくないんだ。ドラッグの問題があったら、あんたらも困るだろう。証拠を押さえられれば、治療に専念させることもできるはずだ」

「だったら、今調べれば？」

「それはできない」俺は首を横に振った。「ジャックマンがいつ目を覚ますか、わからないじゃないか。彼がニューヨークにいない時に済ませたい」

「ミスタ・サイモンと相談してからにしたい」

「わかった。すぐに相談してくれ」

俺が急かすと、ウィルキンソンは勝手に寝室に入って行った。そこに電話があるのだろう。やがて、彼の低い声が聞こえ始めた。揉めている様子ではないとほっとしながら、俺は部屋の中を見回し始めた。

何となく、ホテルを彷彿《ほうふつ》させる。生活の匂いが乏《とぼ》しいのだ。おそらく家具も備えつけで、彼が買い足したものは一つもないのでは——いや、レコードプレイヤーとラジオ、テレビは彼が買ったのかもしれない。こういうのは、いわば商売道具だ。そしてレコードプレイヤーの横には大量のレコード……大部分は、ニューヨークで買ったものだろう。ざっと調べると、やはり黒人のブルースのレコードが多い。やはり彼自身は、もっと「黒っぽい」音楽をやりたがっているのかもしれない。白人がブルースを歌うなど、俺には想像もできないが。せいぜいロックンロール……白人向けに黒さを薄めた音楽が限界ではないだろうか。

寝室にはギターも何本か置かれている。ギターのことはよくわからないが、これが彼の愛器ということだろう。

ジャックマンが小さな声を上げたので、俺はびくりとして彼を見た。目覚めたかと思ったら、寝返りをうっただけだった。今は俺の方に背中を向け、穏やかな寝息を立てている。

ウィルキンソンが寝室から出て来て、俺に向かってうなずきかける。OKか……コソ泥のような真似だが、これは仕方がない。ジャックマンがニューヨークにいない時が、俺にとっては最高のチャンスなのだ。

合鍵を受け取って家に帰った俺は、酒も呑まずに早々とベッドに潜りこんだ。ここしばらく、いろいろなことが重なって疲れきっている。気力で何とか乗り切ってきたが、一度リセットしないとダメージが大きくなりそうだ。何も考えずに十時間眠り、明日はたっぷりの朝食を摂ってからコソ泥に変身だ。

枕元の電話が鳴った。

手探りで受話器を取り上げ、ベッドサイドライトを点けた。電話が鳴ると一瞬で目が覚めるのは警官時代に叩きこまれた習慣である。枕元の時計を確認すると、午前二時。こんな時間に電話してくるのは誰だ？

「――もしもし」

「手を引け」

おいおい……俺は一瞬受話器を耳から外した。ジャックマンか？　声はくぐもっていてはっきりしない。受話器にハンカチか何かを被せ、声を曖昧にしているようだ。

「あまり独創的な台詞じゃないな」俺はつい皮肉を吐いた。「そもそも何から手を引けって言うんだ？」

「いいから、手を引け」

「ジャックマンか？　俺の電話番号をどうして知った？」調べるのは簡単だ。電話帳に出ている。

相手が沈黙する。当たり、だろうか。相手は無言で、息遣いだけが聞こえてくる。

「脅迫なら、もう少し上手くやってくれ。上手くというのは、こっちが恐怖心を抱くようなやり方だ。例えば、いきなり撃った方が、相手は怖くなる――前にお前がやったように」

「手を引け」

相手がもう一度低い声で言って、電話を切ってしまった。

やはりジャックマンだったのだろうか。声を聞いただけでは判断できなかったが、他にこんなことを言ってくる人間がいるとは思えない。

いかにも素人じみたやり方だから、心配には及ばないだろう。しかし俺は、念のために戸締りを確認し、いつも夜は枕の下に置いている拳銃に銃弾が装填されているのを確かめた。相手がいきなり襲って来るとは思えないが、用心に越したことはない。

俺は誰を相手にしているのだ？　ジャックマンなのか？　彼以外の人間が絡んでいたら、事態は極めて複雑になるし、ジャックマン本人だったら面倒この上ない。いずれにせよ、俺は泥に足を突っこんだようだ。


ジャックマンは、朝一番の飛行機で西海岸へ飛んだはずだ。俺はサムズ・キッチンで「いつもの」朝食を済ませ、アッパー・ウェストサイドへ向かった。

朝から夏のような日差しが降り注ぐ一日で、地下鉄から地上へ出た途端、上着が邪魔になるが、拳銃を隠すためには脱ぐわけにはいかない。毎年夏になると、拳銃を持ち歩く上手い仕組みを考えた方がいい、と考える。結局はいいアイディアが浮かばず、今年も上着を汗で駄目にしてしまうだろうが。

今日のドアマンは、先日ジャックマンが何度か女を連れて来た、と証言した男だった。「鍵を預かっている」と言うと、彼はあっさり中へ入れてくれた。

「今日は何事だい？」

「ちょっとね……レコード会社に頼まれていることがある」

「ミスタ・ジャックマンは、西海岸へ行ったそうだが」

「彼がいない時の方がいいんだ」

「何でもいいけど、面倒なことは起こさないでくれよ」

「面倒が起きないようにするのが、俺の役目なんだ」

笑みを浮かべたが、ドアマンは肩をすくめるだけだった。

部屋に入ると、まず室内全体の様子を確認した。時間はある——ジャックマンが戻って来るのは明後日だから、今日一日で終わらなければ、明日出直してもいい。

寝室のクローゼットから捜索を始めた。ステージ用の衣装などがずらりと揃っているのではと想像していたが、実際にはシャツやスーツなどの普段着が入っているだけだった。仕事用の衣装は、どこか別の場所に保管してあるのかもしれない。靴は綺麗に磨かれ、きちんと揃えて服の下に置かれていた。ジャックマンは音楽に関してだけでなく、私生活もきちんとしている人間のようだ。昨日のように暴れたり、気を失うまで呑むのは、やはり異常なことなのだろう。

服のポケットまで探ってみたが、何も見つからない。次いでデスクを調べる。デスクライト、それに本が何冊か置いてあるだけだった。サリンジャーの『ナイン・ストーリーズ』、ケルアックの『路上』。最近の若者が普通に読むような本だが、どうやら読んではいないようだ。買ってきてそのまま──開いた形跡がない。

しかし引き出しを順番に調べ始めると、俺は最上段で早くも「当たり」を引き当てた。ジャックマンとシャーロットが一緒に写った写真。場所はコニー・アイランド（ブルックリン南端にある都市近郊型のリゾート。遊園地や水族館などがある。ホットドッグの早食い大会が開かれる「ネイサンズ」でも有名）だとすぐにわかる。背景に、有名な観覧車が写っているのだ。二人は明るい陽射しの下、ボードウォークに立ち、頬を寄せるようにくっついていた。いい笑顔だ……そう言えば俺は、ジャックマンの笑顔を見たことが一度もない。テレビに出ている時でさえ、「少し怒った、不機嫌な若者」のイメージを貫いているようにしか見えなかった。

しかし、大胆なことだ。当然、誰かに撮影してもらったのだろうが、ジャックマンは正体がバレてまずいことになるとは考えなかったのだろうか。コニー・アイランドは、若者や子どもたち──一番テレビを観る世代だ──で賑わっているから、歩いているだけで気づかれ、大騒ぎになってもおかしくないのに。もしかしたら「故郷から出てきた妹だ」とでも言い訳していたのかもしれない。

二人で一緒に、明るい街を歩きたかったのだろうか。遊園地で観覧車に乗りたかったのだろうか。ジャックマンの立場では、それがなかなか叶わないことは明らかなのだが。シャーロットも、こういう生活に満足していたのだろうか。まるで愛人として囲われたような生活で、息が詰まったのではないか。オーディションへの参加もやめてしまい、働きもせず、ただ狭い部屋でジャックマンが訪ねて来るのを待つだけの日々……考えただけで息が詰まりそうだ。

二人揃って写っているのは一枚だけだが、シャーロットが一人だけで写っているのが何枚か……ジャックマンが自分でシャッターを押したものだろう。どれも自然な笑顔だった。

他には、手紙が大量に出てきた。故郷の両親から送られてきたものが多い。住所はカンザスだが、ジャックマン家からではないものは、故郷の友人たちからの便りだろう。中身を改めて見ると、やはり友人たちだった。興奮した調子で、「テレビを観た」とか「レコードを買った」とか書いてあるものばかり。

ジャックマンには、故郷には普通に友人がいるわけだ。それがニューヨークでいきなり一人きりになった。周りで世話を焼いてくれる人はいるものの、心を許せる人間はシャーロットだけ。その彼女を失ったら、精神がボロボロになるのは当然だろう。

しかし、ジャックマンが彼女を殺したとしたら？

彼がイーストリバー・キラーだったら、自ら恋人を殺したことになる。そんなことがあるだろうか。そもそも彼に、それほど自由になる時間があったのか。イーストリバー・キラーは、これまでに何度も犯行に及んでいる。犯行時刻はいずれも真夜中。忙しい毎日を送っていた彼が、夜中に歩き回ってターゲットを探していたとは想像しにくい。

俺は徹底して調査を進めた。部屋の中はだいたい見てしまい、後は……ジャックマンはベッドをきちんと整えていた。几帳面な人間だからおかしくはないが、何かが気になる。この部屋で他に何かを隠せる場所というと——慎重にカバーを剝がし、マットレスをどけてみる。

拳銃だ。


拳銃は、コルト・ポリス・ポジティブ・スペシャルだった。今世紀初頭から製造が続くロングセラーモデルで、それだけ信頼が高いとも言える。三十八スペシャル弾で、近距離の敵なら一発で倒せる。金属部分はシルバー、銃把は木製で、滑り止めをかねてか、文字が彫りこんである。「Too Young to Die, Too Old to Live」。持ち主——ジャックマンには、何かこだわりがあるのだろうか。いかにもロックンロール的な台詞だが。

ここから拳銃を持ち出すかどうか、俺はしばし悩んだ。警察に引き渡せば、弾道検査をして、実際に犯行に使われたものかどうか、すぐに割り出してくれるだろう。しかし、いきなり話を持ちかけても、調査してくれるとは思えなかった。それに、今俺がここで拳銃を見つけたのが法的に問題ない行為と言えるかどうか、微妙だ。監視を頼んできた人間の許可を得ているとはいえ、この部屋に住むジャックマンには無断である。容疑もないのに勝手にプライベートな空間を調べて拳銃を見つけても、判事が証拠として認めてくれる可能性は低そうだ。

ジャックマンがイーストリバー・キラーなら、絶対に法の裁きを受けさせたい。そのためには正式な捜査をして、裁判に持ちこむことだ。この男がウィリーとシャーロットを殺したとしたら、俺には個人的に復讐を果たす意味があるのだが、ただ感情に駆られて動いてはいけない。

結局、今回はそのままにしておくことにした。リキに相談して、何とかもう一度部屋に入る手段を後で考えよう。

外へ出た。一階のスーパーのところに公衆電話があったのを思い出したので、ヴィクに電話を入れる。彼女は今日遅番で、店に出るのは夕方近くになるはずだ。

「ずっと電話してたのよ」開口一番、ヴィクが抗議した。「あなたを摑まえるには、どうしたらいいの？」

「すまない。今日は朝からずっと動いていたんだ。何かあったのか？」妙に前のめりになった彼女の態度が気になる。

「うちのウェイトレスで、シャーロットとジャックマンが親しそうに話しているのを見た人間がいるのよ。それに、シャーロットの仕事が終わる時間に、ジャックマンが迎えに来ることもあったみたい」

「ありがとう。当たり、だな」俺は、二人が一緒に写った写真を見つけたと告げた。

「それ、完璧な証拠じゃない」

「ああ」

「じゃあ、私の聞き込みは無駄になったわけ？」

「そんなことはない」俺は苦笑した。「君はよくやってくれた。どこかで美味しいディナーを奢るよ。リトル・イタリーにいい店があるんだ」ボーノでの食事を想像すると、急に腹が減ってきた。もっともあそこでは、ジャックマンと鉢合わせしてしまう恐れもあるが。

「外で食事なんかして、大丈夫なの？」

「もう少しで決着がつくかもしれない。そうしたら――」

「本当に？」ヴィクの声が弾んだ。「でも、外じゃなくて、うちで何か食べてもいいわよ。美味しいもの、作ってあげる」

「それもありがたい……また話そう」

「気をつけてね」

「気をつける、か。それは俺の聖書の一ページ目に書いてあるよ」あるいはニューヨークで暮らす人間全員の。

もちろん、気をつける——しかし俺は、危うく全てを台無しにするところだった。

コンドミニアムの前で、一台の車——いつものプラネット・レコードの車だ——が急停車した。まだ停まりきらないうちに後部のドアが開き、ジャックマンが飛び出して来る。何事だ？ 俺はスーパーの入り口に身を隠した。彼のすぐ後からウィルキンソンも出て来て、ジャックマンの肩に手をかけたが、彼は身を揺すって縛《いまし》めから逃れた。

「おいおい」一人つぶやき、俺は歩道に出た。運転手が車から出て、呆れたような表情で二人を見送る。

俺は運転手に近づいた。彼とも二、三度言葉を交わしたことがある。向こうもすぐに俺だと認知した。

「どうかしたのか？」

「どうもこうも」運転手が煙草をくわえる。「いきなり空港からUターンさ」

「西海岸行きじゃなかったのか？」

「うちのスターは、ご機嫌斜めみたいだよ。空港で車を降りた瞬間に『行かない』って言い出してね」

飛行機に乗りたくないと駄々をこね、西海岸行きを取りやめたのだろうか。確かに、飛行機嫌いはいるものだが、ジャックマンは既に全米各地でコンサートを行っているから、慣れているはずだ。

「どうして飛行機に乗らなかったんだ？」

「さあ――俺は何も聞いてない」運転手がまずそうに煙草をふかした。「車の中ではむっつり黙ったまま、一言も喋らなかったし、わざわざ聞くことじゃないよ」

「あんたも大変だ」

「ミスタ・ウィルキンソンの方が大変だ。スターに四六時中くっついて面倒を見ているのは、たまらないと思うよ」

「気持ちはわかる――これからどうするんだ？」

「ここで待っているように言われた。もしかしたら、空港に逆戻りかもしれない」

「彼らより、あんたの方が大変じゃないか」俺は心底同情した。

「まったく」運転手が煙草を歩道に落とし、靴底で踏み消した。「走る距離が増えても、給料が上がるわけじゃない。背中が痛くなるだけだよ」

「代わりたいとは思わないな」

「ああ、やめておいた方がいい。もっと楽に稼げる仕事はいくらでもある」

中身のない会話を続けているうちに、ウィルキンソンがコンドミニアムから出て来た。肩をがっくりと落とし、足取りは重い。俺を見つけると、どうしようもないと言いたげに首を横に振った。

「いったい何があったんだ？」

「少しドライブしよう」

言うと、ウィルキンソンは後部ドアを開けてさっさと車内に入ってしまった。運転手が俺を見て苦笑する。時間契約だから、距離が延びても金は稼げない——彼も苦労が多そうな人生だ。

俺はウィルキンソンの横に座った。ウィルキンソンが「適当に流してくれ」と運転手に命じる。

「空港で何か問題でも？」俺は話を急かした。

「ロビーからどこかへ電話をかけてから、急に行きたくないと言い始めたんだ」

「理由は？」

「とにかく行きたくない、と。まるで子どもだよ」ウィルキンソンが溜息をつく。

「こういうことは以前にもあったのか？　飛行機が苦手とか？」

「いや、こんなことは初めてだ」

「部屋を調べられるかもしれないと焦ったのでは？」

「どうしてそんなことがわかる？」

「勘が働いたんじゃないかな。そんなことを黙って許す人間はいないと思う。あんただってそうだろう？」

「まあ、そうだけど……今回は映画の仕事なんだ。かかわっている人間も多い。すっぽかすなんて許されないんだ」

「だったら、強引にでも飛行機に乗せればよかった」

「行くぐらいなら辞めると言い出してね」ウィルキンソンが両手で顔を擦った。

「辞めるって……映画出演を？」

「全部。映画も、音楽も」ウィルキンソンが、狭い車内で腕を広げた。「それが冗談じゃないようなんだ。今まで一度も、そんなことは口にしていない。本気だよ、あれは」

「要するに映画の出演をキャンセルしたい、ということなのか？」

「いや、とにかく家に戻りたいと。理由は言わなかった」

「やっぱり、家が心配だったんだろう」追い詰められているのを意識したのか……昨夜の脅迫電話も、やはりジャックマンだろう。「どうする？」

「少し頭を冷やしてもらうしかない。映画の方は、まだスケジュールに少し余裕があるから、向こうに待ってもらうとして……」

「そういうわがままを許してもいいのか？」

「仕方ない」ウィルキンソンが肩をすくめる。「機嫌を損ねるよりは、ここは一歩譲って言うことを聞いてやって……明日にでも、ジムとはもう一度話すよ」

「監視は必要か？」

「放っておいてくれ。それより、家では何か見つかったのか？」

「いや」俺は嘘をついた。この段階ではまだ、依頼人にも報告したくない。見つかったものが重大過ぎる。

拳銃を持ち出さなかったのはとりあえず正解だ、と自分に言い聞かせる。俺の調査は原状回復まで含めて完璧で、素人が見ても引っ掻き回されたことはわからないだろう。ただし、拳銃がなくなっていることに気づけば、ジャックマンは間違いなく焦る。そして、焦った彼がどんな行動に出るかは、予想もつかなかった。

疑心暗鬼になっているらしいジャックマンが、拳銃を始末する可能性も考えねばならない。ここからハドソンリバーまでは歩いて数分。夜中に一人、川まで出て拳銃を捨ててしまえば、絶対に見つからないだろう。

「じゃあ、あなたは無駄足を踏んだわけだ」ウィルキンソンが鼻を鳴らす。

「そうなる」

実際には課題が増えた。拳銃の件は絶対に看過できない。最終的には警察に引き渡すことになるのだが、依頼人にいつ打ち明けるかも重要な問題だ。探偵としては、依頼を守ることと法を守ること、どちらも重視しなければならないが、利益相反の可能性も高い。もしもジャックマンがイーストリバー・キラーだと知ったら、サイモンはどんな反応を示すだろう。スターを守るために凶悪犯罪を隠蔽しようとするか、あるいは会社に被害が出ないように、さっさとジャックマンを切って捨てるか。読めない。もちろん、ウィルキンソンにも相談できない。

無駄に走り回っているうちに、車はセントラル・パーク・ウェストと西六十六丁目の角まできていたので、そこでおろしてもらう。一人になって、少し考えをまとめたかった。

後部ドアを開けたまま、ウィルキンソンに訊ねる。

「これからどうする？　ジャックマンは明日まで放っておくのか？」

「まあ……今夜にでも一度、顔を出してみるよ」ウィルキンソンが嫌そうに答えた。

「そうだ、これ」俺は上着のポケットから鍵を取り出し、渡した。

「ああ」ウィルキンソンが惚けた表情で鍵を受け取る。「あなたの方は？　今後、あの部屋へ入る機会はあるのか？」

「あるかもしれない」

「だったら、合鍵は持っていた方がいいんじゃないか？」

「いや、ずっと持ち歩いていると落ち着かないから」

「そうか……必要なら、後でまた届ける」

「そうしてくれるか。ジャックマンによろしくな」

ウィルキンソンが渋い表情を浮かべる。

一人になり、俺はセントラル・パークに入った。平日の昼過ぎなのに、ここは賑わっている。散歩する人、ベンチや芝生の上で休憩する人……馬車が走っているのはご愛嬌だ。あれは、観光客から金を巻き上げる手段である。

今日は陽射しが強いが、セントラル・パークの中ではそれほど気にならない。鬱蒼とした木立が、強烈な直射日光を遮ってくれるのだ。

何だか疲れて腹も減った。大したことをしたわけでもないのに、頭をフル回転させていたせいかもしれない。

ジャックマンの行動はいかにも怪しいのだが、まだ彼と直接対決するのが難しい以上、真意を知ることはできない。ウィルキンソンに確認してもらうのも無理だろう。ジャックマンが、常に身近にいるウィルキンソンにも本音を明かしていないのは明らかだった。

世界一の大都会に住む孤独な青年……自分でも知らぬ間に、その精神がねじ曲がっていてもおかしくはない。この街は、人を有名にも金持ちにもするが、同時に精神に著《いちじる》しいダメージを与えることも珍しくない。俺のようにこの街で生まれ育った人間には、子どもの頃からの免疫があるが、十八歳までカンザスで育った人間がニューヨークに慣れるには、やはり相当の時間と覚悟が必要だろう。

そして、慣れないうちに闇に消えてしまう人間もいる。シャーロットのように。

セントラル・パークの中には、いくつか飲食店がある。そのうちの一つ、パン屋を見つけて、俺はサンドウィッチとポテトチップス、コーヒーを買い求めた。テラス席で、木漏れ日を浴びながら早い昼食を済ませる。一人での食事が当たり前になっているのに、この日は奇妙な侘しさを感じた。ここにヴィクがいたら……そそくさと食べる昼食も、豊かなものになるだろう。

一人。テラス席は人で一杯なのに、俺に話しかける人は誰もいない。当たり前だが、今日はそれが妙に侘しい。ジャックマンもシャーロットも、同じような孤独を味わっていたのだろうか。

考えてもしょうがない、という結論に達した。

探偵の仕事は考えることだが、手持ちの「事実」が足りなければ、推理はすぐに壁にぶち当たってしまう。今回の件も、そういう状況の典型だった。仕方ない……他にもやることはあるのだ。今は別の仕事にかかる——手と足を動かしながら、頭の中では別件の推理を進めていけばいい。一人で仕事をしている利点はそれだ。自分の都合で、仕事の割り振りはどうにでもできる。

来た時とは別の道——公園内の道路は極めて複雑に入り組んでいる——を通って、

セントラル・パーク・ウェストを目指す。帰りは七十二番街駅から地下鉄に乗るつもりだった。

芝の広場を横切り、細い道路に入る。その時ふと、つけられていると確信した。周りに人はいない。俺は上着のポケットから、女性用のコンパクトを取り出した。いざという時、小さくても鏡があると便利だと思っていつも持っているのだが、実際に役に立つのはこれが初めてだった。

いた。

ラテン系だろうか、小柄で浅黒い肌の男を鏡の中に確認した。夏っぽい陽気に合わせたような、黒いTシャツに細身のジーンズという軽装である。長めの髪には油をつけて、綺麗に背後に流していた。まだ若い。もしかしたらティーンエイジャーかもしれない。

プロではない。プロなら、こんなにあっさり姿を見せることはない。

何者だ？

俺はまず、この男とジャックマンとの関係を疑った。彼が俺に尾行をつけているとしたら、話はややこしくなる――撃たれたことも、脅迫電話も、この尾行も、全てジャックマンが命じたことかもしれない。実行部隊は、今まさに俺の後ろを歩いているラテン系の男ではないか。

チンピラ風だが、スパニッシュ・ハーレムを本拠地にするギャングの一味とは思えない。もしもそうなら、恐ろしい限りだが……ジャックマンは本当はどういう生活を送っていたのだろう。音楽業界は、マフィアやギャングとつながりがあるとよく聞くが、ジャックマンもそれに足を突っこんでいたのか。

尾行をまくのは簡単だ。大通りに出てタクシーを拾い、一度乗り換えればいい。ただし、相手の正体はわからないままになってしまう。俺は答えを先送りにする気はなかった。

右左折を繰り返し、その都度コンパクトで背後を確認する。途中までは顔が見えていたが、そのうち確認できなくなってしまった。俺はセントラル・パークの中の道路を完全に把握しているので、裏道を使うことにした。芝を横切り、深い植えこみの中に突っこみ――ほどなく男の背後を取ることに成功した。俺を見失ってしまった相手は焦った様子で、しきりに周囲を見回している。おそらく、俺を見つけるまでセントラル・パークの中を歩き続けるに違いない。しかし一度バックを取ったら、俺は絶対に逃さない。永遠に尾行を続けられるが、それが目的ではないのだから、どこかで何とかしないと。

俺は歩調を速め、男に追いついた。付近に人がいないことを確認して後ろから襲いかかり、首に腕を回して、そのまま力任せに近くの植えこみに連れこんだ。体重は俺の方が圧倒的に重いので、ひっぱりこんだ勢いを利用して、地面に転がす。すかさず拳銃を抜いて、こちらを向いた男の額に銃口を向けた。

男は悲鳴を上げもしない。焦った表情も見せない。若いと思って舐めていたが、俺は警戒レベルを一段上げた。拳銃を奪われないように一歩下がり、「大人しくしろ」と命じる。

「金はないぞ」男が少し甲高い声で言った。声は震えていない。

「俺が強盗に見えるか？」

「顔は凶暴そうだが」

「お前、何者だ？どこかのチンピラか？」

「俺がチンピラに見えるか」

コンパクトの小さな鏡で見たのと違い、実際の年齢は三十歳ぐらいだろうか。態度も堂々としていて、チンピラ特有の尖った毒気はない。男はその場で座り直し、俺と正面から向き合った。

「俺を尾行していたな」

「肯定も否定もしない」

「もしかしたらお前、探偵か？」ふいにピンときて、俺は訊ねた。

「それも言えない」

「依頼人はジャックマンだな？　ジム・ジャックマン」

男が肩をすくめる。言わずとも、認めたも同然だ。

「探偵に尾行されるのは初めてだな」

「探偵とは言ってない」

「じゃあ、何だ？」俺は腕を少しだけ伸ばした。銃口と男の額の間隔が、二インチほど縮まる。男はまったく動じなかった。「あんた、名前は？」

「エンリケ・サバト」

あっさり認めたので、俺は少し気が抜けた。

「スパニッシュ・ハーレムの人間か？」

「マンハッタンには、俺たちみたいな人間の住処はあそこしかない」

「お前、探偵なのか？」俺は繰り返し訊いた。

「ライセンスは持ってない」

「じゃあ、俺を尾行する法的根拠はないな」

「さあな」サバトが肩をすくめる。

「ジャックマンに頼まれたんだな？」

「それは言えない」

「ライセンスを持っていないなら、守秘義務はない。誰もお前を守らないぞ」

「守ってもらう必要はない。自分のことぐらい、自分で守れる」明らかに強がりなのだが、決して無理をしている感じではない。なかなか肝の据わった男だ。

「立て」

サバトが素直に命令に従った。向こうからすれば見下ろされる格好になるのだが、それでも平然としている。

「ジャックマンに伝えろ。俺を尾行しても無駄だ」

「さて……どうするかね」

「ジャックマンとつながっていることは認めるのか？」

「何も言えないな」サバトが肩をすくめる。

「ホセ・エルナンデスを知ってるな？　スパニッシュ・ハーレムに住んでいて、セニョール・エルナンデスを知らない訳がない」

初めてサバトの表情に変化が生じた——明確な恐怖。

「俺はセニョール・エルナンデスとは知り合いなんだ」

「……どういう？」

「どういう知り合いか、想像してみろ。あいつにお前の名前を教えてもいい。今日から一生、背中を気にして生きていくことになるぞ」

サバトの顔が引き攣ったので、俺は一歩引いた。

「俺も、セニョール・エルナンデスに迷惑はかけたくない。ここで喋ってくれれば、終わりにしてやるよ」

「……ジャックマンだよ」サバトがあっさり認めた。

「どういう知り合いなんだ？」

「それはまあ……いろいろある」

「ジャックマンは、知り合いが少ないんだけどな」

「彼ぐらいになれば、電話一本でいろいろなことができるんだよ。おかしな人間に絡まれているから、目的を知りたい、尾行してはっきりさせてくれと言われた」

「いつ？」

「二日ほど前かな」

「それで？　いつから尾行してる？」

「今朝」

「俺の行動を全部見てたのか？」

「あんたが、ミスタ・ジャックマンのコンドミニアムに入るのを見たよ。あんたの方こそ、不法侵入じゃないのか？」

「お前に心配してもらう必要はない」ジャックマンは、この男に電話して、俺がコンドミニアムに入ったことが心配になって、空港から引き返してきたのだろう。「このことはジャックマンに話したのか？」

「いや」

「話すな」

「それじゃ、金が貰えない」

「覚えておけ。探偵仕事をする時は、最初に金の半分を貰っておくのがコツだ。そうしないと、取りっぱぐれることもある」

「冗談じゃない」さして銃口を怖がっていない様子で、サバトが肩をすくめる。

「俺がその分の金を出してやる——と言いたいところだが、生憎今《あいにく》は持ち合わせがない。だから、考えろ。ジャックマン対俺とエルナンデスだ。どっちを敵に回した方がまずいと思う？」

サバトが瞬時目を閉じた。再び目を開けた時には、あっさり「何も言わないよ」と言った。

「わかった」俺は拳銃を懐にしまった。「それならいい。余計なことを言えばすぐにわかるからな。それと、素人が探偵の真似をするのは危険だ。忠告しておく」

「どうも——もういいかな」

「ああ。さっさと消えろ」

サバトがうなずき、身を翻してあっさりと去って行った。

間違いなく、ジャックマンは相当追いこまれている。素性も定かではない人間を使って俺を尾行させるとは……彼の緊張感は、いつ限界に達して爆発するのだろう、と心配になった。


「サバト？　ああ、知ってる」

事務所に戻ってエルナンデスに電話をかけると、彼はあっさり認めた。

「何者なんだ？」

「昼間は普通に働いてるが、本人は『便利屋』と称して、休みの日や夜に、何かこそこそやっているみたいだな」

「便利屋ねえ……」

「探偵気取りとも聞いているぞ」

ふざけた話だ。探偵をやるにもしっかりした能力と覚悟がいる。怒りのあまり、俺は受話器を握る手に思い切り力を入れた。

「ジム・ジャックマンと何らかのつながりがあるんじゃないかと思うんだけど、わかるかな」

「想像もつかんな。ジャックマンを知っている誰かから頼まれたんじゃないのか？　あの男本人が、ジャックマンとつながっているとは思えない」

「そうか……」

「その情報、欲しいか？　調べてやってもいいぞ」

「サバトは危険な人間なのか？」

「馬鹿言うな」エルナンデスが笑った。「あんたが百とすれば、十ぐらいだよ。大人と子どもぐらいの差はある」

「子どもだって、嚙みつけば大人を傷つけることはできる。奴は、拳銃は持ってないだろうな？　スパニッシュ・ハーレムで拳銃を手に入れるのは、そんなに難しくないだろう」

「今、拳銃を持ってるかどうかは知らないが、奴には売らないように手配しておく。あんたは？　新しい武器はいらないか？」

「必要ない。俺の拳銃は単なるお守りだ。撃ったことはない」

エルナンデスがまた笑い声を上げた。これが「話は終わり」の合図でもある。

俺は続いて、リキに電話を入れた。いよいよ本格的な作戦会議――内容を話さなかったにもかかわらず、リキはあっさり面会に応じた。ただ、「面倒な話か？」とだけ確認した。

「おそらく」

「だったらステーキにしよう」リキが切り出した。

「どうして」

「ステーキレベルの話じゃないのか？　ハンバーガーレベルだったら、お前はそんな深刻な声は出さない」

「……そうなるな」

「『キーンズ』でどうだ？」

「わかった」キーンズは六番街と西三十六丁目の角にあるステーキハウスだ。十九世紀の終わりから続く老舗で、雰囲気、味、値段全てがAクラスである。俺はよほどのことがない限り、足は運ばない。

「予約はしておく。当然、お前の奢りだぞ」

「わかってる。でも、もしかしたらお前が奢りたくなるかもしれないぞ」

「変に匂わせるな」ピシリと言って、リキは電話を切ってしまった。

彼は、何か感じ取っただろうか。リキは鋭い男だから、何かあると思ってもおかしくはない。しかし、こういう時に焦らないのがリキのいいところだ。じっくり待って、獲物が網に入ってくるのを待つ。自分から獲物を追いかけるのがハリーのやり方で、刑事としてはどちらが正しいのか、俺にはまだわからないのだった。

約束の七時にキーンズに赴くと、リキは既に到着していた。相変わらず疲れ切っており、顔色が悪い——ただしキーンズの店内は照明が落とされているので、実際の顔色はわからない。

この店の天井には、パイプがびっしりとぶら下がっている。昔、客のパイプを預かる習慣があって、その名残《なごり》なのだという。これが店の名物ではあるのだが、俺は見るたびに古代遺跡を想像してしまう。今ニューヨークが滅びてこの店が地下に埋もれたら、千年後にここを掘り出したニューヨーカーは、いったいどういう場所だと推測するだろう。宗教的な建物だと思われてもおかしくはない。

レストランでは、サービスが受けやすい店内中央付近がいい席なのだが、俺たちは店の一番奥の目立たない場所に通された。事前にリキがここを指定していたのだろう。今夜は静かに、人に見られずに話ができる席の方が、当然ありがたい。

二人とも食前酒にウィスキーを頼む。リキとステーキを食べる時には、二人ともウイスキーというのが無言の了解だった。

ポーターハウスステーキを頼み、つけ合わせはマッシュドポテトとアスパラガスにする。この店は牡蠣やシュリンプ・カクテルなどの前菜も充実しているのだが、俺とリキの感覚では、そういうものすら邪魔になる。ひたすらステーキを食う店だ。

「いつか、マトンチョップを試そうと思ってるんだけど」メニューを閉じながらリキが言った。「来る度に必ずステーキを頼んでしまう」

「俺たちは死ぬまで、ここでステーキとウィスキーなのさ」

「長生きできそうにない組み合わせだな」

「間違いない」俺はうなずいた。「だけど、マトンじゃ力が出ないんだよ」

「確かにな」リキも同意した。

ウィスキーが運ばれてきて、俺たちはグラスを合わせた。いつも呑み慣れているバーボンに比べると甘味が少なく、少し煙臭い香りが好みではないので、酒だけを呑む場合は絶対に選ばない。ただし、ステーキの強い脂には合う感じがする。リキは基本的にバーボンよりもこちらの方が好みで、嬉しそうにしている。渋い表情も、少しは和らいだようだった。

「今、調子はどうだ？」俺は訊ねた。

「あまりよくないな」

「今日話そうと思っているのは、かなり厳しい計画だ。成功すれば、警察にとっては大きなポイントになるかもしれないが、失敗する可能性も低くない。失敗したら、ダメージは大きい」

「何だよ、警察の捜査方針にアドバイスしてくれるつもりか？」

「いや、とにかく、難しい話だということを最初に知っておいて欲しいんだ。食べる前に聞きたいか？　デザートの時にするか？」

「……後にしよう。せめて飯ぐらい、美味く食いたい」

「わかった」

俺たちは、当たり障りのない話題を続けた。ヤンキースの調子、来月予定されているフロイド・パターソン（一九三五年～二〇〇六年。五〇年代に活躍したヘビー級ボクサー。二十一歳十一ヵ月で世界ヘビー級チャンピオンになる。同王座は二度戴冠。最後の試合は一九七二年、対モハメド・アリ戦だった）のタイトル戦の見通しなど、三十代の男にとってはごくごく当たり前の会話。しかし、こういう話はすぐに尽きてしまい、リキが愚痴を零しはじめた。

「息子がさ、日本を馬鹿にするんだ」

「そういうことがわかる年齢にはなってるわけだ」

「七歳だからな。学校でいろいろ言われるらしい」

「日本人も、アメリカでは難しい存在だからな」

「だけど、戦争が終わってから、もう十四年も経つんだぜ？　未だにあれこれ言われるのは納得いかない」

「今度は別の戦争だよ。アメリカは最近、経済的に攻められてるからな」

アメリカ側の関税引き下げにより、日本から安価な繊維製品が大量に入ってくるようになって、アメリカの繊維産業がダメージを受け始めているというのだ。しかし考えてみれば、日本は何と頼もしいことか。終戦からわずか十四年で、アメリカを脅《おびや》かすほど安価で質のいい繊維を輸出するようになっているとは。口の悪い連中は、「日本は武器ではなく、今度は金で戦争をしかけてきた」と言っている。しかし大衆は安くて質のいいものを歓迎するわけだから、これは日本が悪いとは言えない。単なる商売の話だ。

「俺は、家ではできるだけ日本語を話すようにしてるんだ。女房も日系二世で、言葉はちゃんとわかるしな」リキが打ち明けた。

「故郷の言葉を忘れないようにするためか」

「ああ。俺はそんな風に育てられてきたから。日本にも住んでいたし……ただ、言葉はかなり怪しいけどな」

「息子はそれを嫌がるわけか」

「僕はアメリカ人だって言ってさ……ルーツという考えが理解できないようだ」

「フランス系やドイツ系の人間が、必ずフランス語やドイツ語を話すわけじゃないぞ」

「だけど、俺の言う感覚はわかるだろう？」

「まあな」相槌を打ったが、俺自身は自分のルーツ――十九世紀のイギリスだ――を意識することはほとんどない。おそらく、言葉が同じだからだろう。英語と米語は違うとよく言われるが、些細な差異であり、大筋では言葉が通じないということはない。

「まだ自我が確立する前だから、揺れてるんだろう」俺はリキを慰めた。「そのうち、自分のルーツの大切さも理解できるようになるよ」

「いずれ、日本にも連れて行ってやりたいんだけどな。向こうには親戚もいるし……でも、そういう話をすると露骨に嫌がるんだ」

「慣らしていくしかないだろうな。日本のいいところを教えて」

「アメリカにいると、それはなかなか難しい」

「まあ……ゆっくりやれよ」

ちょうどいいタイミングでステーキが運ばれてきたので、悩み相談は終わりになった。ほっとして、俺は切り分けられた肉を早速自分の皿に取った。サーロインとヒレを両方味わえるポーターハウスステーキは、俺の好物だ。さすがに一人では持て余すが、誰かが一緒の時は、高い頻度でこの巨大な肉塊を頼むことになる。

「俺はヒレだな」リキが言った。「最近、サーロインの脂がきつくなってきた」

「おいおい」俺は首を横に振った。「そんな歳じゃないだろう」

「もともと、魚の方が好きなんだ。日本人だからかな……日本にいる時は、魚ばかり食ってた。日本では、魚を生で食べるんだぞ。知ってるか？」

「生で？　中毒にならないのか？」

「牡蠣《かき》は生で食べるだろう。同じことだよ」

「しかし、そんな食べ方して美味いのか？　生ってことは、そもそも料理とも言えないだろう」

「いや、綺麗に切って出せば、それだけで立派な料理だ」

「俺には理解不能だ」俺は首を横に振って、大きく切ったサーロインを口に運んだ。

俺にはやはり、こいつの方が合う。リキが語る日本の食文化は興味深いが、自ら経験してみたいとは思わない。

たっぷりの肉とつけ合わせのマッシュドポテト、アスパラガスで腹が膨れた。ウィスキーも二杯飲んで、緊張感も少し解《ほぐ》れている。俺たちはデザートメニューを取り寄せた。二人ともキーライムパイにコーヒーを選ぶ。リキが煙草に火を点けて、深々と煙を吸いこんだ。煙で霞《かす》む中、俺の顔をまじまじと見て、「で？」と短く訊ねる。

「具体的な名前は出さないでいいか？」

「わかったから、言ってみろよ」

「Aという人物がいる。かなり有名な若者だ。彼は、Bという女優志望の女の子とつき合っていた」

「ニューヨークの話か？」リキが確認する。

「ああ」

「すまん、具体名が出ないと、何のことかさっぱりわからない。ニューヨークでは、そういう話はいくらでもあるじゃないか。それで、女の子が女優として成功して、有名人同士のカップルになってめでたしめでたし——になる確率は、限りなくゼロに近い」

「いや、ゼロになった」

「別れた、という意味か？」

「違う。Ｂは殺されたんだ」

リキがすっと背筋を伸ばす。煙草を灰皿に押しつけて、いよいよ本格的に話を聴く気になったようだ。

「その事件で使われたかもしれない拳銃が、Ａの家から見つかった」

「誰が見つけた？　お前か？」

俺は何も言わなかった。リキの表情が次第に暗くなる。両眉の間隔もぐっと狭まった。

「違法な家宅侵入で証拠を見つけても、裁判では認められないぞ」リキが警告する。

「警察がそういうことをやったら問題になるだろうが、民間人なら関係ないだろう」

「いや、そういう裁判記録があるんだ。免許を持った探偵が証拠を見つけて、それを元に警察が犯人を逮捕したが、証拠を見つける過程で違法行為があったとして、逮捕自体が無効と判断された」

「これは違法じゃない」

「どうしてそう言い切れる？　お前——いや、誰かがその家の鍵でも持ってるのか？」

「ああ」

認めると、リキが目を大きく見開いた。俺はもう少し突っこんで話をすることにした。今のところ、リキは俺がイーストリバー・キラーの話をしているとは思っていないはずだ。

「ある探偵が、Aの素行調査を頼まれていた」

「その探偵っていうのは、ジョー、お前じゃないのか」

「あくまで仮定の話で聞いてくれ」

リキが鼻を鳴らす。しかし話を進めるためにだろう、無理に突っこんでこない。

「Aは馬鹿高いコンドミニアムに住んでいるが、そこを紹介したのは彼が所属する会社だ」俺は説明を進めた。「マネージャーが鍵も持っている。いざという時に中へ入るためだ」

「で、お前はその鍵を預かった」

「俺とは言っていない」否定しながら、つい表情が緩んでしまう。リキのように話が合う人間が相手だと、抽象的かつシビアな話をしていても楽しい。「たまたま、Aが留守にすることがあって、その間に家の中を調べてみようと思った。実際、Aは最近問題を抱えているようで、その原因は家を調べればわかるんじゃないかと思ったんだ」

「それで拳銃を見つけたのか？」

視界の隅でウェイターが動いているのが見えたので、俺は無言でうなずいた。キーライムパイ、到着。この店のパイは少し酸味が強いので、あまり重さを感じないのだが、今日は珍しく甘味がくどい。苦い話題を中和してはくれなかったが。

リキが、ウェイターの背中を目で追いながら訊ねる。

「その拳銃はどうした」

「そのままにしておいた、そうだ」

リキがしばし無言でパイを突いていたが、やがて「それで正解だな」と言った。

「下手に持ち出してバレたら、面倒なことになる」

「もしかしたら、気づかれたかもしれないけど」俺はつぶやいた。

「何かヘマしたのか？」

俺は、ジャックマン——あくまで「A」だが——が急に帰って来たこと、尾行をつけていたことを説明した。

「どこかでヘマしたんだよ。監視を気づかれるなんて、間抜けな話だ」

「向こうはピリピリしているんだと思う。それで、だ……お前はどうするのが正解だと思う？」

「嗅ぎ回られているのに気づいて、拳銃は処分してしまったかもしれないぞ」俺も心配していたことをリキが指摘した。

「まだ家にあると仮定しての話だ」

「正当に家に入りこんで見つけたということなら、何とかなるかもしれない」

「鍵は手に入る……そうだ。本人がいない時に、マネジメント会社に頼まれて家の様子を見に行って見つけた、ということにしたらどうだろう」

「それなら何とかなる」リキの顔が明るくなったが、一瞬だけだった。「それはつまり、マネジメント会社にも事情を話す、ということだな？　そのAという人間が俳優か歌手か知らないが、重要な人物だったら、会社は必死で守ろうとするぞ」

「殺人事件の容疑者だとしても、庇うだろうか」

「あの世界だったら、それぐらいのことはありそうだ。俺たちの常識は通用しない」

「まさか」

「おいおい」リキが鼻を鳴らした。「そういう世界のことは、お前の方が詳しいんじゃないか？　有名人とのつき合いだってあるだろう」

「俺がつき合ってるのは、有名人の裏方だ。仕事を依頼してくるのは、常にそういう連中だから」

「で？　お前はどうすべきだと思う？　いや、お前がやるとは言わないが」

「正当な理由で家に入って拳銃を持ち出すには、マネジメント会社の力を借りるのが一番だろうな」

「じゃあ、やはり事前に事情を説明するのか？　間違いなく潰されるぞ。それに、本来の依頼とは逆の行動をすることになるんじゃないか。Aを守るためにやっているはずが、逆にAが逮捕されるかもしれない。訴えられてもおかしくないだろうな」

「それはまずい……Aが違法行為をしていても、同じことだろうか？」

「民事のことはよくわからないけど、裁判に巻きこまれただけでも、面倒な立場になるのは明らかだな。評判は大事だから」

「そうだな……お前の方で、何か作戦はないか？」

「拳銃を正当な理由で持ち出せれば、後は俺が何とかできるんだが……その拳銃の弾道検査をして、Bを殺すのに使われたものかどうか、確認すればいいんだろう？」

「ああ」

「何か作戦を考えよう。事は殺しだ。少し無理をしても、やってみない手はない」

「例えば、誰かが泥棒に入るというのはどうだろう。家捜しして、たまたま拳銃を見つけて、怖くなって分署の前に放り出していく——どこで見つけたものか、メモをつけて」

「ジョー」リキが真顔で言った。「お前、脚本家になろうと思ったことはないか？」

「いや。どうして？」

「そんな現実味のない脚本は誰も買わないからさ。もう少しまともな作戦を考えた方がいい」


リキはあまり厳しく突っこんでこなかったな、と後から考えた。俺の話を本気にしていないわけではあるまいが……イーストリバー・キラーの話を出せば、もっと乗ってきたかもしれないが、一気に話をそこまで持っていくのは危険だ。彼はやはり刑事なのだから、誰が相手でも——俺でも容赦しないだろう。

少しだけ酔いを抱えたまま、俺は自宅へ向かった。気分は浮き上がらない。殺されたのは、捜索を依頼された女性。殺したかもしれないのは、動向確認を頼まれたスター。拳銃という衝撃的な物証はあったのだが、何だか自分が事件の中心で渦に巻かれてしまったような気がしてならなかった。ただ回っているだけで、どこへも進めない。

ジャックマンは、どこでサバトのようなチンピラとの関係を作ったのだろう。サバトの存在がどうしても気になった俺は、地下鉄をスパニッシュ・ハーレムのほぼ真ん中、百十六番街駅で降りた。エルナンデスに会うのはかなり面倒なのだが、この街に行けば会えないこともない。もっとも、あまりうろついていると危険だ。既に午後九時過ぎ、スパニッシュ・ハーレムは一人歩きに適さない時間帯に入っている。

俺は目についたメキシコ料理店に入り、カウンターについた。ビールだけもらい、店内の公衆電話を借りて、エルナンデスがいそうな場所に次々と電話をかける。彼は事務所のような場所を持たず、自宅にいる時以外は、自分の息がかかった店を転々としている。そういう店に電話をかけ続けて、どこかで摑まるのを祈るしかない。

五軒目のバーで、ようやく彼が電話口に出た。

「何だ」昼間と違って、ひどく無愛想だった。

「昼間の話――サバトの関連で聞きたいことがある」

「どこにいる?」

俺が店の名前を告げると、エルナンデスが鼻を鳴らした。いかにも馬鹿にしたような調子……俺は失敗を悟った。エルナンデスがメキシコ嫌いなのを忘れていた。

「ここはあんたの店じゃないよな」

「ああ。メキシコ野郎がやってる。あんたもひどい店に入るもんだな」

同じラテン系といっても、メキシコ系とプエルトリコ系ではメンタリティも生活習慣も大きく違う。反目し合っているだけならともかく、時に暴力的な衝突も起きるぐらいだ。

「あんたが好きな店に行こうか？」

「いや……たまにはいいか。タコスが食いたい」

おいおい、本気か？　エルナンデスがわざわざこういう店に来たら、トラブルの元ではないだろうか。いざとなったらこっちは拳銃を持っているが、平和な店で物騒なものは出したくない。

「じゃあ、ここで待ってる。何か頼んでおくか？」

「とうもろこしのトルティーヤに、カルネ・アサーダ（牛肉を小さなサイコロ状に切ったステーキ）。あとはビールだ。五分で行く」

注文を終えて少し経つと、エルナンデスが入って来た。今日は取り巻きが二人……俺は知らない男二人だった。二人とも背は低いががっしりしていて、クソ暑いのに上着を着用している。その胸が不自然に膨らんでいることに、俺はすぐに気づいた。

店の空気がにわかに緊張する。カウンターの内側にいた初老の店主が、電話に近づいた。

エルナンデスが「エスペラ《まて》」と声をかけると、店主が受話器から手を離し、降参するように両手を上げた。

「俺は飯を食いに来ただけだ」今度は英語で宣言する。「ここのタコスは最高だと聞いてる」

店主が愛想笑いを浮かべようとしたが、顔は不自然に引き攣ってしまう。エルナンデスがドアの方に顎をしゃくると、一度店に入った連れの男二人は素早く出て行った。エルナンデス自身は、カウンターで俺の横に座る。すぐにビールが出てきて、エルナンデスは俺と瓶を合わせようともせず、一気に半分ほど呑んだ。

続いて供された料理にもすぐに手を出す。牛肉をトルティーヤに載せ、緑と赤、両方のサルサをたっぷりとかけて、さらにハラペーニョの薄切りを大量に加える。普通の人間だったら、間違いなく口の中を負傷するぐらいの量だった。しかしエルナンデスは、丸めたトルティーヤを平然と食べ、しかも皿に添えられたハラペーニョをつまみ代わりに口に運んでいる。俺が顔をしかめているのに気づいて「どうした、ジョー」と怪訝そうに訊ねた。

「そんなにハラペーニョを食べて、胃がおかしくならないか?」

「別に」エルナンデスがまたハラペーニョを口に放りこむ。「俺にはちょうどいい。ピクルスみたいなもんじゃないか」

酢漬けという意味では、確かにこれもピクルスなのだが……俺は何となく胃の痛みを感じて、ビールを一口呑んだ。

「サバトのことなんだが」

「ちゃんと釘を刺しておいたぜ」

「あんたが直接？」

「まさか」エルナンデスが笑う。「ライオンは、わざわざ蟻に説教したりしない」

「あんたがライオンか」

「この街では、な」

俺がエルナンデスを信用しているのは、彼が自分の「器」を自覚していることだ。スパニッシュ・ハーレムを出てしまえば、大した力はないとわかっている。だからこそこの街の中限定で、自分の力を増大させることに腐心しているのだ。

「サバトは普通に働いてると言ったな」

「昼間はこの街の外で働いている」

「仕事は何を？」

「工事だ。あちこちで道路を掘り起こしたり、ビルを壊したり」

「建設会社？」

「ああ」

そういう仕事をしていれば、マンハッタンの他の場所で人を尾行したりすることもできるかもしれない。地理を知っていれば、尾行や張り込みではだいぶ有利になるのだ。

「住んでいるのはここなんだろう？」

「ただ、家には寝に帰って来るだけみたいだな。昼間の仕事の後には、夜の社交生活もあるようだ。そこであれこれ仕事を引き受けて、便利屋と称しているわけだよ。それに奴は、忌々しいロックンロールに夢中なのさ」

「そこまで言わなくても……リッチー・ヴァレンスはどうなる？」

「あれは例外だ。サバトは、黒人の真似をしているプレスリーが大好きなんだよ。つまり、白人の音楽がな……そして、そういう音楽が好きな人間ばかりが集まるバーに、毎晩通ってる」

その店で、ジャックマンとのコネができたのだろうか。ジャックマンが、そういう店に出入りするとは考えにくかったが。

「店の名前は？」

「『NPR』。何の略だと思う？」

「さあ」

「ノースサイド・パーティ・ルーム」

「独創性ゼロだな」

エルナンデスがまた鼻で笑い、二個目のタコスの作製に取りかかった。「あんたには礼を言わないとな」と唐突に言う。

「どうして」

「この店のタコスが美味いっていう噂は、前から聞いてた。しかし俺一人だと、入る機会がなくてな。あんたみたいな白人から見れば、メキシコもプエルトリコも同じに見えるだろうが、違うんだよ。壁がある」

「俺はわかってるつもりだけど」

「あんたはどこへでも平気で入って行く人間だからな。上手い手だよ」

「何が？」

「自分からどんどん飛びこんで行けば、むしろ壁は崩れる。俺は……」エルナンデスが肩をすくめる。「俺のように、自分の世界を守ることを最優先する人間は、他の世界を知ることはない。そんな必要もない」

「外へ出て行けばいいじゃないか」

「同じスパニッシュ・ハーレムの中で、自分の息がかかっていない店に入るだけで、拳銃を持った護衛が必要なぐらいなんだぞ」

「あんたに平和を」俺は自分の胸に手を当てた。「楽に生きろよ」

「こりゃどうも」

エルナンデスは、二つ目のタコスもあっという間に食べてしまった。ハラペーニョもなくなっている。本当に、この男の胃袋はどうなっているのだろう。

「店はブロードウェイにある。俺は行ったことがないけどな」

「なるほど。早速行ってみるよ」

俺は二本のビールとタコスの料金をカウンターに置き、椅子から滑り降りた。

「何だ、もう行くのか」

「あんたも長居しない方がいいんじゃないか？　お目当てのタコスは食べたんだから」

「そうだな……しかし、あんたは焦る必要はないのに」

「どうして」

「その手の店は、朝までやってるからさ」

「俺は二十四時間営業ってわけじゃない」

「そうか。好きにしろ」

エルナンデスがおくびを漏らし、椅子から降りた。肩をそびやかして、ドアの方へ向かう。用心棒の一人が気づいて、さっとドアを開ける。エルナンデスを送り出し、俺は一度振り向いて店主に目礼した。店主は両手を自分の胸に当て、大袈裟に目を回して見せる。無事に済んでよかった――スパニッシュ・ハーレムにおける文化融合は、まだまだ先の話になりそうだ。

　ブロードウェイは、時間に関係なく賑わっている。芝居はもうはねてしまったが、ディナーを摂る人、酒を楽しみたい人が、好みの店を探すのは難しくない。

　ＮＰＲはすぐに見つかった。派手な店が多いブロードウェイでも、一際激しい電飾の目立つ看板。高級な店だと、出入り口でドアマンが睨みをきかせているものだが、ここはそういう類の店ではなかった。分厚く重いドアを開けると、すぐに大音量が襲ってくる。ファッツ・ドミノ（一九二八年～二〇一七年。ロックンロールの創始者の一人と言われる黒人歌手。独特なブルース調のピアノ演奏も特徴的で人気を博した）の『ブルーベリー・ヒル』。

　店の中は、体を揺らして踊る若者たちで一杯だった。スーツにネクタイを締めているだけで、自分が場違いな存在だと意識しながら、俺は店の奥に進んだ。人混みをかき分けるだけで一苦労だったが、ようやくカウンターにたどり着く。その途端に、曲がチャック・ベリーの『ジョニー・Ｂ・グッド』に変わった。軽快なギターのイントロを聴いただけで、俺は表情が緩むのを意識した。

　ビールを注文し、その分の金に一ドルを上乗せしてカウンターに置く。黒いＴシャツ姿、髪をダックテールで決めた若いバーテンは一瞬戸惑いの表情を見せたが、俺が指先で金を押しやると、素早く受け取った。

「エンリケ・サバトという男を知ってるか？」

「ああ」バーテンがうなずく。「今夜は来てないよ」

「よく来るのか？」

「ほぼ毎晩。来ない日の方が珍しいね」

「もう一つ」俺は人差し指を立てた。「ジム・ジャックマンはここへ来るか？」

「あんた、何者なんだ？」バーテンの顔に警戒の色が浮かんだ。

「探偵」

「ああ？」

「探偵」チャック・ベリーのシャウトに負けないよう、俺は少し声を張った。

「何か、ヤバい話じゃないだろうな」バーテンの目が、何かを探すように泳ぐ。

「俺は、ミスタ・ジャックマンのセキュリティを担当しているんだ。信じられないんだったら、レコード会社に確認してもらってもいい」

「別に疑ってるわけじゃないけど……客の秘密は喋れないな」

客の秘密と言っているだけで、ジャックマンがこの店に来ていることがわかってしまうのだが、まだ若いバーテンは自分の失言に気づいていない様子だった。俺もあえて追及しないことにした。普通に話しているだけでも、このバーテンだったらどんどん秘密を喋ってしまいそうだ。

「ちょっと」

後ろから肩を叩かれる。俺は振り向くと同時に、瞬時に体の中心に向かって力を溜めた。近距離からきつい一発がくると覚悟した……目の前に現れた男は、確かに用心棒のように見えたが、拳を握り締めてもいなかった。

「何か？」

「うちの店で、迷惑行為はご遠慮願おうか」

「ちょっと話をしていただけなんだが」

「他のお客さんのことを聞き回られると迷惑なんだ。うちはプライバシーを重視――」

「何だって？」俺は耳に手を当てた。実際、チャック・ベリーのギターソロが耳に突き刺さって、相手の声がよく聞こえない。

「ふざけてるのか？」

「ここは、静かに話ができる店じゃないね」

「とにかく、出て行ってくれ。他の客に迷惑だ」

「話をするぐらい、いいだろう」

「それも困る。この店にはこの店のルールがあるんだ」

男が、体の脇に垂らした右腕を軽く振った。袖口に黒いものがちらりと見えている――ブラックジャックだ、と気づいた。

「出ていくか、痛い目に遭うか、どちらかだ」

言うなり、男が右腕を大きく上げた。その勢いで、袖口に隠したブラックジャックを飛び出させ、一撃を食らわす——よくあるやり方だ。俺は素早く相手の懐に飛びこみ、右のショートパンチを胸元に叩きこんだ。男が呻《うめ》き声を漏らし、よたよたと後退《あとずさ》る。よろけて倒れそうになり、チャック・ベリーの歌声に悲鳴が混じった。男は何とか踏みとどまったが、俺はすばやくもう一度男に迫り、右肩を掌《てのひら》で軽く押した。それで男が、半回転して後ろを向いてしまう。

「騒ぎを起こすつもりはないから、出て行ってやるよ。だけどあんたも、転職を考えた方がいい。用心棒にしては頼りなさ過ぎる」

人波がさっと割れる。俺はゆっくりとフロアを横切って、店の出入り口に向かった。自分の身を守るためだったとはいえ、何となく後口が悪い。

外へ出て、ほっと息を吐く。生温い初夏の空気のせいで気分はすっきりしないが、それでも新鮮な空気が肺に入って、ほっとした。あの店の空気には、煙草の煙だけでなく、別の——ドラッグの臭いが明らかに混じっていた。頭がくらくらするかと思ったが、何とか無事……俺は、ドラッグには一切手を出さない主義なのだ。

煙草に火を点け、夜空——夜空といってもブロードウェイには夜がないのだが——に向かって煙を吹き上げる。その直後、背後から声をかけられた。

「ちょっと」

女性の声だとわかっても、慎重に振り向いた。実際に見てみると、女性というより女の子と言った方が合っている。もしかしたらティーンエイジャーか？　こういう店では、身分証明書の提示を求めるものだが、抜け道はいくらでもあるだろう。大きく広がった赤い水玉模様のスカート、高い位置で縛った後ろ髪、そして大きな赤いリボン。最近、若い女の子たちの間で流行っているスタイルだ。

「君、二十一歳は超えてるんだろうな？　あんな店にいて大丈夫なのか？」

「変な心配しないで。そんなこと、どうでもいいでしょう」

酒が呑める年齢ではないと俺は判断したが、その件を説教しても仕方がない。

「……で、俺に何か用か？」

「ジャックマンのこと、知りたいんでしょう？」

「君の名前は？」

「ドロシー」

「OK、ドロシー」俺は周囲を見回した。「何の話だ？」

「タダじゃ嫌よ」

「わかった。何か奢ろう」役に立つかどうかはわからないが、即座に断ってしまうのももったいない。

俺たちは結局、すぐ近くにあるシアタークラブに落ち着いた。ヴィクが勤務していて、俺を——俺とドロシーを見つけると、ぐるりと目を回して見せる。俺はひらひらと手を振って「何でもない」と無言で伝えた。

ヴィクが案内してくれたボックス席に座ると、ドロシーが落ち着きなく周囲を見回した。

「何か気になることでも？」

「ここ、有名人がよく来る店でしょう？」

「そうだな」

「誰かいないかな、と思って」

「どうだろう」

有名人も二種類に分かれる。いつでもどこでも目立ちたい人と、本来の舞台でない場所では姿を隠しておきたい人。前者がシナトラで、後者がジョー・ディマジオ（一九一四年〜一九九九年。ヤンキースの強打者。五十六試合連続安打の大リーグ記録を持つ。ニックネームは「ヤンキー・クリッパー」。一九五一年引退。一時、マリリン・モンローと結婚していたことでも知られる）だ。ヴィクによると、ディマジオは現役時代はこの店の常連だったが、オーナーのホワイトが何度壁のサインを頼んでも、決して「イエス」と言わなかったという。ちなみにシナトラは、自分からペンを求め、周りのファンと気さくに話しながらサインをした。その後、彼のテーブルで即席のサイン会が始まったのは言うまでもない。

「ここ、高いからあまり来られないの。本当は、毎晩でも来たいのに」

「有名人が見たいから？」

「もちろん」ドロシーが目を輝かせる。「ニューヨークなのよ？　街を歩いていたら、すぐにスターに会えると思っていたのに、そんなこともないのね」

「君、どこの出身なんだ？」

「私？　アレンタウン」

「ペンシルバニアか」車を飛ばせば三時間もかからないだろう。田舎出のシャーロットたちとは少し事情が違う。「学生か？」

「そう。ニューヨーク大学」

「有名人を求めて、こんな遅い時間に街をうろついているなんて、褒められたもんじゃないな」

「やだ」ドロシーが口元に手を当てて笑った。「子どもじゃないんだから」

ヴィクが怪訝そうな表情を浮かべて、注文を取りに来た。

「あー、彼女は情報源だ」俺はすかさず説明した。

「情報源？」ヴィクの疑念は消えなかった。

「この人、誰？」逆にドロシーが訊ねる。

「ガールフレンドだ」

「あら、私とは見解が違うわね」ヴィクが冷ややかな口調で言った。

「おいおい――」

ヴィクがウィンクして、この話題はここで打ち切りになった。俺はビールだけを、ドロシーはハンバーガーにミルクシェイクを頼んだ。

「酒が呑める年齢でもないのに、ああいう場所に出入りしてるのはどうかと思うな」

普段はこんなことは言わないのに、つい説教してしまうのは、ドロシーの見た目がいかにも子どもっぽいからだ。酒の出る席でトラブルに巻きこまれたら可哀想だ。

「お酒なんか、興味ないわ。酔っ払ったら、大事なものを見逃すかもしれないし」

「例えば？」

「ジム・ジャックマン」

「彼はＮＰＲに来るのか？」

「何度か話したこともあるわよ」ドロシーが両手を組み合わせた。目がキラキラしている。「彼、シャイなのよね。テレビなんかで見るのと全然違って、可愛いの」

基本、まだニューヨーカーになれていない田舎者だからな――俺は皮肉に思いながら、「何の話をするんだ？」と訊ねた。

「レコードのこととか。感想を言うと、彼は真面目に聞いてくれるわよ」

「ふうん……」俺は煙草に火を点けた。そういう場面が何となく想像できるようなできないような。普通に話をするというより、一歩引いて相手の話を聞いている感じだろうか。

「でも彼、基本的にいつも一人だったの」

「あんな人気者なのに？」

「意外に目立たないのよね。私も最初は、友だちに教えられて、初めて気がついたぐらいだし」

「普通にあの店にいたのか？　目立たないって言っても、頻繁に顔を出していたら、皆気づきそうなものだけど」

「あそこ、奥に小さな部屋があるのよ。私たちは入れない特別な部屋で、有名人が来た時だけ、そこへ案内するみたい」

そういう部屋で何が行われているのか……酒と女、そして麻薬に決まっている。しかしそういう乱痴気騒ぎは、ジャックマンのイメージに合わない。

「結構頻繁に来てたみたいだけど、いつも奥の部屋に入ってしまうから、なかなか話はできなかったわ。あの店には、ジムの取り巻きもいるし」

「取り巻きというと……要するに、君みたいに熱烈なファンからガードするわけか」

「私は別に、ジムに危害を加えようとしているわけじゃないわよ」ドロシーが唇を尖らせた。「遠くから眺めるだけでも駄目なの？」

「そういうわけじゃないけど」孤独に暮らすジャックマンも、ニューヨークの社交界に慣れようとしているのだろうか。まず、常にロックンロールが大音量で流れているような若者向けの店で、大都会の雰囲気に馴染もうとしているのかもしれない。「それで、取り巻き連中というのは？」

「いつもあの店にいる常連のことよ。どうして一緒にいるかはわからないけど、有名人にくっついていると、自分も有名人みたいに思う人もいるでしょう」

「なるほど」君もその一人じゃないか、と俺は皮肉に思った。「その中に、エンリケ・サバトというプエルトリコ系の若い奴がいるのを知ってるか？」

「うん。よく見るわ」

ヴィクが先に、俺のビールとドロシーのミルクシェイクを持ってきた。「大丈夫？」とでも問いたげに、俺に目配せをする。俺は素早くうなずいて、ビール瓶を手にした。ドロシーは嬉しそうにミルクシェイクを啜り始める。

「どんな奴だ？」

「ちょっと私たちとは違うけど……」ドロシーが顔も上げずに答える。

「話をするような関係じゃない、ということか」

「向こうから話しかけてきたことはあるけど、調子がよくて嫌な感じなの。それに、ジムの取り巻きになって、少しのぼせ上がってるから。感じ悪いでしょう？」

「そうだな」

ジャックマンにすれば、簡単に頼み事ができる使いっ走りということか。そういう傲慢なことはしそうにないタイプに見えるが、人間は目の前の相手によって態度を変えるものだ。

「あの店の外でもつき合いはあったのかな」

「それはないと思うけど……」ドロシーが顎に人差し指を当てる。「ジムって、やっぱりあの店へもお忍びみたいな感じで来るのよ。奥の部屋に少しだけいて、さっと帰るみたいな」

「それじゃあ、全然面白くないんじゃないかな」

「ああいう場所にいること——あの空気に身を浸すのが楽しいんじゃない？　あそこは、音楽好きが集まって、好きな曲を聞いて踊る店だから」

取り巻き連中に話を聴いてみたい。ドロシーを危ない目に遭わせるわけにはいかないが、ちょっと外へ引っ張ってきてもらうぐらいは大丈夫だろう。

ドロシーは簡単に引き受けてくれたが、この作戦は失敗した。今夜は、サバトを始め、ジャックマンの取り巻き連中は一人も姿を見せなかったのだ。サバトが俺の尾行に失敗したことで、警戒警報のようなものが出たのかもしれない。

ドロシーに礼を言って別れ、自宅へ戻ったのは午前零時前。そこに、思わぬ客がいた。ケイリー。

ドアの前に立ち、手持ち無沙汰にぼうっとしている。俺の顔を見ると小さな笑みを浮かべたが、それも一瞬だった。

「何かあったのか？」また事件か——俺が最初に考えたのはそれだった。

「そういうわけじゃないけど」

「いつから待ってたんだ？」

「一時間ぐらい」

明らかに異常事態だ。何もなければ、こんな時間にこんなところで待っているわけがない。

「ジャッキーは大丈夫なのか？」

「今夜はママが見てくれてるわ。ちょっといいかしら」

「ああ——もちろん」

俺はドアを開けて彼女を中に通した。ケイリーが中に入った瞬間、俺は顔から血の気が引くのを感じた。中で誰かが待ち伏せしているかもしれない。慌てて灯りを点け、懐に手を入れて銃把を握る。

「どうかしたの？」ケイリーが不審げな表情で振り向いた。

「いや……何でもない。どうぞ」

人を招くことなどほとんどないせいで、ワンベッドルームの俺の部屋は雑然としている。汚いわけではないが、『グッド・ハウスキーピング』の「素敵な家特集」に登場する可能性は限りなくゼロに近い。

ケイリーが一人がけのソファに座った。俺はキッチンに立ち、お湯を沸かし始めた。

「飲み物はいらないわ」

ケイリーが言ったので、俺はガスを止めた。そのまま彼女に向き直り、言葉を待つ。

「ジャッキーがね……」

「どうかしたのか？」

「最近、様子がおかしいの。父親がいないことはなんとか理解したんだけど、『何で犯人が捕まらないの』って、毎日みたいに訊くのよ」

そこまで理解しているとしたら、子ども心に辛いはずだ。ジャッキーはジャッキーなりに、正義感を抱いているのだろう。それに、父親に対する想い。

「今日、二十八分署に行って、偉い人に会わせてくれなんて言い出して、騒ぎになって」

「一人で？」

「一人で」

二十八分署は、ハーレムを管轄する分署だ。子どもが一人で行くような場所ではない。

「電話がかかってきて、慌てて引き取りに行ったわ。泣いて、大変だった」

「そうか……」

「本当に、まだ犯人の見当はついていないの？　私も警察に問い合わせているんだけど、ちゃんと答えてくれないのよ」

「残念ながら、まだわからないようだ」

今一番犯人に近づいているのは、俺かもしれない。ジム・ジャックマン。しかし今の段階では、この名前を彼女に告げるわけにはいかない。無責任なことを言ってジャックマンが犯人だと思いこんだら、彼女がどんな行動に出るかわからない。

「話を聞けるのはあなたしかいないから……でも、あなた、全然電話に出ないし」

「すまない。最近、昼も夜も仕事なんだ」

「ウィリーの件で？」

「それもある。でも俺たちみたいなフリーランスは、何でもやらないと生きていけないんだ」

「そうやって無理をしていると、ウィリーみたいにおかしくなるのよ」

「ウィリーはそんなにおかしかったか？　俺が知る限り、そこまで変じゃなかった」

「最近は家でぼうっとしていることが多かったし、夜中の仕事も多かったわ」

「仕事は……そんなに大変じゃなかったと聞いてるけどな」捜査本部は、ウィリーの事務所からファイルを全て押収し、どんな仕事をしていたか割り出した。緊急、あるいは時間を要する大きな仕事をしていなかったことはわかっている。

「警察もそう言ってたけど、そんなことはないわ。そうじゃなければ、あんなに夜中まで仕事をするわけがないでしょう。でも……仕事じゃなかったかもしれないわ。男が夜帰ってこない時は、まず浮気を疑うべきよね」

「君も疑ってたのか？」

「本当は、はっきり訊いてみたことがあるの」ケイリーが認めた。「大喧嘩になったわ。ウィリーの様子がおかしくなったのは、それからよ。私とあまり話さなくなったし、ジャッキーとも……ジャッキーは、怯えてしまったわ」

「それと今回の事件は関係ないんだぜ」俺は指摘した。「家庭に問題があっても、それで殺されるようなことはない。自分を責めちゃ駄目だ」

「そうしないようにしてるんだけど……」ケイリーが首を横に振った。「どうしても、私のせいじゃないかと思ってしまうのよ」

「いや、俺の責任だな。早く犯人を捕まえないから、君たち家族を追いこんでしまう」

「あなたのせいじゃないわ」

ケイリーは嘘をついていた。明らかに俺のせいにしたがっている。

「俺を憎んでもいい」

「あなたを憎むのは筋違いよ。犯人を逮捕するのは警察なんだから」

「ウィリーは友だちだ。友だちのために、俺は何もできていない」

「でも……」

「すまない。でも、もう少し待ってくれ」

「犯人の目処がついたの？」

「手がかりは引き寄せている」そこでふと思いつき、訊いてみた。「警察は、ウィリーの荷物は何も見つかっていないと言っていた。拳銃もそうだよな？」

「ええ」

「どんな拳銃だった？　あいつ、拳銃を持ったのが相当嬉しかったと思うけど」

「普通の拳銃よ。私には、拳銃の種類は全然わからないけど……自分のものだとわかるように、握りのところに文字を入れたの」

「それは――」頭が真っ白になった。ケイリーが告げるその言葉を聞いた時に、暗い絶望が忍びこんでくる。あの拳銃は――。

「……もう少し待ってくれれば、君にもいろいろ話せると思う」

「期待して待っていていいの？」

「プレッシャーだな」俺はわざとおどけた声を出した。

「ごめん。でも、全然けじめがつかなくて」

「それは俺も同じだ」

「こんな時間にごめんなさい」ケイリーがハンドバッグを摑んで立ち上がった。

「そうだな――俺はいいけど、君みたいな女性の一人歩きは勧められない。家まで送るよ」

「ありがとう」

灯りの消えた街を二人で歩きながら、俺は重苦しい気分を味わっていた。容疑者はいる。全てを明らかにするために、ここは一気に勝負に出るべきではないか？

「仮に犯人がわかっても、君が自分で復讐できるわけじゃない。それはわかってるよね？」

「もちろんよ」

「それでもいいのか？」

「憎む相手がはっきりすればいいの。そうすれば――憎むことで、私たちは生きていけると思う。今の中途半端な状態が一番辛いわ。とにかく、犯人さえわかれば……」

「近く、連絡するよ」言ってしまった。

「犯人について？」

「そうであればいいと思っている。君たちのためにも、ウィリーのためにも、頑張るよ。警察の尻も蹴飛ばしておく。被害者家族の面倒を見ないなんて、話にならない」

「ありがとう」

「ウィリーの家族は俺の家族でもある。そのうち、気晴らしに、ジャッキーをヤンキー・スタジアムへ連れて行くよ」

「あの子、野球はそんなに好きじゃないわよ」

「生で観れば、変わるさ。何か他に打ちこめることがあれば、気分転換になる。何より、ウィリーは野球が好きだったんだから」

「そうね。そもそもジャッキーの名前も野球からだし」

ウィリーは昔からヤンキースファンだったが、ジャッキー・ロビンソンだけは別だった。好きな選手の名前を息子の名前にするのは、当然と言えば当然だろう。

「とにかく、できるだけ早く調査を進める」

「待ってるわ。私は答えが欲しいの。どんな答えでもいいから」ケイリーの口調は、今まで聞いたことがないほど真剣なものだった。

第六章　裂かれる

友人の妻というのは微妙な関係の存在だ。できるだけのことはしてやりたいと思う一方、当の友人がいなくなってしまえば、関係はやはり希薄になる。

しかし、俺を決定的に動かしたのは、やはりケイリーだった。

彼女に会った直後、俺は新しい計画を思いつき、リキに協力を求めるという当初の作戦を放棄した。リキを危ない目に遭わせるわけにはいかないし、彼に提示したやり方では時間もかかりそうだ。何より大事なのは、ケイリーのために一刻も早く犯人にアプローチすること——そのためには、これまで避けていた人間と接触しなければならないが、覚悟は固まった。

不十分な睡眠から目覚めた翌朝、俺はすぐに受話器を手に取った。話すべき相手の電話番号はわかっている。こちらからは一度もかけたことがないのに、「万が一」のことを考えていたのか、記憶に残っていたのだ。

「これはこれは」相手は本気で驚いているようだった。「お前から電話がかかってくるとは思ってもいなかった」

「今日、会えないか？」

「何事だ？　俺に心臓麻痺《まひ》でも起こさせる気か？」

そうなったら嬉しい――もしも彼を抹殺できれば、ニューヨークは少しだけ明るくなるだろう。しかし今、俺はこの悪魔を上手く使わなければならない。

「会えないか？」俺は再度確認した。彼の無駄口につき合っている暇はない。

「何時頃がいい？」

「昼でどうだろう。飯でも食いながら」

「俺は構わないが、ずいぶん急ぎの用なんだな」

「そう――急ぎだ」

「わかった。1PPの近く――マディソン・ストリートとセント・ジェームス・プレイスの角に、ギリシャ料理の店がある。奥の部屋を十二時に予約しておく」

「そんな近くで大丈夫なのか？」電話の相手は、まさに市警本部にいるのだ。俺と会っているのを同僚に見られたくないはずだが……。

「人間は、案外足元を気にしないものさ」相手が笑い、電話を切ってしまった。

さて……昼飯はおそらく、ボリュームたっぷりのムサカ（野菜と肉、ホワイトソースなどを重ねてオーブンで焼いたギリシャの名物料理）になるだろう。今朝は軽めの朝食にしておこうと、俺はコーヒーを淹れ、シリアルを用意した。あとは、奴を満足させられるだけの金を用意できるかどうかだ。行動原理は金――わかりやすくていいのだが、今の奴の相場がまったくわからないのは不安だ。

最強の札になる可能性もあるが、できれば引きたくないジョーカー――アドリアーノ・バッジョはそういう男だ。ニューヨーク市警の主流派であるイタリア系警官の中心人物であり、半ば揶揄されるように「ドン」と呼ばれている。本人は特に否定もせず、そう呼ばれるとむしろ誇らしげな顔をする。

彼は確かに、この尊称で呼ばれるに相応しい男だ――悪徳警官たちの親玉として。

指定されたギリシャ料理店は、ランチタイムで賑わっていた。俺は慎重に店内を見渡しながら奥の部屋へ進んだのだが、警官らしき人間は見当たらない。市警本部のすぐ近くではあるが、この店は警官たちの「シマ」ではないのだろう。

バッジョは狭い部屋で一人待っていた。いつもと同じ格好――そろそろ半袖が恋しくなってくる時期なのに、きちんとスーツを着こんで明るいオレンジ色のネクタイを締めている。ポケットには、ネクタイと同色のチーフを挿していた。おそらく靴は、顔が映るぐらいに磨き上げているだろう。

「お前から電話があるとは珍しい」

「自分から進んで落とし穴にはまりにいくような人間はいないからな」

低く笑い、バッジョが葉巻を灰皿に押しつけた。いかにも高そうな、親指ほどの太さの葉巻。葉巻が消えたのが合図になったようにドアが開き、料理が運ばれてきた。トマト、キュウリ、ピーマンにフェタチーズ——ギリシャ風のサラダだ。バッジョは優雅な手つきでフォークを操り、サラダを食べ始めた。

「あんたがギリシャ料理とは珍しい。イタリア料理に飽きたのか？」

「せっかくニューヨークに住んでるんだぞ」ゆっくり上品にサラダを咀嚼しながら、バッジョが答える。「世界各地の料理を楽しめるんだから、一つだけにこだわるのは馬鹿馬鹿しい」

「俺が朝飯を食べる店の店主もギリシャ人だ」

「お前は朝からムサカを食うのか？」

「ベーコンに卵だ」

「そいつは、ギリシャ人じゃなくても作れるな」バッジョが声を上げて笑う。

サラダの味がよくわからない。焦っているせいだと自分でもわかっている。しかしバッジョという男は、イタリア系というせいもあってか、食事を何より大事にする男だ。用件を話す時は食事を終えてから、というのが暗黙の了解になっている。

サラダの後は、予想通りムサカになった。

「今日はカリフラワーのムサカだ」バッジョが手慣れたウェイターのように説明した。

「珍しいな。俺はナスのムサカしか食べたことがない」

「毎日毎日、同じ料理ばかり出す店は進歩しない」悲しげな表情を浮かべ、バッジョが首を横に振った。「ムサカなんて、どんな材料でも作れるんだから、工夫の余地はいくらでもある」

「相変わらず、美味い物を食べ歩いているわけだ」

「俺は、新しいことにチャレンジしてくれる店が好きでね。仕事でも何でも、常に努力する人間を評価する」

思わず鼻を鳴らしそうになったが、何とか我慢する。これから時間がかかるのだから……バッジョの食事は、いつも悠々と時間をかけて行われるのだ。ランチで最低一時間、ディナーになると三時間かかることも珍しくない。今日も一時間は軽く超えそうだ。

バッジョは分署のパトロール警官からキャリアを始め、市警本部勤務になってからは異例の早さで出世の階段を上がってきたのだが、それは警察官としての能力によるものではない。バッジョは、ニューヨークの悪と警察をつなぐ存在なのだ。パトロール警官時代に、イタリア系という血筋を生かしてイタリアン・マフィアとのつながりを作った。軽い犯罪を見逃す代わりに金を受け取り、その金を上層部への貢物として使うことで、同世代の誰よりも早く出世の階段を上がってきたのだ。まだ四十歳なのに、既に警視。

俺は分署時代に捜査を担当したマフィアの銃撃事件で、本部にいたバッジョから直接命令を受けたことがある。既に犯人はわかっている、そいつを逮捕してすぐに捜査を終わらせろ。

しかし俺は、バッジョが悪い警官の帝王だということを知っていた。この指示には何か裏がある――調べてみると、本当の犯人を庇うためにチンピラを一人差し出すことで、裏で話がまとまっていたのだという。よくある話だが、若かった俺は、そういい加減なやり方が許せなかった。当時コンビを組んでいたベテランも、世馴れている割に筋を通す人で、俺たちはバッジョの命令を無視して本当の射殺犯を逮捕し、事件にケリをつけた。

その後、様々なトラブルがあって俺は警察を辞めたのだが、その直後にバッジョに呼び出された。間違いなく殺されると思った俺は、密かに拳銃を懐に忍ばせて行ったのだが、彼はリトル・イタリーにある、目の玉が飛び出るほど高いイタリア料理の店で食事を奢ってくれただけだった。最後の晩餐《ばんさん》だと覚悟したのに、バッジョは俺の行動をやけに高く評価した。

　助けるべき相手を助けずに、面倒なことになったのではないかと俺は率直に聞いてみたのだが、バッジョは笑いながら、あっさり「問題ない」と言うだけだった。

「マフィアがどうなろうが、俺の知ったこっちゃない。連中が全滅すれば、当然祝杯を上げるだろうな」

「しかしあんたは、マフィアに便宜を図って、そのお礼として金を受け取っている」

　俺はずばり指摘した。

「それで、セントラル・パークのすぐ近くにでかいコンドミニアムを買ったぞ。今度、遊びに来い。セントラル・パークを見下ろしながら酒を呑むのはいい気分だ」

　本当にそんな場所にコンドミニアムを買ったのか、と驚いたものだ。セントラル・パーク周辺、特に南側の一帯は、ニューヨークで最も高級な住宅街である。あそこに部屋を構えるとしたら、いったいいくらかかるのだろう。百万ドル？　マフィアから受け取った賄賂だけで手に入れたとしたら……この男は警察官ではなくマフィアそのものではないか。

「あの時、どうして俺を見逃した？」

「お前は犯人を捕まえた。それだけだ」

「あんたの命令を無視したんだぞ」

「あー、原則的に言えば、俺はお前に直接命令できる立場じゃなかった。だから、そもそも命令が存在しないんだ。で、俺は骨のある奴が好きなんだよ。辞めたと聞いて、お前の身には危険が及ばないようにしておいた」

「どういう意味だ？」

「マフィアの中には、お前が俺の命令を無視して勝手に暴走した、と怒っている連中もいた。だから俺は、お前は責任を取って辞めさせられた、という話を流しておいたんだ。いずれ野垂れ死にするから、放っておけと」

「俺は野垂れ死にしない」むっとして言い返したものだ。

「結構だ」バッジョの嫌らしい笑いを覚えている。いずれまた、俺と仕事をすることもあるだろう。お前はもう警察官じゃないんだから、警察の倫理観に囚《とら》われることもない。貰える金は貰って、仕事をしても構わないだろう。俺の方から頼みごとをする機会があるかもしれない――と。

その後、実際にはバッジョから仕事の依頼はなかった。俺から頼みごともしなかった。しかし俺は、この男は使えるかもしれないと、頭の中の電話帳に残しておいたのだ。ただし、本当に引き受けてもらえるかどうかはわからなかったが。彼は「俺は高いぞ」と言っていた。今回は、有り金をかき集めて五百ドルを用意してきたのだが、この程度の金で彼が動いてくれるかどうか、想像もつかない。

サラダの後でムサカを食べ終え、濃いコーヒーが出てきたところで、俺は切り出した。

「金を用意してきた」

「ということは、俺に何か依頼したいのか」

「ああ」

「俺を動かせるかどうか……」バッジョが肩をすくめる。「俺は安い金じゃ動かないぞ。安い金額で動いたとわかったら、今後買い叩かれるからな」

「――五百ドルだ」俺は正直に打ち明けた。俺にすれば大金――十日以上働いてやっと手に入る額だ。

「無理だ」バッジョがあっさり言った。「話の内容にもよるが、そんな安い金額で話を受けたことはない。俺も、何かと金は入りようでね」

「上層部への賄賂」

「言葉が悪いな。連中にとっては、給与外のちょっとした臨時収入と言ってくれ。俺は金を動かす仲介人というだけだ――とにかく、この件は忘れろ。俺は受けない」

バッジョが新しい葉巻に火を点けた。香ばしい香りは、やはりキューバ産だろうか。ここで葉巻を吸い始めたということは、すぐに席を立つつもりはあるまい――俺はそう判断して、説得にかかった。もしかしたら金以外にも、彼を動かす材料があるかもしれない。

「今、市警本部で一番の課題は何だろう」

「もちろん、イーストリバー・キラーだ」バッジョがあっさり言った。

「俺は、イーストリバー・キラーの首根っこを押さえられるかもしれない」

「探偵としては大手柄だな」バッジョは、それほど驚いた様子を見せなかった。「しかし、そんなことができるのか？」

「決定的な手がかりがあるかもしれないんだ。できれば、自分で犯人を捕まえて、市警本部の前に放り出してやりたい」

「それは探偵の仕事じゃない」

「殺されたウィリー・〝ザ・ライトニング〟・ネイマスは、俺の友人だった。探偵仲間だった。家族はすっかり参ってしまっている。何とかしてやりたいんだ」

「ネイマスか……奴の動きは凄まじかったな」

「ああ」急に何を言い出す？　バッジョはボクシングファンなのだろうか。

「あのフットワークは、他のボクサーには真似ができなかった。しかもあのスピードで、十五ラウンドずっと動き回るんだから、相手はパンチをかすらせるだけでも大変だっただろうな」

「ライトニング《稲妻》だから」

「ああいう戦いは、歳を取ってからはできない。全盛期は短かったな」

実際ウィリーは、引退の理由を「動けなくなったから」と言っていた。彼の最大の武器はスピードと無尽蔵のスタミナだったが、バッジョが指摘するように、二十代も後半になると、若い頃のようには動けなくなる。息切れを感じて動きが遅くなることもあるだろう。「そんなのはライトニングのスタイルじゃないんだよ」とウィリーは零していた。

「俺は、あいつがボクサー時代に稼いだ金全額よりもたくさんの金を、あいつに稼がせてもらったことがあるよ」バッジョがニヤニヤしながら打ち明けた。

賭けか。

確かめはしなかったが、間違いない。確かに、ウィリーの試合ではいつも大金が動いたものだ。俺は賭けたことはないが、バッジョのように大金を動かせる人間だったら、一勝負しようという気にもなるだろう。

「奴がまだチャンピオンになる前だが、ビリー・クラインとの試合を覚えてるか？」

「ああ」格上の相手に二度もダウンを奪われたウィリーが、九ラウンドに一気にラッシュを見せ、逆転でノックアウト勝ちした試合だ。

「あの時、賭け率は一対九でクライン有利だった。だけど俺はネイマスに賭けて、一財産作ったよ」

「どうしてウィリーに賭けた？」

「奴の目を見て、絶対に勝つとわかった。俺はボクシングの技術のことはよくわからないが、勘には自信があってね」

「そのネイマスが死んだんだ」

「ああ」バッジョがうなずく。「俺は、イーストリバー・キラーの捜査に口を挟める立場じゃない。しかし、連中がいつまで経っても犯人に辿り着けないことは、忌々《いまいま》しく思っていた」

「俺がやれるかもしれない」

「間違いないのか？」

「証拠が固まれば」

「それで、俺にどうして欲しい」

流れが変わった、と俺はウィリーに感謝した。お前の逆転ノックアウト勝ちは、死んだ後もお前を助けてくれてるんだぞ。

「正規のルートで鑑識に持ちこめば、警察はすぐに動くだろう。だけど俺は、自分で何とかしたいんだ」クライアントであるプラネット・レコードとの関係もある。

「今時、そういうのは流行らないぞ、カウボーイ」

「ウィリーは俺の友だちだ。警察がだらだら捜査していて、手がかりさえ摑めないんだから、俺が自分で何とかする」

「お前の金は受け取らない」

俺はすっと顔を上げた。ここまで一生懸命言っても駄目か……俺にとっては虎の子である五百ドルも、彼には端金《はしたがね》のようなものだろう。

「たかが五百ドルを受け取っても意味はない。俺にとっては、ネイマスに対する礼儀を果たす方が大事だ」

「じゃあ――」

「どんな面倒臭いことを考えてるんだ？」バッジョが妙に爽やかな笑みを見せた。「どうせなら、思い切り面倒なことがいいな。単純な話じゃあ、つまらない」

ジャックマンが最終的に西海岸行きに同意したと教えてくれたウィルキンソンは、「三日間遅れただけで、一万ドルの損失だ」と溜息をついた。

「今度は確実なんだよな？」

「何を企《たくら》んでるんだ？」ウィルキンソンが疑わしげに訊ねる。

「前回家の中を調べた時に、少し疑問に思うことがあったんだ。もう一度確認しておきたい」

「大丈夫なのか？」

「大丈夫かどうか確認するために、調べたいんだ」

「それと、前回のように急に帰って来たりすると困るから、予め合図を決めておきたい。無事に飛行機に乗る段になったら、電話をもらえるだろうか。搭乗口まで行けば、もう引き返せないだろう」

「電話している暇があるかな」

「搭乗口には、公衆電話があるんじゃないか？　家に電話をかけて、二回だけ鳴らして切る――俺は搭乗時刻に必ず彼の家にいるようにするから、それで確認しよう」

さらに細かく打ち合わせをして、俺は電話を切った。

猶予は三日間。初日に無事に作戦を決行できれば、時間は十分だろう。予想外のトラブルさえ起きなければ……俺は自分の拳銃の分解清掃を始めた。

「……わかった」

今回も、部屋の調査はスムーズに行った。俺が部屋に入ったのは、離陸直前の午前十時半。部屋へ入ってすぐ、電話が鳴った。予定通りなのだが、やはりびくりとして受話器を取り上げそうになった。受話器に手を置いたまま呼び出し音を聞く。二回鳴って切れた。

問題なし。ジャックマンは間もなく、ニューヨークを離れる。

探すべき場所はわかっている。既にジャックマンが拳銃を処分してしまった可能性もあったが、俺はまだここにあるはずだ、と想像していた。前回西海岸行きをキャンセルして部屋にとんぼ返りして以来、彼が一度もこのコンドミニアムから出ていないことを、俺はドアマンたちから確認していた。

ベッドのマットレスを外し、まだ拳銃があるのを見つけてほっとする。後はこの拳銃をバッジョに渡して、計画を遂行するだけ——拳銃を手に取って入念に検《あらた》めた時、俺は計画を放棄しようかと思った。このまま放置して、全てなかったことにしてしまってもいいぐらいだ。

その日の午後、俺は事務所でまんじりともせずに時を過ごした。いったいどういうことなのか……何度も拳銃を確認し、その度に膨らんでいく想像によって、絶望に流されていく。マイク・ハマー（アメリカのハードボイルド作家、ミッキー・スピレインが生み出したシリーズ主人公。暴力的な作風で、戦後日本でも大人気を博した）なら、拳と拳銃で解決してしまうだろうが、この場合、そうはいかない。事態は非常に複雑でデリケートだ。

このまま、この拳銃を手元に置いておくことも考えた。そうすれば、真相はわからないままで、誰の名誉も汚されない。

夕日が射しこみ始めた部屋の中で、俺はずっと考え続けた。この拳銃が、とんでもない結末を呼ぶかもしれない。しかし、この拳銃はウィリーを殺した——おそらくは、シャーロットも——凶器である可能性が高いのだ。その事実を放置しておくわけにはいかない。

街が完全に闇の中に落ち、日付が変わる直前、俺は拳銃を含めた大荷物を抱えて家を出た。所持許可を得ている拳銃ではないので、見つからないようにタクシーを使う。地下鉄の中で、うっかり落としたりしたら、大騒ぎになるだろう。

ハーレム川をマコームズ・ダム橋で渡り、ヤンキー・スタジアムの手前で右へ折れて、ハーレム川沿いに車を南へ走らせる。時刻は午前零時過ぎ。この時間になるとさすがに走っている車も少ない。エクステリア・ストリートをしばらく走ったところで、俺はタクシーを停めさせた。

「こんなところで？」運転手が怪訝そうに訊ねる。

「ここでいい。ここから先は、車が入りにくい場所なんだ」

チップを弾むと、運転手は何も言わなくなった。そもそも俺は、疑われないように用心していたのだ。スーツにネクタイ。夜中でもこういう格好をしていれば、あまり怪しまれずに済む。

そこは小さな公園——というか緑地になっている。奥はハーレム川、そして広い道路を挟んだ向こう側は商業地区だ。人の姿はまったく見当たらず、拳銃を撃っても誰かに聞かれる心配はまずない。

この緑地のことは知っていたが、実際に足を踏み入れるのは初めてだった。真っ暗な中、ハーレム川対岸の街の灯だけが頼りである。人気はまったくないのだが、あまりにも開けているので不安になってくる。本当は、鬱蒼《うっそう》とした森の中で事を済ませたいのだが、セントラル・パークで拳銃を撃つわけにはいかない。ロングアイランドの奥の方へ行けば、とてもニューヨークとは思えない自然が広がっているのだが、そこまで往復すると遠過ぎる。マンハッタンから離れるほど、リスクが大きくなるような気がしていた。

仕方ない。やはりこの状況で何とかするしかないだろう。

俺はホルスターに吊るした拳銃を取り出し、確認した。これが……首を横に振り、拳銃をホルスターに戻して緑地の中を歩き回り、適当な場所を探す。撃ち損じは許されない……ほどなく、幹の直径が八インチ（20センチ）ほどある木を見つけた。大きく枝が広がっているので、巨大な傘の下に隠れているような感じにもなる。よし、ここでいいだろう。バッグを下ろし、中から革袋を二つ取り出した。川辺に寄り、思い切り腕を伸ばして、革袋に水を一杯に入れる。かなり重い……それを横に二つ並べて木の根本に置いた。

そこから三フィート（90センチ）ほど離れ、寝そべって革袋に銃口を向ける。この距離からなら撃ち損じる心配はまずないが、珍しく手が震えた。実際、撃つ時に手が震えたのは初めてだったかもしれない。

甲高く、鋭い銃声。それに、くぐもった音が重なった。命中。革袋から水がどっと流れ出して芝生を濡らす。

問題はここからだ。水の入った革袋を二つ置いたのは、衝撃を和らげ、できるだけ銃弾の変形を防ぐためである。警察がこの手の調査をする時には、通常大きな水槽——水の中に向かって撃ちこむのだが、俺にはそんなものは利用できないので、次善の策としてこの手を使った。

ごく近距離から撃ったので、銃弾は幹に食いこんでいるはずだ。俺は拳銃をホルスターに戻して両手を自由にし、幹に空いた穴を懐中電灯で照らして確認した。ぎりぎり、銃弾の尻は見えている。左手で懐中電灯を持ち、右手でナイフを使って、幹を抉るようにして銃弾を掘り出す。線条痕《せんじょうこん》に傷をつけないようにするために、銃弾に直接ナイフで触れるのは駄目だ。五分ほど、慎重にナイフを振るっているうちに、額に汗が滲んできた。先が少しだけ潰れた銃弾をようやく無事に取り出した時には、しばらく息を止めていたことに気づき、大きく深呼吸した。

「よし」声に出して言ってみると、大きなハードルを乗り越えたのを確信する。しかし、本当の問題はこれからだ。

なかなかタクシーが摑まらず、ジャックマンのコンドミニアムへ着いたのは午前二時過ぎだった。

今夜は知らないドアマンだったが、俺が鍵を取り出すとあっさり通してくれた。ジャックマンがやはり西海岸行きを取りやめ、密かに部屋に入りこんでいるのではと想像したが、広い部屋は無人だった。灯りは点けたくない。ジャックマンの部屋は十階にあり、真向かいは会社なので、深夜にこの部屋の窓が明るくなっても誰かに気づかれる心配はないが、あくまで用心は必要だ。

暗闇に目が慣れたところで寝室に入り、マットレスの下に拳銃を戻す。部屋を出てドアに鍵をかけたところで、ようやく一安心した。

一階に降りて、スーパーのところにある公衆電話を使ってヒューストンに電話をかけた。この時間でも彼が起きているのはわかっている。ヒューストンは典型的なショートスリーパーで、寝るのは必ず午前三時過ぎだと言っていた。それなのに朝は七時に起き出し、すぐに一日の活動を始める。異様に燃費のいい男なのだ。

「こんな時間にどうした」

「まだ起きてただろう」

「ああ。これから、寝る前のミルクを飲もうと思ってた」

「ミルク」という名前のカクテルがあっただろうか、と俺は訝《いぶか》った。ヒューストンは、張り込みや尾行などをしていない限り、夜になると必ず呑み始める。

「ちょっと頼みがあるんだけど、忙しいか？」

「時間による。このところ、昼間はある会社を調べてるんだ」

「会社？」

「内容は言えないけどな……夜なら空いてるぜ」

「それなら都合がいい。二、三日中に一仕事頼むことになると思うけど、大丈夫か？」

「いいよ。昼間は連絡がつかないから、ヴェルマに伝言を残しておいてくれないか？」

ヴェルマは、ヒューストンの事務所で働いている秘書だ。彼が、二十三歳のこのグラマーな秘書を愛人にしていることは知っているが、俺は深く追及したことはない。

「ヴェルマは元気か？」

「元気だよ。あんたも、早く美人の秘書を雇えるぐらい稼げよ」

「俺は、一人の方が気楽でいい」

「それで仕事を取り逃していることもあるんじゃないか？」

「その分は、お前の方に回るだろう。ニューヨークの探偵全体で見ると、バランスが取れてるんだよ」

「変な理屈だな」声を上げて笑い、ヒューストンが電話を切った。

俺は、東へ向かって歩き出した。以前、ジャックマンを尾行して入ったダイナーの前を通り過ぎる。この店は二十四時間営業だったか……何となく、このまま家に帰る気にはなれず、俺はふらふらと店に入ってしまった。さすがにこの時間だと、客はほとんどいない。

かすかに空腹を覚えたが、こんな時間に重いものを食べると太る。トーストしたベーグルとコーヒーだけを頼んだ。ベーグルにはクリームチーズとスモークサーモンが合うのだが、今夜は中身はなし、バターとジャムだけで食べた。この弾力のある食感が、時々無性に恋しくなる。ベーグル一つをコーヒーで流しこむと、胃袋がOKサインを出した。煙草に火を点け、上着のポケットに入れた銃弾に指先で触れてみる。これが、俺の持つ全てだ。

ラジオからは、ジーン・ヴィンセント（一九三五年～一九七一年。ロックンロール、ロカビリーの歌手。アメリカだけでなくヨーロッパでも活動し、若いミュージシャンたちに大きな影響を与えた。一九九八年、ロックの殿堂入り）の『ビー・バップ・ア・ルーラ』が流れている。この曲は少し渋めのロカビリーという感じで、震えるような、時にしゃくり上げるようなヴォーカルが、俺の心を不安に陥れた。

不安なのは、ジーン・ヴィンセントの声のせいだけではない。俺はこれから初めて、ジャックマンとまともに対峙することになるのだ。

二日連続でバッジョと会うのは、どうにも気が進まない。彼が俺を買っている理由が今ひとつわからないのも、不安の原因だった。しかし今は、このクソ野郎を頼るしかない。リキに頼めば、正式なルートできちんと調べてくれるだろうが、そうすると俺は、身動きが取れなくなる恐れがある。市警は当然、俺を排除しようとするはずだ。

指定された店は、チャイナタウンの古ぼけた中華料理店だった。俺はほとんどこの街には足を踏み入れないし、中華料理を食べることもあまりないので緊張したが、店に入ると、バッジョが俺をここへ呼んだ理由がすぐにわかった。昨日のギリシャ料理店と同じで、小さい個室があるのだ。もっとも、店内に飛び交うのは中国語ばかりで、俺たちの会話が店員や客に漏れる心配はなさそうだったが。

「チャイナタウンとリトル・イタリーが隣り合っているのは、実に興味深いな」食事を終え、香り高いお茶を啜りながら、バッジョが言った。

「確かにそうだ」概ねモット・ストリートの東がチャイナタウン、西がリトル・イタリーという感じになる。

「何だ、食が進まないな。中華料理は嫌いなのか？」

「食べ慣れていないだけだ」

「最高の料理だ。イタリア料理とどちらが美味いか、俺には判断できないな。世界の二大料理と言っていいだろう」

いつまでもバッジョの料理談義を聞き続けるわけにはいかないので、俺は上着のポケットから封筒を取り出し、指先で彼の方へ押しやった。バッジョは封筒を取り上げると、中を覗きこんだ。銃弾に視線を据えたまま「これは？」と訊ねる。

「イーストリバー・キラーが使った銃弾かもしれない」

「線条痕を調べればいいんだな」

「ああ」

「それで、合致したらどうする？」

「結果を教えて欲しい」

「あくまで自分で決着をつける気か」

「ああ」

「俺が裏切ったらどうする」バッジョがニヤリと笑った。

「殺す」

俺は即座に言い切った。バッジョが俺の目を見たまま、封筒を上着のポケットに入れた。

「俺を殺すのは相当大変だぞ」

「だから、そんなことはしたくない。この事件、俺に決着をつけさせてくれ」

「ネイマスのためにやるんだな？」

「ああ」

「だったらこれは、俺からネイマスへの贈り物だ。お前のためにやるんじゃないぞ」

「わかってる」

「警察官は私情では動かない。だけど、探偵は――」

「警察官の正義と探偵の正義は別の種類かもしれない」

俺の言葉に、バッジョがうなずいた。上着の胸を叩き、内ポケットに入った銃弾を確認する。

「一応、訊いておく」バッジョが真顔で訊ねた。「これは、どこで手に入れた？」

「拾った」

「拾った――ほう」バッジョが繰り返した。「どこで」

「忘れた」俺は肩をすくめた。「どこかの犯行現場近くだったと思う」

「路上に放置されていたのをたまたま見つけたにしては、綺麗な――新しい銃弾だな」

「雨に濡れなかったからだろう」

「――ということにしておくか？」バッジョが探りを入れた。

「ああ。たまたま見つけただけだ」

「バレると、俺が厄介なことになりそうだな」

「あんたの力があれば、そんな目には遭わないだろう。市警本部を陰で操っているのは、あんたじゃないのか」

バッジョが低い声で笑った。否定も肯定もなし。

俺はいつか、この男とも対決しなければならないだろう、と覚悟した。俺は既に市警の人間ではないが、この男の権力志向は、警察内部だけでなく、いずれ外にも染み出してきそうな気がする。市警内部で、金を使って自分の好きなようにやっているだけならともかく、肥大した権力欲が一般社会にまで影響を及ぼすようなら……その時に備えて、力を蓄えておくべきかもしれない。

その前にまず、この状況をどう乗り切るか、だが。

サイモンは、会うなり「十分しかない」と忙しなく切り出した。

「それでかまいません」

俺は椅子に浅く腰を下ろした。デスクの向こうにいるサイモンは、渋い表情。電話が鳴ると、奪い取るように受話器を摑んで、「十分だけつながないでくれ」と命じる。音を立てて受話器を置いた途端に、今度はノックの音がした。

ウィルキンソンだった。

「十分後に――」

サイモンの声を無視して、ドアが開く。ウィルキンソンだった。

「ああ、君か……入ってくれ」

部屋に入って来たウィルキンソンが素早くドアを閉め、ソファに腰を下ろす。俺は立ち上がり、二人の顔を順番に見た。

「率直に結論から言います。ジャックマンは、犯罪行為に加担している可能性がある」

「ドラッグか？」サイモンが鋭く訊ねた。

「ドラッグなら、まだ救いようがある。この件が証明されて表沙汰になったら、破滅です。しかもあなたを含めた全員が」

「破滅……」サイモンが首を横に振る。直後、何とか気持ちを立て直したようで、「それは大袈裟じゃないか」と疑義を呈した。大袈裟だと信じたい様子だった。

「今まで、有望だと思われていたスター候補が、素行不良で何人も潰れてきたでしょう。ジャックマンの場合、素行不良で済む問題じゃないんだ」

「犯罪、ということなんだな？」ウィルキンソンが低い声で念押しした。

「西海岸へ行っていた時、ジャックマンはどんな様子だった？」俺はウィルキンソンに訊ねた。

「相変わらずだ。心ここにあらず、という感じで」

「何か話したか？」

「仕事のことは……それ以外の話は、受けつけない感じだったな」

「映画の仕事は上手くいったのか？」

「今回はあくまで顔合わせで、特に問題はなかった。正式な契約は、もう少し先になる」

「今のうちに、やめておいた方がいい」俺は忠告した。「正式に契約してからキャンセルになると、影響が大き過ぎるだろう。今ならまだ、損害は最小限でやめられるんじゃないか？　映画に出演すること自体、まだ正式に公表してないんだろう？」

「ちょっと待ってくれ」ウィルキンソンの顔色が変わった。「今回の映画で、ジムは本物のスターになるんだぞ。本人もそれは意識している。やる気はあるんだ」

意識していても、どうにもならないことがある。ジャックマン本人にも、それはわかっているはずだ。足掻《あが》いているなら、そこから救い出してやれるかもしれない――全てを失うことにはなるが。

「無理だ。映画の件は絶対に公表しないで、しばらく様子を見ていてくれ」

「ちょっと待て」サイモンが壁の時計をちらりと見た。まだ十分は経っていないはずだ。「映画の件は、私たちにも関係してくる。主題歌も挿入歌も、当然ジムが歌うんだから」

「それもありません」

「どうして君が断言するんだ?」サイモンのこめかみがひくついた。

「これまできちんと調べてきた結果です。おそらく、彼のレコードはもう出ません。六月に出る予定の新譜も、当然無理だ。つまり——引退、ということになる」

「冗談じゃない!」サイモンが立ち上がり、俺に指を突きつけた。「我々は、君にジムの状態を確認してもらうように頼んだだけだぞ。どうして引退なんていう話になるんだ?」

「事情は知らない方がいいと思います」

俺の一言で、二人が黙りこんだ。サイモンは俺の顔を見たまま、ゆっくりと椅子に腰を下ろす。

「知れば、あなたたちも巻きこまれる可能性があります。ミスタ・サイモン、ジャックマンとプラネット・レコードとどちらが大事ですか? 最終的にあなたが守るのは、彼と会社とどちらになりますか」

サイモンから答えはなかった。俺は同じ質問をウィルキンソンにもぶつけた。彼のマネージメント会社は、ジャックマン以外にも多くの歌手や俳優と契約している。どちらにとっても、ジャックマンはその「一部」に過ぎない。

「君が言っていることが本当だと、どうしてわかる？」サイモンが食い下がる。「ジムを引退に追いこんで、君に何かメリットがあるのか？」

「ありません」俺は首を横に振った。「この件の調査費用は、これまでもらっている分で打ち切りで構いません」

「実質的には、半分しか払っていないぞ」サイモンが疑わし気に言った。

「調査の意味が変わってしまいました。俺がこれからやろうとしていることのために、あなたたちが金を払う必要はない」

「どういう意味だ？」とサイモン。

「この件は、俺の個人的な問題にもなったんですよ」

「意味がわからん」処置なし、とでも言うように、サイモンが両手を広げる。

「とにかく、これ以上の金は受け取らない——受け取れない」

「依頼した以上、我々には真実を知る権利があると思うが」

「あります」俺は認めた。「しかし今回だけは、知らない方がいいと思う。知ってしまえば、あなたたちも重要な事件の関係者とみなされる恐れがある。例えば、今まで事情を知っていて、敢えて庇っていたんじゃないかと——そういうことは当然ないと思いますが、容疑が晴れるまでは、警察官にしつこくつきまとわれますよ。当然、会社の業務にも差し障りが出るだろうし、警察はマスコミとつながってるから、すぐにニュースで流れる。自分たちが扱っている事件が大きいニュースになりそうだと思えば、警察は簡単にリークするんです」

「あんたが抑えてくれるのか？」

「俺から情報が漏れることはありません。俺のところで抑えておけば、秘密は秘密のままになります」

「それを信じていいのか？」

俺とサイモンの視線がぶつかった。彼が俺を信じていない——騙されているかもしれないと思っているのは明らかだったが、その疑念を盾に、俺の申し出を受け入れるかどうか、悩んでいる様子だった。

「信じてもらうしかないですね。そもそも俺には、あなたたちを騙す理由がない」

「しかし……」

「小さい破滅か、大きい破滅か」俺は人差し指を立てた。「ジャックマンと会社、どっちが重要ですか？」

「まあ……歌手はいくらでもいるからな」サイモンがついに折れた。

「ミスタ・サイモン」ウィルキンソンが慌てて言った。「それは、ちょっと——」

「我々は、エンタテイメントの世界で大きな責任を負っている。小さな石につまずく訳にはいかないんだ。そうじゃないか、ミスタ・スナイダー？」

「──あなたがそう言うなら」ウィルキンソンが即座に軌道修正してうなずいた。実質的に、俺の要望は受け入れられた。面倒な条件もなし。

「十分以上経ちました」俺は自分の腕時計の画面を指先で叩いて立ち上がった。「貴重な時間をどうも」

「ミスタ・スナイダー？」サイモンが俺の顔をまじまじと見詰める。「我々が、今回の一件の真相を知ることはあるのか？」

「大丈夫だと判断したら話す可能性もありますが、もしかしたら、その日は永遠に来ないかもしれない」

話せば楽になる。厳しい情報を入手した時、自分の胸の中だけにしまっておくのは厳しいものだ。誰かに話すことで、穴が空いて悪いものが流れ出すように安心できる。しかし時には、全てを自分の中にしまいこんでしまうことが大事なのだ。

他人を苦しませないように。

俺はNPRで一度、用心棒といざこざを起こしているから、要注意人物になっている可能性もある。用心のため、ヒューストンを先兵役として店に侵入させた。サイモンから先に受け取っていた報酬を元手に金をばらまかせ、情報収集と店員の買収を任せる。

ヒューストンが店に入ってから一時間。約束の時間になったので、俺は外で彼を待ち受けた。店から出て来たヒューストンが、親指を立てて見せる。準備完了、だ。

「奥の部屋からは、外へ出られる」

「直接裏道へ通じてるのか……ずいぶんでかい店だな」

「そうだな。このブロック分の奥行きがあるわけだから」

「そちらへ車をつけられるか？」

「一方通行だが、問題ない」

「オーケイ。お前はそちらで待機だ。俺が店の中へ入る」

「大丈夫か？」ヒューストンが眉をひそめる。「あんた、ここのボディガードと揉めたんだよな」

「あいつは、ボディガードとしては役に立たない」

「一応、金は渡して納得させた。あとは、いつやるかだな」

「今夜だ」

「奴があそこへ来る保証はあるのか？」

「手は打った。お前には、これからしばらくつき合ってもらう」

「俺は問題ないよ」ヒューストンが肩をすくめる。「金さえもらえれば」

「それは心配するな」

「了解」

ヒューストンのベル・エアーに乗って、俺たちはジャックマンのコンドミニアムに向かった。西海岸から戻って以来、ジャックマンは仕事で外出する以外は、完全に自室に籠っていて、夜の散歩からも遠ざかっている。俺は、ジャックマンを部屋から引き出す作戦を既に実行していた。エルナンデス経由でサバトを使い、ジャックマンをNPRへおびき寄せる。

「ずっと部屋にいるのか？」ハンドルを握ったまま、ヒューストンが訊ねる。

「ああ」

「キャビン・フィーバーにならないのかね」

「その心配がいらないぐらい、広い部屋なんだ」

「羨ましい限りだな」

午後十時から始めた張り込みは、一時間足らずで終了した。計画通り、ジャックマンが建物から出て来たのだ。

「行くぞ」言って、俺はドアを開けた。

「奴がNPRに行くかどうかはわからないけど」

「いや、行くはずだ」予定通りなら、サバトからはもう連絡が入っている。「俺は歩いて尾行する。後は計画通りにやってくれ」

「ジャックマンは、タクシーを拾うかもしれないぞ」

「それはない」俺は即座に否定した。「彼は、歩くのが好きなようだ」

「スターらしくないな」

「スターじゃないんだよ」少なくともこれからは。彼のスター街道は、今夜にでも行き止まりになる可能性が高い。俺が「通行止め」の看板を掲げるからだ。

俺は、早足で歩き始めたジャックマンの尾行を始めた。方向は合っている——彼はNPRのあるタイムズスクエア方面に向かっていた。距離的に一マイル弱、歩けば二十分ほどだ。

ジャックマンは相変わらず、周囲を気にする様子もなく歩いている。自分が既に監視対象になっていることは十分わかっているはずだが……逆に俺が尾行されているかもしれないと思って、何度も確認してみたが、とりあえずつけられている様子はない。あるいはサバトのような素人ではなく、プロの探偵を頼んだのかもしれないが。ニューヨークでは多くの探偵が活動しており、中には尾行の名人もいる。しかし、あれこれ気にして疑心暗鬼になると、かえってこちらの仕事を失敗してしまう。

ジャックマンは、予想通りNPRの方向へ向かっていた。この時間でも、ブロードウェイの近くまで来ると、さすがにジャックマンに気づく人が増えてくる。しかしジャックマンは露骨に「近づいて欲しくない」という気配を放っていた。そのせいか、遠くから「ジム！」と声をかける人はいるものの、握手を求めて駆け寄って来る人はいない。ジャックマンはクールな態度で、声をかけてきた人には手を振って見せたが、基本的には立ち止まらず、まるで何かの修行のように歩き続けていた。

十一時十五分、NPR着。店の前にいたヒューストンが、煙草を歩道に投げ捨て、すぐに店に入った。打ち合わせ通りの動きだった。俺は歩いてジャックマンを尾行し、先回りしていたヒューストンが仮押さえしておいた奥の部屋に入る。店員は、いつも通りにジャックマンを奥の部屋へ誘導し、俺が後に続く、ということになっていた。

ジャックマンが店に入ると、途端に歓声に包まれた。彼も、この店の中だけではそれなりにリラックスできるようで、客から求められる握手にも応じている。しかし基本的には、人混みをかき分けるように、奥の部屋に真っ直ぐ進んで行った。大きな店なので、いつまで経っても目的地に辿りつけないように感じる。

ジャックマンが奥の小部屋に消える。俺は他の客とぶつかりながら、そちらへ急いだ。ドアを開けると、ジャックマンがソファに腰を下ろすところ——俺はドアを閉めると、後ろ手に鍵を締めた。右手にドアがあるのがわかる。こちらから、外へ出られるのだろう。

特別な客用のこの部屋は、意外に広かった。左右に広がる作りで、ベッドにも使えそうな大きさのソファが三脚、並んで置いてある。ジャックマン一人が真ん中のソファに腰かけている姿は、何とも奇妙だった。普段は、ここで一人きりになることなどないのだろう。いつも取り巻きがガードしながら、乱痴気騒《らんちきさわ》ぎをすることもあったかもしれない——そういうのはやはり、彼のイメージに合わないのだが。

ジャックマンは、戸惑った表情を浮かべている。呼び出したサバトの姿がないのに困惑しているのだろう。俺の顔を見ると、さらに戸惑う——恐怖の表情を浮かべて俺を見た。俺は煙草に火を点けたが、座らなかった。ソファが横並びになっているので、座ると正面から対峙《たいじ》できない。

ジャックマンは何も言わない。俺も沈黙を守った。低い音量で曲が流れている——去年リリースされたジャックマンの『イッツ・ノット・シェイム』。この店では、歌手が来店すると、曲をかけて歓迎する習慣でもあるのかもしれない。

「あんたは俺を知ってる、ミスタ・ジャックマン」

「何を……」ジャックマンの戸惑いは本物に見えた。

「射殺しようとした相手の顔を知らない、ということはないだろう」

「何を言っているかわからない」

ジャックマンが立ち上がる。こうやって正面から向き合ってみると、身長こそ高い

もの の、ひょろりとしていて、折れてしまいそうだった。

「これからあんたに確認したいことがある」

「あんた、誰なんだ？」

「失礼」名乗っても、今更マイナスがあるとは思えない。「俺は、ジョー・スナイダー」

「デューク・スナイダーと同じ？」

思わず頰が緩みそうになった。ニューヨーカーが全員野球好きなわけではなく、この話が通じる時の方が珍しい。

「綴りが違う。しかし、デュークと同じ苗字だと覚えてもらっていい」

「何者だ？」

「探偵だ――あんたは知ってるだろう」

「探偵に知り合いはいない」

「エンリケ・サバトは、あんたの取り巻きだな？」

「そんな人間は知らない――」

「ミスタ・ジャックマン、とぼけるのは時間の無駄だ。俺は、あんたの周辺を徹底して調べた。あんたが俺を探偵として認識していることもわかっている。どうして自分が嗅ぎ回られているかもわかってるんだろう？　だからと言って、不安になってサバトのような素人を使うのは間違っている。だいたい、状況が悪化する。俺を殺してしまえばよかったんだ。実際、拳銃で狙ったわけだし」

「俺は何も知らない」

「あんたが自分でやったのか、誰かにやらせたのかはわからない。でも俺は、この件についてとやかく言うつもりはないよ。生きていればそれで十分だからな……俺が知りたいのは別のことなんだ、ミスタ・ジャックマン」

「何が言いたい？」ジャックマンが唇を舐《な》めた。彼の緊張感が、熱い風のようになってこちらに伝わってくるようだった。

「ここで話してもいいし、場所を変えてもいい」

「いったい何を――」ジャックマンが立ち上がり、俺の方へ迫って来た。「冗談じゃない。俺はあんたみたいな探偵に脅される覚えはないぞ」

「脅してない。確認したいことがある、と言っただけだ」

「意味がわからない」

「これからわかる。話せば、あんたも当然理解してくれると思う。しかし、今夜話さなければ、俺はこれからもあんたにつきまとう。どうしても知らなければならないからだ」

「ちょっと待てよ」ジャックマンが両手を広げた。「本当に、何を言っているかわからない」

俺は煙草を灰皿に押しつけた。もしかしたら、ジャックマンは本当に何も知らないのではないか？　全て彼の取り巻きが勝手にやったことで、実際には何も知らされていないとか。いや、それはあり得ない。取り巻き連中が、彼のベッドの下に拳銃を隠すはずがない。

「だから、話せばわかる。必ず理解できる」

「俺に命令するのか？」ジャックマンが凄んだ。

「よせよ」俺は首を横に振った。「あんたは、そういう人間じゃない。本当にオール・アメリカン・ボーイなんだろう？　ニューヨークに毒された振りをするな」

「いい加減にしろ！」

予想よりも速い動きで、ジャックマンが襲いかかって来た。身の動きは素早いが、それでも素人は所詮素人である。俺は拳銃を抜き、顔の高さに上げた。ジャックマンが急停止し、両手をゆっくりと上げる。

「おい、何のつもりだ？」ジャックマンの声が震える。

「撃つ気はない。ないけど、命令には従ってもらう」

「こんなことをして、気づかれずに済むと思うのか」

「この部屋は特別なんだよな。有名人が使う場所だ。当然、プライバシー重視。でかい声を上げても外には聞こえない――ドアを開けない限りは」そのドアは、俺の体で塞がれている。「逃げるなら、もう一枚のドアを使うしかない。そこは、あんたらが誰にも見られず外へ出るためのものなんだろう？　今も、そこを使えばいいよ。いや、そこから外へ出てもらう。俺は、あんたがお得意にしている店で面倒を起こすのは嫌なんでね。別の場所を用意してある」

「俺を誘拐するつもりか？」

「いや、これは誘拐じゃない。俺は金を要求しないからな。欲しいのは情報だけだ。あんたの口から直接聞きたい――それだけだ」

「いったい何なんだ！」三フィートの距離を挟んで、ジャックマンが声を張り上げる。

「後でゆっくり話そう。とにかく今は、外に出てくれ。手荒な真似はしたくないんだ。こんなところで発砲したくない」

ジャックマンと俺は、しばし真正面から対峙していたが、結局ジャックマンが折れた。拳銃を持った相手と遣り合っても勝ち目がないことはわかっているはずだ。

「自分でドアを開けてくれ」

言われた通り、ジャックマンがドアを開け、細い通路に入って行く。

「あらかじめ言っておくが、ここから逃げようとしても無駄だ。外でお迎えが待っている」

　ジャックマンが振り向き、肩をすくめた。余裕のある振りをしようとしたようだが、俺がまだ銃口を向けているのを見て、顔が引き攣ってしまう。俺は前へ進み、それに連れてジャックマンも歩き始めた。

　鉄製のドアに、ジャックマンが手をかける。ぎしぎしと重い音がした後、細くドアが開き、街の灯りが射しこんできた。そこに、影になったヒューストンの姿が見える。俺は一気にジャックマンに追いつき、腕を取った。ヒューストンがベル・エアーの後部ドアを開ける。俺はジャックマンを先に車に押しこんでから、横に座った。運転席に座ったヒューストンが、俺がドアを閉め切らないうちに車を発進させる。

「どこへ連れて行くつもりだ？」ジャックマンが震える声で訊ねる。

「それは言えない。目隠しをするつもりもないけど」俺は答えた。

「俺がプラネット・レコードに話をすれば――」

「無駄だ」俺はジャックマンの言葉を断ち切った。「あんたはもう、追いこまれている」

「どういう意味だ？」

「そのうちわかる」

　ヒューストンは丁寧に、スムーズに車を走らせた。タクシー運転手――いや、有名人専門のリムジンの運転手でもやっていけそうだ。予め打ち合わせていた通り、ヒューストンは一言も喋らない。そして目的地に着いたら、彼の役目は終わりになる。一番肝になるところで助けを求めたのだが、ここから先に嚙ませる気はなかった。それでも彼が文句を言わないことはわかっている。探偵というのはとにかく好奇心が旺盛な生き物だが、彼の場合、動く動機は好奇心ではなく金だ。金を握らせて「黙っていてくれ」と頼めば、絶対に口を割ることはない。

「やっぱり金が欲しいのか？」ジャックマンがなおも食い下がった。金で解決できると思っているのかもしれない。

「違う。俺が欲しいのは情報だけだ」俺も繰り返し答えた。

「何の？」

「それは後で確認する。それより、映画の方はどうなんだ？」

「何でそれを知ってる？」

俺は答えなかった。公表されていない情報を明かすことで、自分を謎めいた存在に見せたかったのだ。ちらりと横を見ると、ジャックマンが唇をきつく嚙み締めているのがわかった。効果あり——俺が何者で何をしようとしているのかわからず、疑心暗鬼になっている。

「映画は楽しそうか？」

「俺は、あんなことはしたくないんだ」突然、ジャックマンが打ち明ける。「俺は歌いたいだけなんだ。映画なんか……皆、俺を第二のエルヴィスにしたがっている。でも俺はエルヴィスじゃない。ただ歌っているだけでいいんだ」

「心配するな」

「何だって？」

「映画には出なくて済む。あんたの返事次第だけど」

「どういうことだ？」

「後で話す。とにかく、決めるのはあんただ」

ジャックマンはしきりに話しかけてきたが、俺はその後は会話を拒否した。ジャックマンの不安が波のように伝わってくる。しばらく、その気分を味わわせておくつもりだった。不安が募れば人は本当のことを喋りだす——それを待ちたかった。

ヒューストンのベル・エアーはマンハッタンを南東に横切り、イーストリバー沿いの埠頭《ふとう》に到着した。ここに、ヒューストンが以前仕事を引き受けたことのある男が管理している倉庫があるという。まさかドラッグの取り引きに使われてるわけじゃないだろうな、と念押ししたのだが、ヒューストンは笑って答えなかった。ただ、今夜は絶対に人は来ないと保証した。

倉庫に入ると、ヒューストンが懐中電灯を点けて、照明のスウィッチを探す。倉庫の中がぼんやりと明るくなった後で、ヒューストンは「暗い方がいいか？」と低い声で訊ねた。

「いや、消さないでくれ」

俺が言うと、ヒューストンは外へ出て、倉庫のシャッターを閉めた。鍵はかけなかったが、ジャックマンが逃げるのは不可能だろう。念のために自分の拳銃を取り出し、ジャックマンに圧力をかける。彼は何も言わなかった。

二人きりになって、俺は広い倉庫の中をぐるりと見回した。巨大な木製のパレットが堆《うずたか》く積み上げられているが、商品は何も載っていない。かすかに甘い香りが漂っている。砂糖かカカオをここへ水揚げするのだろうか、と俺は想像した。

俺は拳銃をホルスターにしまった。代わりに封筒を取り出す。銃弾を出して掌に載せ、ジャックマンに向かって差し出した。

「見覚えは？　三十八スペシャル弾だ」

ジャックマンは答えなかった。これは嘘ではなく、本当にわからないのだろう。拳銃は見ても、銃弾まではしっかり見ないものだ。しかもこの銃弾は、木に当たって食いこみ、先端が少しだけひしゃげている。

「それがどうした？」

「あんたが使った銃弾だ」

「何の話だ？」

「ベッドの下に隠している拳銃……早く処分すべきだった」

「やっぱりあんただったのか……」ジャックマンが拳を握り締める。

「俺の存在を認知していたんだろう？」

　ジャックマンが唇を引き結び、胸を大きく膨らませた。その胸が萎み、同時に「ああ」と息を吐くようにつぶやく。

「当然だよな。だからこそ尾行させたり、脅迫電話をかけてきたり……撃ったのはやり過ぎだけど」

　ジャックマンは何も認めなかった。必死に計算しているのがわかる。俺がここで何を明かそうとしているか、わかっているのか？　おそらく予想はしている。それに対してどう反応するか、様々な考えを巡らそうとしているのだろう。

「あんたがイーストリバー・キラーなのか？」

「違う」ジャックマンが即座に否定した。

「この銃弾が何よりの証拠だ。あんたが知っているかどうかはわからないが、拳銃の銃身には、内側に螺旋《らせん》が切ってあるんだ。銃弾を安定して回転させ、真っ直ぐ飛ばすためだ。その模様はそれぞれの拳銃に固有で、いわば拳銃の指紋になる。そして、イーストリバー・キラーが使った拳銃が、あんたのベッドの下から発見された。これ以上の証拠はない」

「冗談じゃない。何で俺がそんなことを？」

「その理由を、あんたから直接聞きたいんだ。あんたはカンザスからニューヨークに出て来て、第二のエルヴィスともてはやされるようになった。ヒット曲もある。映画への出演も決まった。もうすぐ、一人で自由に出歩くこともできないスーパースターになるだろう。それがわかっているのに、何でこんな無茶なことをした？　ばれたら破滅だとわからなかったのか？」

「俺は、イーストリバー・キラーじゃない」

ジャックマンが静かな声でまた否定した。あまりにも落ち着いていて、俺はバージョンAの推理が外れているのではと想像し始めた。しかしバージョンBを披露するのは、もう少し後にしたい。

「確認させてくれ。シャーロット・コールは、あんたの恋人だったのか？」

「ああ」ジャックマンが認めた。その顔に苦悩の色が過るのを、俺は見て取った。

「同じカンザス出身、彼女は女優を夢見て、シアタークラブで働いていた。あんたはあの店で彼女と知り合った。そういうことだな？」

「そうだ」

「つき合うようになって、あんたは彼女に部屋を借りてやった。彼女はシアタークラブを辞めて、あんたの金で暮らし始めた」

「そういう言い方はやめてくれ」ジャックマンがぴしりと言った。「俺は彼女の夢を援助したかっただけだ。たくさんの人間が、夢を叶えるためにニューヨークへ来る。でも大抵、生活していくだけで疲れて、何もできなくなってしまうんだ。俺は彼女が、女優として成功できると思っていた。でもこの街では、最初のステップを摑めないと、何にもならない。だから俺は彼女に、余裕を与えたんだ。下らない仕事で時間を潰さず、きちんとレッスンを受けて、女優として成功を摑んで欲しかった」

「本当にそうかな」

「何だって？」

「彼女はあんたとつき合い始めた後、オーディションをすっぽかしたりするようになった。女優として舞台に立つより、スターの恋人であることに満足したんじゃないか？　あんたが金を出した家に住み、あんたが来るのをただ待ち続ける日々――彼女はそういう生活に満足していたのか？」

「俺たちは上手くやっていた。シャーロットにだけは本音を話せたし、彼女がいれば慰められた」

「しかし彼女は殺された」

俺が指摘すると、ジャックマンがびくりと体を震わせた。握りしめていた手を、ゆっくりと開く。

「彼女が殺されて以来、あんたの様子はおかしくなった。仕事に身が入らず、今までと違って攻撃的になって、周りと衝突するようになった。急に変わったのはどうしてだ？　彼女がいなくなったからか？」

「当たり前だ」ジャックマンが憤然と言い放った。「シャーロットは俺の安らぎだった。この厳しい街で生きていくのに、彼女の存在がどれだけ助けになったか……あんたにわかるか？」

「わからない」

俺があっさり否定すると、ジャックマンが目を見開いた。

「俺はニューヨークで生まれ育った。この街を離れたのは、兵役についている時だけだ。だからこの街に関して、あんたたちが異常だと感じていることは、全部普通だと思っている」

「だったらあんたも異常なんだよ」

「ああ、俺もそう思う。だけど俺は、人を殺さない」

「俺は──」

「ミス・コールを殺したのはあんたか？」

「冗談じゃない！」ジャックマンが声を張り上げた。「どうして俺がシャーロットを殺すんだ？　世界で一番大事な人だったんだぞ」

「違うのか？」

「違う！」

「だったら、この銃弾はどう説明する？」

俺は、彼に向かって掌を差し出した。銃弾の存在自体を恐れるように、ジャックマンがすっと身を引く。

「この銃弾は、シャーロットを殺したのと同じ拳銃から発射されたものだ。そしてあんたがその拳銃を持っていた。どう思う？　いや、どう説明する？」

「俺じゃない」

「じゃあ、どうしてあんたはベッドの下に拳銃を隠していたんだ？　拳銃が、勝手にそんなところに現れるわけがない。それとも、あんたの取り巻きたちがやったのか？」

答えず、ジャックマンがいきなり突っかかってきた。不意を突かれた俺は、一瞬対応が遅れた。ジャックマンのタックルを受け、仰向けに倒れる。頭を打たないように注意するだけで精一杯で、背中を床に強打して息が詰まった。

ジャックマンの手が、俺の腰に伸びるのがわかる。体全体が痺れたようで動きが取れない……ジャックマンは俺のホルスターから拳銃を抜いた。そのまま仁王立ちになり、両手で拳銃を構えて俺に狙いをつける。

「撃てるのか？」

「お前が……お前がいなければ！」ジャックマンの手に力が入る。銃口が細かく震えたが、俺の顔までは三フィートほどの距離しかないから、撃ち損じることはない。

「撃てよ」俺は挑発した。「俺とあんたがここにいることを知っている人間はいるんだ。ここで俺が遺体で見つかれば、あんたが俺を殺したことはすぐにわかる。その覚悟があるなら、撃て」

ジャックマンが野太い叫び声を上げた。ロックンロールを歌う時のシャウトとは違う、必死の叫び。その声が消えた瞬間、かちりと冷たく乾いた音がした。ジャックマンが戸惑いの表情を浮かべ、拳銃を見遣る。俺を見る視線が切れた瞬間を狙って、俺はジャックマンの足首に自分の足首をかけ、思い切り右へ払った。ジャックマンの体が一瞬宙に浮き、思い切り尻餅をつく。その拍子に手放してしまった拳銃は、暗い床の上を滑って消えた。

俺は一気に立ち上がり、ジャックマンの胸ぐらを摑んで強引に立たせた。彼の防御姿勢が整わないうちに、短いパンチを鳩尾に叩きこむ。ウィリーほどのスピードはないが、重さでは負けない自信があった。ジャックマンは体を二つに折り、再び尻から床に落ちて、そのまま横たわった。空気を求める、激しい喘ぎ声。俺は彼の前でひざまずき、また胸ぐらを摑んで正面から向き合った。

「弾は抜いておいたんだよ。最初からあんたを撃つ気はなかったから」

「クソ……」

「無駄な抵抗はやめろ。ここはあんたのステージじゃない。いい加減、正直に喋れ」

「俺は……シャーロットを殺した人間を許せなかった」ジャックマンがぼそぼそとした口調で説明した。既に抵抗する気力は失せているようだ。初めて圧倒的な暴力に触れた後、人生は完全に変わってしまう。もう、この痛みの恐怖から逃れることはできないだろう。

「誰がシャーロットを殺したんだ？」

「知らなかった。その時は」

「いつわかった？」

「新聞に名前が出てからだ」

「シャーロットを殺した人間の名前が新聞に出た——犯人としてか？」

ジャックマンが首を横に振る。俺は、プランBに軸足を移しつつあった。しかし、今夜一気にジャックマンを攻め落とせるか、自信はなくなってきた。

「俺の推理が合っているかどうか、確認させてくれ」

俺は考えながら説明した。ジャックマンの答えは「わからない」。しかし一部については認めた。彼が「わからない」と言った部分については、おそらく永遠にわからないだろう。しかし、何とか調べようがあるのではないか……問題は、ジャックマンの処遇だ。彼は、責任を負うべき立場である。しかし、どういう形で責任を取ってもらうのが正しいのか、答えはなかった。

「わかった」この段階では、俺としてはそう言うしかなかった。

「俺をどうするつもりだ？　警察に引き渡すのか？」

「いや」

「じゃあ、殺すのか？」ジャックマンの声が震える。

「そんなことはしない。あんたは今、どんな気分だ？　自殺したいか？」

「わからない。ただ……俺はこれで破滅するんだろうな」

「破滅しないようにしてやれるかもしれない」

「あんたが？」ジャックマンが目を見開く。「どうして。あんたはただの探偵だろう？」

「そうだ。俺は警察官じゃない。だから、必ず犯罪を摘発するわけじゃない。俺には俺の論理観がある」

「どうするつもりだ？」

「一日だけ時間をくれ。あんたが逃げないで、明日もう一度俺と会ってくれると約束したら——その時点でわかったことを全部話す」

「俺はどうすればいい？」

「明日まで待て。あんたにも、真相を知る権利と——義務があると思う」


これでよかったのだろうか……ほとんど眠れぬまま、俺は朝を迎えた。何か手がかりを入手できるか、ジャックマンは逃げたり自殺したりしないか——そんなことを考えているうちに、夜が白々と明けてしまったのだった。

仕方なく起き出し、熱いシャワーを浴びてサムズ・キッチンへ向かった。今朝最初の客になったが、サムのあしらいはいつもと変わらない。メニューも「いつもの」ベーコンに卵二個、ポテト。卵はサニーサイドアップにしてもらい、意識してゆっくりと食べた。

サムがコーヒーのお代わりを注ぎにきた。

「またひどい顔してるぞ」

「ほとんど徹夜だったんだ」

「大変な仕事だな」

「いや、仕事じゃなくて、あれこれ悩んでいた」

「あんたが？」サムが鼻を鳴らした。「自分らしくないことをすると、体調を崩すぞ」

「もう崩れてるかもしれない」俺は顔を擦って、カウンターに置いてあった『ニューヨーク・タイムズ』を取り上げた。いつの間にか六月……ウィリーとヤンキー・スタジアムへ行く約束をしてから――彼が殺されてから一ヵ月半も経ってしまった。

昨夜の試合結果を確認する気にもなれず、そのまま新聞を元の場所に戻した。

「オレンジジュースでも飲んでおくか？　目が覚めるぞ」

「いや、これで大丈夫だ」俺はコーヒーカップを掲げて見せ、煙草に火を点けた。徹夜明けの煙草はとにかく不味い……しかし、何か刺激物を入れておかないと、体が持ちそうになかった。

二杯目のコーヒーを飲み干し、俺はサムズ・キッチンのすぐ近くにある目的地に足を向けた。こんな朝早くから訪ねたら、相手は不審がるだろうが……仕方ない。今日は勝負の一日になるのだ。

朝から家を訪ねて来る探偵を歓迎する人はいない。ケイリーも同様だった。それでも、「ちょっと確認したいことがある」と言うとすぐに家に入れてくれた。もう起き出していたジャッキーが寄って来て、俺にまとわりつく。

「ジャッキー、今度、ヤンキー・スタジアムに野球を観に行こうか」俺はジャッキーを抱き上げた。この年代の子どもにしては大きいが、顔立ちは幼い感じがする。

「野球、好きじゃないよ」

「球場で見れば、絶対好きになるさ。俺が連れてってやる」

「でも」

「ホットドッグ食べ放題だぞ。クラッカージャック（アメリカのスナック菓子。蜜でコーティングしたポップコーンの中にピーナッツが混ぜてある。球場の食べ物の定番でもある）もな」

「本当？」

「もちろん。俺は嘘はつかない」

これから大きな嘘をつこうとしているのだが。

ジャッキーを解放すると、俺はケイリーに用件を告げた。

「前に聞いたことがあるんだが、ウィリーは日記をつけていたはずだ。ボクサー時代から、練習や試合の記録で、詳細な日記をつけていたと聞いている。探偵になっても、その習慣は変わらなかったそうだ」

「それは私も聞いてるわ」

「見たことは？」

ケイリーが静かに首を横に振った。夫婦でもプライベートは別、ということだろう。

「警察は、事務所からは大量に書類を押収していった」

「まだ返してくれないのよ。本当に、真面目に捜査しているのかしら」

ケイリーの怒りを無視して、俺は質問を続けた。

「この家は？　警察は、この家も調べたのか？」

「全然。私が、仕事のことは家にはまったく持ち帰らなかったって言ったら、調べようともしなかったの。そういうものなの？」

「状況によるだろうね……それで、日記のありかはわかるかな」

「彼の書斎だと思うけど、私は見たことがないわ」

「見つかったら、見てもいいだろうか」

「何かあったの？　ウィリーを殺した犯人の手がかり？」

「あるいは」

ケイリーはなおも質問を続けようとしたが、俺は「早く日記を探させて欲しい」と急かして書斎に入った。

それほど広い部屋ではない。もっとも、ハーレムでは、書斎を備えている家は少ない。ウィリーは、現役時代に稼いだファイトマネーでこの家を買ったのだ。「書斎があると何となく格好いいだろう」と自慢していたのを俺は覚えている。

ただし彼は、書斎という場所の意味を理解していなかったか、あるいはここをインテリジェンスの館にするつもりがなかったか、どちらかだ。本棚はあったものの、入っているのはボクシング雑誌や、自分が現役時代に獲得したトロフィーなどだけで、あとはガラガラだった。洒落たライトの載ったデスクはあったが、タイプライターも本もない。

日記はすぐに見つかった。

引き出しの一段目には鉛筆や万年筆などの筆記用具、二段目に表紙に日付が書かれたノートが入っていた。「一九五九・一」。今年の始めからつけていたノートのようだ。もう少し古いものも欲しいのだが……三段目の引き出しを開けると、目当てのものが見つかった。どうやらウィリーは、半年に一冊のペースでノートを埋めていたらしい。実際には、一杯にならないで白紙が数ページ残っているノートもあったが、時期で区切った方が整理はしやすかったのだろう。ウィリーは妙に几帳面なところがあり、彼が自分でこういうルールを設定していたのは自然に受け入れられる。

椅子を引いて座り、デスクライトを点けて、日記を確認し始める。ウィリーの筆致は乱暴で、しかも太い万年筆を使っているので、かなり読みにくい。それでも彼の癖に慣れてくると、何とか読めるようになった。

内容は雑多……仕事で会った人物の悪口を書いている時もあったし、ケイリーとの夫婦喧嘩を愚痴《ぐち》ったり、ジャッキーの成長を素直に喜ぶ内容もあった。仕事と家族を持つ、ごく当たり前のニューヨーカーの生活が、この日記の中にはあった。

気になったのは、時々現れる頭痛の記述だ。そう言えば……二人で呑もうとハーレムのバーで会った時、「今日は頭痛がひどい」と言って、いきなり頭痛薬を規定の三倍、六錠も呑んだことがあった。それでは当然酒が呑めるわけもなく、その夜ウィリーは、ガス入りの水を渋い表情でちびちびと飲み続けていた。

その時だけではない。何度も、俺の前で辛そうな表情を見せていたのだ。日記の記述を信じるとすれば、痛みは数時間で消えることもあったし、数日も続くことも珍しくなかった。それに、時々めまいでも悩んでいたはずだ。そしてケイリーも、夫が頭痛で悩んでいたことは知っている。

パンチドランカーだ。ウィリーは、その常人離れしたフットワークで、相手のパンチを巧みに避けていたが、百パーセント回避できたわけではない。石のように硬い拳《こぶし》が猛烈なスピードで飛んできて、顔面や頭に重い一発を喰《く》らう――回数は少なくても、そういうダメージはウィリーの脳に確実に蓄積されていたのだろう。

古い日記も読み返してみると、この頭痛は最近のことではないようだった。もしかしたら、引退してからずっと――あるいは現役時代から苦しめられていたのかもしれない。

俺はすぐに、ある奇妙な記述に気づいた。頭痛が消えた翌日、ウィリーが「解決」

と書いていることがある。しかも「解決」だけ必ず赤インクで。その日付に、俺はかすかな記憶があった。

　手帳を広げ、メモしておいた日付を照合する。結果、俺は絶望の底に叩き落とされることになった。その中で一つだけ、絶対に続けなければならないことを理解した。

　この件は、表沙汰にしてはいけない。俺の胸の中だけにとどめておく。そしてたった一人、俺以外に知る権利のある――知らねばならない人間がいる。


　書斎を出て、ケイリーに確認した。

「ウィリーの頭痛は、相当深刻だったのか？」

「ええ」ケイリーは即座に認めた。

「いつ頃から？　もしかしたら現役の時からか？」ウィリーは現役時代にケイリーと結婚していた。

「いいえ。ここ二、三年よ」

「そうか……」

「日記に書いてあったの？」

「ああ。俺も、あいつが頭痛で苦しんでいたのを何度か見ている。かなり深刻だったんじゃないか？」

「私も心配していたの」ケイリーが胸の前で両手を組み合わせた。「いつの間にか、頭痛薬が手放せなくなった。キャンディみたいに頭痛薬を呑むのよ」

「わかる」俺はうなずいた。「俺もそういうところを見た」

「ボクシングの後遺症じゃないかって心配して、医者へ行くように何度も言ったのよ。でも、絶対に行こうとしなかった。結果を聞くのが怖かったのかもしれない」

「重大な怪我――パンチドランカーだと診断されたら、確かに大変だ。治療を受けることになったら、君たちと一緒にいられなくなるとでも思ったんじゃないかな」

「死んだら、そもそも一緒にいられないのに」ケイリーが鼻をすり上げた。

「めまいもあったようだけど、他に症状は？　物が二重に見えるとか」

ケイリーが首を横に振った。パンチドランカーの症状は様々で、専門家が診断していない以上、本当にそうだったかどうかはわからない。

「精神的なものもあったかもしれない」

「日記に、そういうことが書いてあったの？」

「……そういう話を聞いたことがあるだけだ」

「結局、何かわかったの？」

「いや」俺は嘘をついた――嘘とは言えないかもしれない。真相は絶対にわからないのだ。

真相を知る唯一の人物、ウィリー・〝ザ・ライトニング〟・ネイマスは、もうこの世にいないのだから。

俺は、以前球場でウィリーと交わした会話を思い出した。本人が死んでいるので、はっきりと確認する手はないが、手がかりを求めて、ウィリーの師匠、サム・ライダーに電話をかけて話した。ウィリーは、ライダーとは濃厚な時間を過ごしているから、俺が知らないことも知っているはずだ。

ウィリーは、白人女性とトラブルを起こしたことはなかったか？　あった。そういう時彼は、どうやって解決していたのか。「折り合う方法――気持ちを落ち着かせる方法を発見した」とウィリーは言っていたが、その方法とは何だったのか。ライダーも答えを持っていなかった。しかし話しているうちに、俺の中である想像が膨らんでいき、彼の些細な一言がその想像を事実に近くした。ケイリーの話、ライダーの話――ウィリーは出自の問題をずっと抱えこんでいたに違いない。

俺たちは友だちだった。しかし友だちだからと言って、全てを知っているわけではない。俺たちの間には絶対に越えられない壁があったわけで、それは彼が死んだ後も変わらないのだった。

俺は絶対に、ウィリーを理解できない。

その日の午後九時、俺はジャックマンの部屋にいた。合鍵を使わずこの部屋に入るのは初めてだと思い出し、自分の迂闊さを呪った。ここには拳銃がある。ジャックマンが懐に忍ばせていたら、今日が俺の命日になるかもしれない。もちろん俺も拳銃を持って来ているし、素人の場合、拳銃では狙った対象に当てられる可能性は低いとわかっているのだが……確か、三ヤード（2・7メートル）離れただけで、命中率は二十パーセントを切るはずだ。

彼と会った瞬間、拳銃は持っていないと確認した。体型にぴたりと合ったTシャツと、ほっそりしたジーンズ。この格好では、拳銃を隠し持つことはできまい。

「座ってくれ」

俺が言うままに、ジャックマンがソファに腰を下ろす。俺は少し距離を置いて、彼の正面で立ったままでいた。テレビの音がうるさい……歩み寄ってスウィッチを切ると、途端に、部屋に不気味なほどの静寂が訪れた。高い階にある部屋なので、街の喧騒も一切入ってこない。

「あんたは、イーストリバー・キラーを殺した」

ジャックマンの喉仏が大きく上下した。自分でもそれを疑っていたはずだが、第三者から言われると、様々な感情が押し寄せてくるのだろう。

「イーストリバー・キラーは、あんたの恋人――シャーロットを殺した。その時の状況を、詳しく教えてくれないか？」

「彼女と待ち合わせをしていたんだ」声がかすれてしまい、ジャックマンが咳払いをした。「外で……それが失敗だったと思う。あの日俺は、日付が変わるぐらいまで、コンサートのリハーサルをしていた」

「場所は？」

「ローワーイーストサイド」

イーストビレッジの南側――まさにイーストリバーに面した地域だ。マンハッタンでは珍しい、緩くカーブした道路――バルーク・ドライブが南北に走っている。

「あんなところでリハーサルをするのか」

「大きなスタジオがあるんだ。コンサートのリハーサルはいつもそこだ」

「シャーロットのコンドミニアムからは、だいぶ離れている」

「終わったら、すぐに会いたかったんだ」ジャックマンが目を閉じる。「だから、リハーサルが終わる頃――午前零時に、近くまで来てくれるように頼んだ」

「その後に会ったんだな？」

「ああ……いや、会えなかった」ジャックマンが低い声で否定する。

「待ち合わせ場所は？」

「イーストリバー・パーク」

「あんなところで?」俺は眉を顰めた。昼に散策するにはいい場所だが、夜は安全とは言い難い。広い公園の中には、ジャンキーたちが溜まり場にしている場所もあるのだ。

「彼女は、あそこの散策路が好きだった。右にウィリアムズバーグ・ブリッジが見えて、対岸のブルックリンの夜景が最高なんだ」

恋人と二人で眺めるには、いい光景かもしれない。俺はうなずいたが、彼らの無知さというか無謀さに内心呆れていた。ニューヨークに出てきて日が浅い二人は、この街のどこが安全でどこが危険か、わかっていなかったのではないだろうか。

「少し遅れてしまって、俺は待ち合わせ場所に急いだ。そこで俺は、銃声を聞いた」

「イーストリバー・キラー」

「もちろんあの時は、そんなことはわからなかった」

「逃げようという気にならなかったのか? 銃声が聞こえたら、そっちへは近づかないだろう」

「彼女がいるはずの場所だったんだ。お気に入りのベンチの近くで……だから俺は、頭に血が昇った。駆けつけてみると、彼女が倒れていて、男が馬乗りになっていた。それで俺は——」

「イーストリバー・キラーを襲ったのか？」

ジャックマンがうなずき、「イーストリバー・キラーだとは思わなかったんだ。そんなことはわからなかった」と繰り返した。

「無茶だ」

「わかってる。夢中だったんだ。その男は――黒人の男は、彼女の喉を切って、川に投げ捨てた。俺はその男にタックルして突き飛ばして、落ちた拳銃を拾った」

「それで男を撃って――どうして喉を掻き切った？」

「あいつはシャーロットを殺したんだぞ！」ジャックマンが叫んだ。「そんな男を許せるはずがないだろう。絶対に、確実に殺してやろうと思った……いや、わからない。気づいたら撃ってたんだ」

「喉を切ったのはどうしてだ」俺は質問を繰り返した。やり過ぎ――そこまで確実を期す必要はなかったのではないか。

「わからない」ジャックマンが繰り返した。「どうしてあんなことをしてしまったのか……自分でもわからない」

「遺体はどうした？」

「川に捨てた」

「イーストリバー・キラーの犯行に見せかけようとしたんじゃないか？」

「そんなことは、考えてもいなかった」

一種の二重殺人だったのか……イーストリパー・キラーがシャーロットを殺し、ジャックマンがイーストリパー・キラーを殺した。しかも同じタイミングで。その結果、警察は大混乱した。

「わかった」

「わかったって、何が」ジャックマンが苛立った口調で答える。

「俺は、イーストリパー・キラーが何者か、知っている」

「それは……俺も名前は知っている」

「そうだな」俺はうなずいた。「あんたは後で、新聞を読んで名前を知った。イーストリパー・キラーではなく、その被害者として。しかしその人間こそがイーストリパー・キラーだった――それはあんたしか気づかなかったことだ」

「どういう人間なんだ？　教えてくれ！」ジャックマンが立ち上がった。

「知ってどうする？」

「それは――」ジャックマンの答えが宙に消える。

「復讐か？　それは終わっただろう。殺したんだから……イーストリパー・キラーは、もうこの世にいない。今更正体を知っても、どうにもならないだろう。それに、あんたが人を殺した事実に変わりはない」

「俺が殺したのは、殺人鬼だぞ！　そんな人間を殺したって、何の罪になるっていうんだ？」

「そう思うなら、どうしてその時に警察に届け出なかった？　俺がイーストリバー・キラーを殺しました、褒めて下さいって言えばよかったじゃないか」

「クソ！」

ジャックマンが吐き捨て、キッチンに向かいかけた。

「動くな」俺が警告すると、ジャックマンがその場で凍りついた。

「呑みたいだけだ」ジャックマンが言い訳する。

「俺が用意してやる。冷蔵庫に拳銃を隠されてると困るからな」

「そんなことはしてない！」

「どんな時でも用心するのが、この街で生きていくコツなんだよ」

ジャックマンもシャーロットも用心が足りなかった。イーストリバー・キラーはずっと、人気が少ない夜の街で犯行に及んでいた。仮にそれを知らなくても、夜中に危ない場所に近づかないようにするのは、ニューヨークで暮らす基本中の基本である。

俺はキッチンで、ウィスキーの瓶とグラスをすぐに見つけ出した。自分の分もグラスに注ぎ、一つをジャックマンに渡してやる。ジャックマンは、中身を一気に干して、咳きこんだ。やはり、酒に慣れているわけではないようだ。

「あんたは……俺をどうしたいんだ？」

「選択肢を一つだけ与える」

「何だ？」

「カンザスへ帰れ」

「歌うのをやめろっていうのか？」ジャックマンが目を見開く。「それは、死ねというのと同じだ」

「いや、あんたは死なない。これから長い間、故郷で無事に生きていける——余計なことを言わなければ」

「俺を警察に引き渡さないのか？」

「そんなことはしない」俺はグラスを口元に持っていったが、突然、芳醇な香りが不快に感じられた。呑みたくない……俺は、グラスをゆっくりとガラスのテーブルに置いた。

「どうして」

「あんたはイーストリバー・キラーを殺した。その事実を人に知られたくないからだ」

「あんたは探偵だろう？　殺人犯を捜すのも仕事じゃないのか」

「普段はな。今回は違う」

「どういう意味だ？」

「イーストリバー・キラーは、俺の友だちだからだ」

ジャックマンがあんぐりと口を開けた。俺はウィスキーを取り上げ、一息で呑み干した。

「あんたが奪い取った拳銃は、あいつのものだった。その拳銃が人を殺すのに使われたのは……無念だ」

「拳銃は人を殺すものだろう」

「違う。人を殺さないための抑止力だ。正しい心の持ち主が持てば、力になる。しかし、あいつの心は蝕《むしば》まれていた」

「どういうことだ？」

「あんたは知らないだろうが、あの男はずっと、差別に悩んでいた。ボクサーとしてチャンピオンになるまでは、自分が影のような存在だと思っていたし、心ない言葉をかけられたり、ひどい態度で接されることも少なくなかった。ある時、白人女性からひどい暴言を浴びせられて……もしかしたら殺したかもしれない」

「本当に？」

「わからない」

俺は首を横に振りながら、サム・ライダーの言葉を思い出していた。本人が死んでいる以上わからないが、『消えてもらえば問題は解決する』と言っていたという。事実、数年前にハーレムの近くの路上で白人女性が殺された事件が、未解決になっている。その女性はボクシングをよく観に行っていて、問題の男が、自分の贔屓のボクサーをノックアウトするのを目の当たりにして、かっとなって暴言を吐いたんだろう。消えてもらえば――相手を殺せば、確かにすっきりするはずだ。

「それと彼は、現役時代の激しい戦いのせいで、パンチドランカーになっていた可能性がある。ずっと頭痛やめまいに悩まされていて……体の問題ではなく、精神的な問題もあったはずだ。ある時彼は、それを癒す方法に気づいた」

「それが……人を殺すことか？」ジャックマンが低い声で訊ねた。

「確実で最高のストレス解消法だったんだろう。もちろん、許されることじゃない。何度も同じことを繰り返しているうちに、それが日常になってしまったんだと思う。俺と会う時はまったく普通だったから、裏であんなことをしているとは気づかなかった。気づいていたら、絶対に止めた。だから、あんたには申し訳なく思っている。どこかで止められたら、シャーロットが犠牲になることもなかったんだから」

「シャーロットは……」

「シャーロットには何の罪もない。しかしあんたは罪を背負ってしまった。もしも、シャーロットが襲われている最中に、助け出すために相手を殺したとしたら、正当防衛が認められるかもしれない。しかしあんたがあいつを殺したのは――おそらく、既に手遅れになった後だった。つまりそれは復讐だし、個人による復讐は許されない。誰がシャーロットを殺したか、イーストリバー・キラーが誰だったかわかれば、いずれあんたも逮捕される。警察は容赦しないだろう。俺は――この件は表沙汰にはしない」

「友だちのために？」

「あいつには家族がいる。子どもはまだ小さい。父親が殺人鬼だという事実を背負って、これから生きていくのは辛過ぎる」

「あんたはそれで平気なのか？」ジャックマンが訊ねる。「事実を背負うのはあんたになるんだぞ。隠したまま生きていけるのか？」

「俺はこの街で生まれ育った。奇妙なことや怖いことはいくらでも見ている。これぐらいは、何でもないさ」

各所に説明するのは難しかった。非常にデリケートな問題であり、少しでも情報が外に漏れたら、『ニューヨーク・タイムズ』は一週間連続で一面トップに記事を掲載しそうだったから。

サイモンは、あっさりジャックマンを切った。一人よりも大勢――将来あるスターを切ってでも会社は守る。

「スター候補はいくらでもいるんだ」サイモンはまったく平然とした口調で言ったものだ。「アメリカ中に、エルヴィスになりたがっている若者が何人いると思う？　それを探し出すのは、決して難しくないんだよ。むしろ、売りこんでくる人間をどうやって切るかの方が難しい」

商売優先の彼の考えには必ずしも賛同できなかったが、この場合はむしろありがたかった。ただし、入念に釘を刺しておく。もしもここから情報が漏れたら、サイモンたちも事情を知っていて隠していたと、マスコミにリークせざるを得ない——サイモンは渋い表情を浮かべたが、結局俺の脅しを受け入れた。

エマには、「シャーロットを殺した人間はわからなかった」と告げた。ジャックマンとの関係も不明。確かに恋人はいたようだが、割り出せなかった——と俺は無能な探偵を装《よそお》った。最終的に、エマはその説明で納得した。今更犯人がわかってもどうにもならない。シャーロットをニューヨークに行かせてしまった自分たちの失敗なのだと、反省している様子だった。

慰めの言葉もない。誰かのせいにできれば、いずれは立ち直れるのに。しかし俺には、約束があった。

問題はケイリーだった。彼女の無念を晴らすためには、事件の真相を——ウィリーを殺した人間を教えるのが一番手っ取り早い。しかしそうすると、ウィリーの名誉が失われてしまう。もちろん、ウィリーにはもはや名誉などないのだが、その事実を知っているのは俺一人でいい。

「死んだ？　犯人が？」ケイリーは、にわかには俺の嘘を信じられないようだった。

「ああ、死んだ。確認は取れていないが、諸々の状況を考えると、死んだと考えるのが一番自然なんだ。たぶん、自殺だろう」

「犯人は誰なの？」

「それは言えない」俺は表情を殺して説明した。

「どうして」

「確証がないんだ。もしかしたら無実かもしれない――だから、俺の口からは言えない。はっきりしたら、一番に君に教えるよ。この犯人は、大きな犯罪にかかわっていた形跡がある。ウィリーはそれを追っていたんだ。その過程で犯人に気づかれ、殺されたんだと思う。ウィリーは、人知れず悪を追い詰めるヒーローだったんだ。ジャッキーが大きくなったら、それを教えてやって欲しい」

　ケイリーはなかなか釈然としなかったが、最後はうなずいた。憎む相手が死んだ――そう信じこめれば、いずれ気持ちは落ち着くだろう。そもそも、ジャックマンは死んだも同然ではないか。夢を奪われ、田舎で一生、先の見えない暮らしを続けていくしかないのだから。

問題はジャッキーだ。

ジャッキーは、ウィリーが死んだことは理解しているようだったが、それがどういうことかはわかっていないようだった。「いつ帰って来るの」と泣きながら聞くことも珍しくないという。永遠に帰って来ないことを理解できるのはいつだろう。そして、父親が「ヒーロー」だという俺の説明を誇りに思えるだろうか。

少しでも気を紛らせようと、俺はジャッキーをヤンキー・スタジアムに連れて行った。七月四日、対セネタース戦。ジャッキーは、野球の面白さというより、巨大なスタジアムに驚いて興奮していたが、すぐに試合の雰囲気に慣れた。ヤンキースの選手がヒットを打てば——この日、トニー・クーベック（一九三五年〜。一九五七年、新人王。オールスターゲームに三回選出。引退後は実況アナウンサーとして活躍）は五打数四安打と大当たりだった——声援を送り、セネタースの選手が三振すればすかさずブーイング。試合は、ボブ・ターリー（一九三〇年〜二〇一三年。ヤンキースなどで活躍したピッチャー。一九五八年に最多勝、サイ・ヤング賞、ワールドシリーズMVPを獲得）がセネタース打線を八回までノーヒットに抑えた。九回表、セネタースの代打にレフトへシングルヒットを打たれてノーヒッターこそ逃したものの、ほぼ完璧なピッチングだった。打線も7点を奪ってターリーを援護し、午後八時前には試合終了。ジャッキーもまだ眠くなる時間ではなく、無事に家まで送り届けられそうだった。

人混みに揉まれながらスタジアムを出て、駅に向かおうとした瞬間、声をかけられた。

「ジョー」

振り返ると、リキがいた。

「どうした」

「送るよ。車で来てるんだ」

「お前も試合を観てたのか？」

「いや」リキの短い否定が不気味だった。「その子がウィリーの息子か？」

「ああ。ジャッキーだ」

「ハイ、ジャッキー」

リキが右手を差し出す。ジャッキーは恐る恐る手を出して握手した。ハーレムでは東洋人を見ることなどほとんどないから、彼にすればリキは奇妙な存在だろう。

「ジャッキー、パトカーは好きか？」

「パトカー？　うーん」ジャッキーが首を傾げたが、表情は綻んでいた。パトカーが嫌いな子どもはいない。

「家までパトカーで送るよ。その前に、ちょっとジョーと話をしたい。車の中で待っててくれるかな」

「いいよ」

おいおい——自分の車ならともかく、パトカーでくるとはどういうことだ？　何か勘づいて、俺をこのまま署まで連行するつもりか？

リキは、鉄道の高架下を走るリバー・アベニューにパトカーを停めていた。他にも二台のパトカーがいる……試合がある日は、球場に警察官が派遣されるのだ。

ジャッキーをパトカーの後部座席に乗せると、リキは歩道に立って煙草に火を点けた。試合の興奮で大声で喋りながら歩く人たちは、俺たちを完全に無視している。視界にも入らない、ということだろう。

「お前の計画はどうなった？」

「計画って？」

「とぼけるなよ。拳銃を調べる話をしたじゃないか」

「諸般の事情を考慮して、中止にした」この説明で彼が納得するとは思えなかったが。

「そうか……変な噂を聞いたんだが」

「どんな噂だ？」

「ジム・ジャックマンが引退したそうだな」

「へえ」俺はとぼけた。「初耳だ」

「全ての仕事をキャンセルして、カンザスの田舎に引っこんだと聞いている。どういうことだ？」

「俺が知るわけないだろう」

「もしかしたら、あいつがイーストリバー・キラーだったんじゃないか？　お前が罠にはめようとしていたのは、ジャックマンだった——違うか？」

「まさか」俺は即座に否定した。「歌手だぞ？　それも売れっ子の歌手だ。そんな人間が、連続殺人犯のわけがない」

「しかし、犯行は不定期だったとはいえ、ジャックマンがニューヨークを去ってからは止まっている。それとな、イーストリバー・キラーに殺されたシャーロット・コールとジャックマンがつき合っていたという情報が出てきたんだ」

「ほう？　スターにしては地味な相手だな」俺はとぼけた。

「同郷だし、ジャックマンは、彼女が働いていた『シアタークラブ』の常連だった」

「だったら、本人に直接確認してみたらいいじゃないか。引退してカンザスへ引っこんでいるというなら、そこへ出張して調べてこいよ。なかなか大変だと思うけど」

「お前、何か知ってるんじゃないのか」リキがずばりと訊ねた。

「いや」

「そうか……証拠品の話はどうした」リキが繰り返した。

「そんな話、したかな」俺はとぼけた。

「おかしな話を聞いたんだ。バッジョ――あの有名な汚職警官が、鑑識に密かに銃弾の鑑定を頼んだそうだ」

「市警内部の話は、俺にはわからないよ」俺は首を横に振った。汗が首筋を伝うのを感じる。リキはどこまで情報を摑んでいるんだ？

「バッジョは、近く失職する」

俺は言葉を失った。金で市警を支配しようとしたあの男の試みは、とうとう壁にぶつかったのだろうか……確かに危なっかしいやり方であり、いつ足元をさらわれてもおかしくなかったが。

「バッジョのことはよく知らない」

「現役時代に因縁があったんじゃないか？」リキが指摘した。

「昔の話だよ。今さら……」

「バッジョはやり過ぎた。市警のトップには、あの男の金に染まっていない人間もいるからな。バッジョは市警を汚染する人間で、もはや必要ないと判断されたんだ。今後は、あの男がやってきたことが、一つ一つ検証されるだろうな。お前、何か後ろめたいことはないのか？」

「ない」

「言い切れるか？」

「今、言い切った」

「そうか……」リキが溜息をついた。「何かあっても、今回の件ではお前を庇いきれないからな」

「バッジョの件は、市警内部の問題だろう？　俺はただのフリーランスだ」

「まったく――強情な奴だ」

「こういう性格なんだよ」

「わかった。俺は知っておいた方がいいんじゃないかと思ったんだが」

「俺の心配をするより、イーストリバー・キラーの捜査を真面目にやれよ」

「そのことなんだが……さっきも言ったが、犯行が止まってるだろう？」

「ああ」

「俺自身は、ジャックマンが犯人だとは思っていない。犯人は自殺した可能性があると考えている」

「自分の犯行に嫌気がさした、とでも？」

「あるいは俺たちは、知らないうちに犯人に近づいていたのかもしれないな。それに気づいた犯人がビビって、勝手に追い詰められて死んだ――ありそうなシナリオだろう？」

実際には、市警は既に解決を諦めているのでは、と俺は想像した。ニューヨークでは次々に殺人事件が起きる。イーストリバー・キラーはここ一年、市警の最大のターゲットだったが、解決の見こみがないのにいつまでも関わっているわけにはいかない、というのが刑事の本音だ。とりあえず目の前で起きた事件を解決していくだけでも、日々は飛び去ってしまう。

「あんな野郎が死んでも、誰も困らない」俺は指摘した。

「そうだな」

「これ以上犠牲者が出なければ、それでいい——そういう考えも間違ってはいない。お前らは、忙し過ぎるんだ」

「お前のようなフリーランスの方が楽だろうな」

「仕事を選べるからな。ただし、全ての責任を自分で負わなくちゃいけない」

「痛し痒《かゆ》し、か」リキがうなずく。

痛いだけだ。俺はこれからずっと、イーストリバー・キラー事件の真相を一人で抱えたまま、生きていかなければならない。絶対に誰にも明かせないことだ。

それは、俺が自分自身に科した罰かもしれない。俺は何人もの人間を裏切り、嘘をついていた。亡き友との友情のためとはいえ、許されることではあるまい。

「ロックンロールは死んだ」

「ああ？」リキが目を細める。

「今年は、ロックンロールが死んだ年として、歴史に残るかもしれない。エルヴィスはいない。バディ・ホリーもリッチー・ヴァレンスも死んだ。そしてジャックマンは、ニューヨークから消えた」

「スターが一気にいなくなったわけか……俺には、興味がない世界だけどな。お前は、趣味が若過ぎるんだよ」

「そうかもしれない。でも俺は……」

「何だ？」

「いや、何でもない」

自分でもよくわからなかった。ロックンロールの死に、自分が一役買ってしまったことは意識している。しかし、解決法はこれしかなかったのだ。

「送るよ」リキが後部ドアを開けた。俺はジャッキーの横に滑りこんだ。ジャッキーは、珍しそうに車内を見回している。

リキが運転席に腰を下ろし、すぐに車を出した。彼はしきりにジャッキーに話しかけ――子ども好きなのだ――機嫌よく笑い声を上げていたが、この状態がいつまでも続くとも思えなかった。いつか彼が疑いを持ち、本気で俺を調べることがあるかもしれない。そうなった時、俺はどう対処すべきだろう。友情を盾にして、許しを請う？

無理だ。

リキは刑事だ。刑事と永遠に続く友情を結ぶ方法は、未だに発見されていない。

講談社文庫　目録

2024年9月13日現在

長浦　京　リボルバー・リリー
長浦　京　マーダーズ
中脇初枝　世界の果てのこどもたち
中脇初枝　神の島のこどもたち
中村ふみ　天空の翼 地上の星
中村ふみ　砂の城 風の姫
中村ふみ　月の都 海の果て
中村ふみ　雪の王 光の剣
中村ふみ　永遠《とわ》の旅人 天地の理《ことわり》
中村ふみ　大地の宝玉 黒翼《こくよく》の夢
中村ふみ　異邦の使者 南天の神々
夏原エヰジ　Cocoon〈修羅の目覚め〉
夏原エヰジ　Cocoon2〈蠱惑の焔〉
夏原エヰジ　Cocoon3〈幽世の祈り〉
夏原エヰジ　Cocoon4〈宿縁の大樹〉
夏原エヰジ　Cocoon5〈瑠璃の浄土〉
夏原エヰジ　連理の宝〈Cocoon外伝〉
夏原エヰジ　Cocoon〈京都・不死篇―蠢《しゅん》―〉
夏原エヰジ　Cocoon〈京都・不死篇2―疼《とう》―〉
夏原エヰジ　Cocoon〈京都・不死篇3―愁《しゅう》―〉
夏原エヰジ　Cocoon〈京都・不死篇4―嗄《か》―〉
夏原エヰジ　Cocoon〈京都・不死篇5―巡《めぐる》―〉
長岡弘樹　夏の終わりの時間割
ナガノ　ちいかわノート
西村京太郎　華麗なる誘拐
西村京太郎　寝台特急《メモリー・トレイン》「日本海」殺人事件
西村京太郎　十津川警部 帰郷・会津若松
西村京太郎　特急《アリバイ・トレイン》「あずさ」殺人事件
西村京太郎　十津川警部の怒り
西村京太郎　宗谷本線殺人事件
西村京太郎　奥能登に吹く殺意の風
西村京太郎　特急《スーサイド・トレイン》「北斗1号」殺人事件
西村京太郎　十津川警部 湖北の幻想
西村京太郎　九州特急「ソニックにちりん」殺人事件
西村京太郎　東京・松島殺人ルート
西村京太郎　新装版 殺しの双曲線
西村京太郎　新装版 名探偵に乾杯
西村京太郎　南伊豆殺人事件
西村京太郎　十津川警部 青い国から来た殺人者
西村京太郎　新装版 天使の傷痕
西村京太郎　新装版 D機関情報
西村京太郎　十津川警部 猫と死体はタンゴ鉄道に乗って
西村京太郎　韓国新幹線を追え
西村京太郎　北リアス線の天使
西村京太郎　十津川警部 長野新幹線の奇妙な犯罪
西村京太郎　上野駅殺人事件
西村京太郎　京都駅殺人事件
西村京太郎　沖縄から愛をこめて
西村京太郎　十津川警部「幻覚」
西村京太郎　函館駅殺人事件
西村京太郎　内房線の猫たち〈異説里見八犬伝〉
西村京太郎　東京駅殺人事件
西村京太郎　長崎《ナガサキ・レディ》駅殺人事件
西村京太郎　十津川警部 愛と絶望の台湾新幹線
西村京太郎　西鹿児島駅殺人事件
西村京太郎　札幌駅殺人事件
西村京太郎　十津川警部 山手線の恋人

講談社文庫刊行の辞

二十一世紀の到来を目睫に望みながら、われわれはいま、人類史上かつて例を見ない巨大な転換期をむかえようとしている。

世界も、日本も、激動の予兆に対する期待とおののきを内に蔵して、未知の時代に歩み入ろうとしている。このときにあたり、創業の人野間清治の「ナショナル・エデュケイター」への志を現代に甦らせようと意図して、われわれはここに古今の文芸作品はいうまでもなく、ひろく人文・社会・自然の諸科学から東西の名著を網羅する、新しい綜合文庫の発刊を決意した。

激動の転換期はまた断絶の時代である。われわれは戦後二十五年間の出版文化のありかたへの深い反省をこめて、この断絶の時代にあえて人間的な持続を求めようとする。いたずらに浮薄な商業主義のあだ花を追い求めることなく、長期にわたって良書に生命をあたえようとつとめるところにしか、今後の出版文化の真の繁栄はあり得ないと信じるからである。

同時にわれわれはこの綜合文庫の刊行を通じて、人文・社会・自然の諸科学が、結局人間の学にほかならないことを立証しようと願っている。かつて知識とは、「汝自身を知る」ことにつきていた。現代社会の瑣末な情報の氾濫のなかから、力強い知識の源泉を掘り起し、技術文明のただなかに、生きた人間の姿を復活させること。それこそわれわれの切なる希求である。

われわれは権威に盲従せず、俗流に媚びることなく、渾然一体となって日本の「草の根」をかたちづくる若く新しい世代の人々に、心をこめてこの新しい綜合文庫をおくり届けたい。それは知識の泉であるとともに感受性のふるさとであり、もっとも有機的に組織され、社会に開かれた万人のための大学をめざしている。大方の支援と協力を衷心より切望してやまない。

一九七一年七月

野間省一

|著者|堂場瞬一　1963年茨城県生まれ。2000年、『８年』で第13回小説すばる新人賞を受賞。警察小説、スポーツ小説など多彩なジャンルで意欲的に作品を発表し続けている。著書に「支援課」「刑事・鳴沢了」「警視庁失踪課・高城賢吾」「警視庁追跡捜査係」「アナザーフェイス」「刑事の挑戦・一之瀬拓真」「捜査一課・澤村慶司」「ラストライン」「ボーダーズ」などのシリーズ作品のほか、『ラットトラップ』『ブラッドマーク』『焦土の刑事』『動乱の刑事』『沃野の刑事』『鷹の系譜』『鷹の惑い』『鷹の飛翔』『オリンピックを殺す日』『風の値段』『ザ・ミッション THE MISSION』『デモクラシー』『ロング・ロード 探偵・須賀大河』『守護者の傷』『ルーマーズ 俗』など多数がある。

ピットフォール

堂場瞬一《どうばしゅんいち》

2021年５月14日第１刷発行
2024年11月５日第２刷発行

発行者――篠木和久
発行所――株式会社　講談社
東京都文京区音羽2-12-21　〒112-8001
電話　出版（03）5395-3510
　　　販売（03）5395-5817
　　　業務（03）5395-3615

Printed in Japan

講談社文庫
定価はカバーに
表示してあります

KODANSHA

デザイン―菊地信義
本文データ制作―講談社デジタル製作
印刷――株式会社KPSプロダクツ
製本――株式会社KPSプロダクツ

ISBN978-4-06-523255-2

初出　「小説現代」２０２０年12月号

なお楽しみに心おどる。

それにしても本編は、ラストに胸があつくなり、ストーリーの落し処にしばしよいしれる。これぞハードボイルド。どうぞ、堂場氏の創作した『ピットフォール』に、気持ちよく落ちて下さい。

とてもよくわかるのがおもしろいのだ。きっと今までに読んできた数々の海外ミステリーの名作のエッセンスが、文章の運び、人物のキャラクターづけなどに堆積《たいせき》され、実に生き生きと描きだされている。

もう一方のわくわくするのは、「俺」である。主人公は『俺』なのだ。もう田《た》中《なか》小《こ》実《み》昌《まさ》氏のハヤカワポケミスのミッキー・スピレインシリーズ。まだ私が中学生の頃ハードボイルドの洗礼をうけたあの男らしさプンプンの『俺』使いにわくわくするのだ。

主人公は酒をよく飲む。嬉しいな。近頃の私立探偵はめっきり健康に気をつけはじめた。冗談じゃない。やっぱり、うらぶれたりやさぐれていなくちゃ。主人公がコーヒーにバーボンを落して飲む件《くだ》りがあり、コーヒーにバーボンを垂らすと永遠にのんでいられるなんて、禁酒してない頃のマット・スカダーがちらちらする。そんなこだわりがたまりません。

また本書には食事のシーンが多く登場する。私もニューヨークに行ったおりに食した料理のアメリカン・フードの数々。ダイナーにバーそしてステーキハウス。しかもステーキハウスに伺ったあとの後悔は、メニューにあるマトンチョップを食べずにいること。

ロックンロールの名曲。ただしローレンス・ブロックはジャズがお気に入り。そん死に抗う。「結末に茫然自失」とか「エンディングに涙が止らず」なんてねェー。そうならなかったらどーしてくれるのよ、と疑ってしまうからだ。

しかるにカバーデザインやら、著者近影なんてものを、しげしげとながめて、ニヤニヤしている。すこし変質的な部分が私にはあるようだ。すぐJRにのり、自宅に帰って読みはじめればいいものを、有楽町ビルヂングの地下一階のスターバックスで、コーヒーを飲みながら解説を読む。

なんと、ローレンス・ブロックの新刊の解説が堂場瞬一氏であった。早速よみはじめる。

マット・スカダーものの愛読者であり、ローレンス・ブロックのファンであることが、ひしひしと伝ってくるのが、嬉しいばかり。さらに堂場氏はこの解説で一種の「聖地巡礼」のようにスカダーシリーズの舞台になっているニューヨークを歩き回ったそうだ。

そんな下地《したじ》があったので、解説をすぐおひきうけするというよりは、本当はこの作品を早く読んでみたいという気持がおさえられず、T氏に連絡。早速読む。

『本当におもしろい！　すごくわくわくする。』

少々つけくわえさせていただくと、堂場氏がかなり楽しんで書きあげている様子が

そしてもうひとつのご縁は、『コーチ』のあとすぐにローレンス・ブロックの待望の新作と短編集を合せた『石を放つとき』を読み始めたことだった。

私はどちらかというと海外ミステリー好きで、国外7・国内3の割りあいで、本を手にする。知り合いの編集者のおススメの他に、おもに週刊文春の池上冬樹《いけがみふゆき》氏のミステリーレビューを参考にしている。それゆえに、「このミス」のランキングでは全く知らない名作が世に出まわっていたことを後で知り愕然《がくぜん》とすることもしばしば。

新刊はほとんど有楽町《ゆうらくちょう》交通会館内にある三省堂《さんせいどう》書店にて購入している。ポイントカードがたまると年末は、新しいスケジュール帳をそのポイントで手に入れるのがいつしか慣例となった。

小説を手に入れると、まず地下の「ひょっとこ」の塩ラーメン。たいがいここはいつも長蛇の列ができているので、線路をくぐり、有楽町ビルヂングの「マーブル」のラムカレー。このカレーは美味《おい》しいですぞ。たっぷりのカレーライスの皿にどっさり千切りキャベツがそえられ、酸味のきいたドレッシングがかかっている。お行儀悪いが、マゼテ、マゼテ。混とんとした処《ところ》をガツガツかっこむ。この店も混んでいるので、比較的なんどきでもすぐに座れる「万世麵店《まんせいめんてん》」のパーコー麵をたぐりつつ、今、手に入れたばかりの小説に思いをはせる。

あまり本の帯は信用していない。誇大広告のようで、甘い言葉にだまされまいと必

『月曜は最高の状態で始まった』

事務所の担当から講談社文庫出版部のTさんより原稿執筆の依頼状が届いているとプリントを渡された。

丁寧な文面に、堂場瞬一氏の『ピットフォール「落し穴の意」という作品』。しかも堂場氏が今年デビュー20年を迎えるにあたってご自身の原点である「ハードボイルド」に挑まれた一作で『これまでで一番書いていて楽しかった』という思い入れの強い作品。

しかも1959年のニューヨークが舞台で私立探偵が事件に巻き込まれてゆくハードボイルドの王道。としてある。

これだけでも充分に殺し文句が連らなっているのに、とどめの一刺しが、『翻訳ミステリー好きにはたまらない要素がちりばめられています。』なんだって！

『ズドーン。』コルト・ポリス・ポジティブ・スペシャル・三十八スペシャル弾で近距離から心臓を見事に打ちぬかれた。快楽にもにた衝撃が体をつらぬく。

というのも訳ありで、長いこと堂場作品のファンであり、『コーチ』を読了したばかりだったのだ。登場する警視庁本部から送り込まれる向井《むかい》光太郎《こうたろう》のキャラクターにひかれ、また堂場ワールドにあらたな愛すべき人物が増えたことに喜びを感じていた。

解説（ミステリー愛好家いや中毒患者の浮世噺《うきよばなし》として）

林家正蔵（落語家）

長年の悪癖《あきへき》なるものは、直るすべなく、ミステリーやハードボイルド小説を手に入れると、まず解説から読みはじめてしまう。

本来ならば本編から、小説を紐解《ひもと》くのが、正しき接し方なのだろうが、ついつい、海外ミステリーならば、訳者のあとがき、そして解説に手がのびる。この悲しき性《さが》は、もう40年間以上の長き年月にわたり、一向になおらない。

心優しき解説者は、『ここから先は本編の内容にふれてしまうので』とか、『まず小説（本編）を楽しんだ後にお読み下さい』と書きしるしてくれるのだが、『本書のトリックは』、『犯人の看護師が』なんて切り出してくる筆者も中にはいる。それでも私は油断せずに解説から読む。

あなた！　解説から読みはじめた読者のあなた！　御安心あれ、本書の誠におもしろきストーリーにも当然、犯人についても、タネあかしなる野暮なことは一切しておりませんので。では少々おつきあいを。